莫負蓁心

2

文創風
416

糖雪球 著

風文創 416

目錄

第十三章

馬車很快來到宮門口，馬車不停，一直駛入昭陽殿前才停下。殿外有宮婢迎接，將他倆請下馬車，便帶著往殿內走去。

走上長長的丹陛，皇后早已在殿內等候他二人多時。皇后氣虛，等了一會兒便有些疲乏，見兩人來了，強打起精神笑著道：「可算來了，快坐。」

兩人終究沒坐，不多時宮婢奉上一碗熱茶，謝蓁接過，上前遞給王皇后。「娘娘請用茶。」嚴裕的生母早逝，謝蓁敬的茶也是由她承受。

王皇后接過去抿了一口，便讓人把她給謝蓁準備的禮物拿上來。宮婢呈上一只紫檀雕花紋盒子，打開送到謝蓁手中，裡面是一對紅玉鐲子，通透晶瑩，無一絲瑕疵。謝蓁跪下行謝禮，到底是國公府的金枝玉葉，端起姿態寵辱不驚，又做得恰到好處，讓人心裡舒服。

王皇后讓她起來，留下兩人說了一會兒話，然而到底身體不適，沒多久皇后便有些吃力，無奈只得讓兩人先退下，她回屋休息一會兒。

嚴裕和謝蓁一前一後走出昭陽殿，誰都沒有搭理誰。沒走多久，前面便出現一個人，身穿絳紫柿蒂紋錦袍，高首闊步、氣質不俗。他身後跟著兩個侍從，正往這邊走來。

謝蓁察覺嚴裕微微僵了一下，等人走到跟前，他叫一聲「二哥」，她才知道眼前的人是太子。她心中一緊，面上卻波瀾不驚，垂眸不再多看一眼，規規矩矩地跟著叫。「二哥。」

嚴韜聽說王皇后情況不好，這才一大早就趕了過來，目下遇見他們兩個，仍舊能端出一副翩翩風度。「你們來跟母后奉茶？」

嚴裕站直身體，把謝蓁擋在身後。「是。」

嚴韜微微一笑，看向他身後只露出一個腦袋頂的姑娘，沒多言語，意味深長地拍了拍他的肩膀，錯身而過。「我去看望母后。」

太子走後，嚴裕索性直接牽住謝蓁的手，大步往御書房走去。「妳走得太慢了，跟著我。」

謝蓁猝不及防被他一拽，踉蹌了下，想甩開。「我不用你拉。」

他握緊她的手，說什麼都不鬆開。「用。」

她說：「不用。」

前頭的宮婢聽到他倆對話，還當這是他們小打小鬧的情趣，禁不住彎起嘴角偷偷地笑。

嚴裕憋了很久，心中有一團濁氣，語氣古怪地說：「小時候妳不是很想牽我的手嗎？」

謝蓁看瘋子一樣看他，大概覺得他腦子有病。「那是以前的事……現在我不想跟你牽手。」

他薄唇抿成一條線，直視前方。「為什麼？」

她掙了兩下，鼓起腮幫子。「沒有為什麼，就是不想。」說著成功脫離他的掌控，繼續不緊不慢地跟在他後面。

手心驀然空了，嚴裕握成拳頭，心想女人真是太奇怪了，是不是每個人都跟謝蓁一樣善變？

就這麼來到御書房，嚴屹正在裡頭批奏摺，俞公公入內通傳以後便讓他們進去。

聖上以前沒見過謝蓁，今天是第一次見面，見到之後，好像知道兩個兒子為何爭她了。

確實是難得一遇的美人，整座京城裡估計都找不出跟她一樣標緻的。

謝蓁給他奉茶，他露出滿意的笑。「好好，真是乖順。」

大抵是心情好，嚴屹多賞賜了她幾樣東西，其中還有一顆手掌大的夜明珠。謝蓁顯然對這東西很有興趣，回去的路上一直在擺弄它，一會捂在手裡看看是不是真會發光，一會拿到太陽底下端詳，更加沒有工夫理會嚴裕了。

是以回去的路上，嚴裕的臉簡直烏雲密佈，他問：「有這麼好玩嗎？我再給妳弄幾個？」

她說不用。「我有一個就好了。」

馬車一直駛回北寧街六皇子府，剛停穩，謝蓁便牽著裙子走了下去，沒有等他。雙魚、雙雁早已等候在門口，她上前，跟著她們走回府裡。

嚴裕一人被拋在門外，緊緊盯著她的背影。

趙管事吩咐車夫把馬車停在後院，轉到前面，看到小倆口這一幕，忍不住提醒。「殿下，您和娘娘路上是不是鬧了矛盾？怎麼娘娘好像生氣了？」

嚴裕轉頭看他，頓悟。「你說她生氣了？」

這不是明擺著的事嗎？管事有些無力。「娘娘似乎一整天都沒笑過，您沒發現？」

他像忽然被人點醒了一般，扔下管事大步便往府裡走。他腿長步闊，謝蓁又走得慢，是以沒多久便追上了廊廡下的她。

他氣喘吁吁地抓住她的手腕，對上她疑惑的眼睛，緊張地嚥了嚥唾沫。「妳……生氣了？」

謝蓁靜靜地看他，不回答。

他又問：「為什麼生氣？」

她用另一隻手扳開他的手，孩子氣地說：「不要碰我，你說過不碰我的。」

他一噎，無法反駁。

謝蓁轉身繼續往前走，他氣急敗壞地站到她面前，擋住她的去路。「謝蓁，跟我說話！」

身後丫鬟都驚呆了，還沒見過六皇子這麼著急的時候。

謝蓁歪著腦袋，黝黑明亮的大眼睛一眨不眨地看著他。「我把你一個人留在馬車裡，你生氣嗎？」

他目光閃爍，不置可否。

她問：「早上出門，我先走了，把你一個人留在屋裡，你生氣嗎？」

他終於點了一下頭。確實生氣，當然生氣，她當他不存在嗎？

謝蓁看著他，又問：「那你昨晚把我一個人留在新房，我為什麼不能生氣？」

說完，不等他有反應，繞過他往前走。

嚴裕大徹大悟，心口怦怦跳個不停。他總算知道她為何忽視他，為何不對他笑了，他總算知道自己錯在哪裡。

其實昨晚他不是故意扔下她的，當時那麼多人看著，她又那麼美，他怕自己再看下去會做出什麼失態的事。他抱著逃避的心態，轉身就走了，卻沒考慮過她的感受。

當時那麼多人在，她是不是受了委屈？如此一想，頓時拋下面子尊嚴，想繼續追上她，跟她好好解釋。可是廊下空空，她早就走遠了。

他一路追到正院，向下人打聽她的去處，知道她在屋裡，三兩步便走了進去。

謝蓁正坐在梳妝檯前，擺放皇后和聖上送的東西，她一樣樣歸置整齊。正要站起來，抬頭從銅鏡裡看到身後的嚴裕。

他也不知道站了多久，見她發現了，一開口，才知道自己嗓子又啞又沈。「妳別生氣。」

謝蓁眨眨眼。「為什麼要聽你的？」

他別開頭，看向窗戶外樹葉枯黃的桐樹，不習慣跟人認錯，語氣生澀。「昨晚，是我……」

說到一半，半天都沒再開口。

謝蓁抿唇。

眼看著她又要走，他著急了，擋在她跟前，直視她的眼睛——「是我不好。」話說完，自己臉紅得不行。

他肯說出這兩個字已是十分不易，若是擱在以前，必定不管你生不生氣，或者明知你生氣也開不了口認錯，就跟小時候一樣，憋了大半天就憋出一句「妳要不要來我家放風箏」。

現在大抵醒悟過來，這跟小時候不一樣了。他們成為一對夫妻，日後是要面對面相處一輩子的，如果他不認錯，謝蓁以後都不會原諒他。謝蓁不原諒他，就會跟今日一樣處處忽視他的存在，他受不了這種待遇。

所以儘管覺得羞恥又沒面子，他還是說了。

說完之後，環顧一圈周圍的丫鬟，語氣不善道：「看什麼？都出去！」

這屋裡伺候的共有八名丫鬟，四名是謝蓁從定國公府帶來的，雙魚、雙雁、紅眉、檀眉。她們伺候謝蓁都有好些年頭了，使喚起來很順手。另外四名是六皇子府的丫鬟，晴霞、筍芽、翠衫、綠襖。這四個丫鬟還算伶俐，模樣也生得周整，就是伺候起皇子妃來還有些摸不清脾氣。

目下嚴裕這麼一命令，其他丫鬟知道他不會傷害謝蓁，頭一低便退下了，只有一個還站著不動，嚴裕皺眉。「妳有何事？」

那丫鬟叫晴霞，是幾個丫鬟中最標緻的，欠身乖乖順順地說：「殿下與娘娘都在氣頭上，萬一傷了和氣……婢子懇請留在屋裡……」

嚴裕皺眉道：「誰允許妳自作主張的？出去。」

晴霞一怔，抬頭看了他一眼，大概是被訓斥了，眼裡很快蓄上淚水。她低頭委屈地說：「是。」然後欠身退下，看背影還真有點楚楚可憐的味道。

可惜嚴裕是個不懂風情的人，更不會憐香惜玉，他若是懂了，估計便不會把謝蓁和自己逼到這個地步。閒雜人等都離開後，他再次注視謝蓁的眼睛，見她非但沒反應，還若有所思地看向門口，登時一惱。「我方才的話妳聽到了嗎？」

謝蓁收回視線，下意識答：「嗯？」

話音剛落，他再次臉黑。

謝蓁回過神後，哦一聲，開門見山。「你哪裡不好？」

這個人，就連道起歉來都比別人姿態高傲。他說是他不好，謝蓁等了大半天也沒等到他說哪裡不好。他以為說一句「是我不好」就能完事了？要真這麼簡單就被他糊弄過去，以後這府裡哪還有她的地位？

嚴裕沒想到她會窮追不捨，哪裡不好？他要怎麼說出來？

他抿緊薄唇。「妳不清楚嗎？」

聽聽這叫什麼話，真是要把人氣死！她當然清楚，她是怕他自己不清楚！說出來以後，才能認知到自己哪裡錯了，日後改正。可是要從他嘴裡撬開一句話真是太難了，謝蓁狠狠瞪他一眼，覺得剛才對他抱有希望的自己就是個傻子。

她轉身出屋，他不依不撓地跟上去。「妳去哪兒？」

她不回答。

嚴裕大步來到她跟前，一手扶住屏風，一手撐住牆壁，擋住她去路。「妳原不原諒我？」

謝蓁覺得好笑，也當真彎起唇角。「你又沒錯，為何要我原諒？」

他這回聽出來了，她在說氣話。屋裡靜得厲害，他不由自主地放下雙手，想抱住她，又怕她更生氣，語氣竟有點可憐。「謝蓁……」

謝蓁不理。

他垂眸說：「我昨晚不該將妳一個人留在屋裡。」

她低著頭，看不清表情，只能看到兩排又翹又長的睫毛。

他很不安，繼續認錯。「我回來得太晚……沒有跟妳喝合卺酒。」

她總算開口，說出的話卻很氣人。「我不想跟你喝合卺酒。」

嚴裕當沒聽到，被她噎習慣了，反而不再容易生氣。這句話似乎給了他一個臺階，他讓丫鬟立即準備兩杯酒端上來，要補上昨晚的禮節。

很快，紅眉手捧托盤走入內室，托盤上放著兩個金酒盅，酒盅裡盛著佳釀，是上等的紹興酒。

她欠身道：「殿下，酒來了。」

嚴裕讓她把酒放下，紅眉把托盤放在貴妃榻旁的方桌上，斂衽離開。

嚴裕握著謝蓁的手走過去，兩人並肩而坐，他遞給她一杯酒，自己又拿了一杯。一對上她的眼睛，就匆匆移開。「喝完合卺酒……我們才是真正的夫妻。」

謝蓁心想，誰要跟他做真正的夫妻？他們從一開始就不是心甘情願嫁娶的。但是沒說出口，因為他已經勾住她的手臂，把酒倒入喉中。

謝蓁斂眸，抬手把酒杯放到嘴邊，用舌頭嚐了一口便被辣得擰緊了眉心。眼看嚴裕都喝完了，她沒想那麼多，學著他一飲而盡。酒水順著喉嚨滑進胃裡，她第一次喝酒，被這種滋味嗆得咳嗽不止。

嚴裕連忙放下酒杯，輕拍她的後背。「好些了嗎？妳以前沒喝過酒？」

她晃了晃腦袋，兩人挨得很近，這個姿勢就像他在抱著她一樣，他的心頓時變得柔軟。

「謝蓁，妳原諒我了嗎？」

然而等了半天，還是沒等到她的回應，他又失落又氣惱，究竟該怎麼做她才會原諒他？

「妳別太得寸進尺……」

話沒說完，她就一頭栽進他的懷裡。

他愣住了，手足無措地抱住她，一時間手都不知道該放在哪裡。她的身體又嬌小又柔軟，腦袋埋在他的肚子上，乖巧得不得了。

「謝蓁？」他試著叫她，然而她沒反應，他又叫。「小混蛋？」還是沒反應。

他怕她捂壞了，便把她的身子轉過來，側面對著他。她不勝酒力，才喝了一杯便臉蛋通紅，柳葉眉輕輕蹙起，粉嫩的小嘴微微張開，難受地嚶嚀了一聲。

他忍不住碰了碰她的臉，放低聲音。「羔羔？」

她居然答應了，「嗯」了聲，然後往他懷裡拱了拱，尋了個舒服的姿勢，蜷縮成一團。

嚴裕起初被嚇一跳，還當她醒了，後來見她仍舊醉醺醺，頓時心柔軟得一塌糊塗。不敢叫得太大聲，怕吵醒了她，便捂著她的耳朵，又叫了一聲。「羔羔……」

嫁給我，妳就這麼不開心嗎？

擔心她在外面躺著不舒服，嚴裕便把她抱到內室床榻上。她不老實，拽著他的衣襟說胡話，一會兒叫阿娘，一會兒叫阿蕁……把認識的人都叫了一遍，就是不叫他。

嚴裕索性不走了，就坐在床邊看著她耍酒瘋，他不知道她的酒量這麼淺，一杯酒就能把她撂倒，好在昨晚沒有喝合巹酒，否則這副模樣被別人看去，還不讓人笑話？

如此一想，唇邊竟然彎出一抹笑來。他的袖子被她握在手心，他盯著她如玉般的小手，一時間心癢難耐，掰開她的手指頭，把自己的手放了進去。她果真握上來，像小時候那樣緊緊握著他不鬆手，可他還是不滿足，便張開手指頭跟她十指相扣，千絲萬縷地糾纏在一起，再也不想鬆開。

其間嚴裕餵她喝了一杯茶，她鬧騰許久，總算安靜下來。

嚴裕正低頭摩挲她的手指甲，她忽然呢喃：「小玉哥哥……」

他一怔，定定地看著她。

她用另一隻手揉揉眼睛，慢吞吞地說：「為什麼……」後面幾個字太輕，他沒聽清。

他翻身而上，把她罩在身下，手臂撐在她頭頂。「謝蓁，再說一遍？」

她嗚咽，搖搖頭不肯再說。

他壓在她身上，那麼沈，把她壓得喘不上氣。他只好兩條腿撐在她身體兩側，身體懸在她的上方，繼續不死心地問：「什麼為什麼？妳說清楚。」

謝蓁此刻意識已經渙散，哪裡聽得懂他在問什麼，她只知道自己頭疼，想好好睡一覺，但有個聲音一直阻撓她，在耳邊嗡嗡作響。她說一聲「別吵」，耳邊果真清靜了，她扁扁嘴，沈沈睡去。

嚴裕無可奈何地抵住她的額頭，咬著牙道：「我沒嫌妳吵，妳居然敢先嫌棄我。」

她沒有回答，呼呼睡得香甜。

嚴裕不甘心，毫無預兆地俯身，在她臉上咬了一口。她的臉蛋很滑很嫩，牙齒輕輕刮過去，她沒覺得疼，反而有點癢，可憐巴巴地哼了一聲。

這一聲又綿又軟，長長的尾音拖進他的心裡，讓他恨不得把她一口吃下去。

他又咬兩口，沒有用太大勁，故意逗她發出撒嬌一般的聲音。

最後自己受不了了，聽得渾身酥軟，手掌不由自主地放在她的腰上，一點點往下滑去。她的臉上有兩個淺淺的牙印，他舔了下，不多時便把她整張臉都舔得濕濕的。

最後到底沒做出什麼出格的舉動，可是一整晚，謝蓁渾身上下碰得著的地方都被他吃得乾乾淨淨。

謝蓁夜裡作了一個奇怪的夢，夢裡她的家裡忽然闖進來一條大狗，不由分說地把她撲倒在地，她連掙扎的時間都沒有，就被牠糊了滿臉口水。

這還不算，那狗從她的臉舔到脖子，連手都不放過。她想反抗，但是手和腳都使不上力氣，只能任由牠為所欲為。第二天醒來的時候，迎著窗外晨曦，仍舊恍恍惚惚的，分不清現實還是夢境。

她聞聞自己的手，似乎真有股怪味。

正好雙魚從外面走進來，她問道：「昨晚院裡有狗嗎？」

雙魚奇怪地搖頭。「沒看見有狗進來……娘娘怎麼了？」

她坐起來，把頭髮別到耳後，小臉皺得像個包子，苦兮兮地說：「大概夜裡出多了汗……我覺得自己身上臭烘烘的，想先洗個澡。」

雙魚應下。「婢子這就讓人去準備。估計要一會兒，娘娘先吃過早膳再洗澡吧？」說著放下銅盂，上前為她穿鞋。

她揉揉眉心說好，回想昨晚的畫面，仍舊有些雲裡霧裡。「我昨晚怎麼睡著的？怎麼一點印象也沒有。」

雙魚道：「您跟殿下喝了合巹酒，婢子進來的時候，您已經睡著了。」

她哦一聲，總算想起來問：「那、那他呢？」

「殿下晨起練罷劍，目下正在外面等您共用早膳。」

換上衣服，洗漱一番，她的頭髮隨意綰了一個同心髻，便跟著雙魚出來用膳。清晨微涼，她穿一件繡綾衫和一條彩鄃裙，一邊走一邊拿濕帕子擦臉，走出內室，正好迎上嚴裕的目光。

他在這兒坐了好一會兒，練過劍後換上一身黛青纏枝蓮紋長袍，眉清目朗，比往日都神清氣爽。見她出來，他破天荒地先開口。「坐吧，用過早膳我們便回定國公府。」

桌前擺了幾碟小菜粥餅，一樣都沒動過，他在等她。

按規矩應該是成親第三天回娘家，但是那天他問過謝蓁，謝蓁說今天先回，他當時為了討好她，腦子一熱就答應了。今早想起來，才匆匆讓管事去準備回門禮，好在管事辦事效率高，一早上就準備好了。

謝蓁聽罷，雙眸一亮，終於露出久違的笑。「真的嗎？回去幾天？」

他說：「一天。」

她蔫下來，一聲不吭地坐在他對面。

他見她手裡拿著一條帕子，不停地擦臉，問道：「臉上怎麼了？」

她說：「昨晚似乎被什麼東西又咬又舔，臉上黏糊糊的。」

他一愣，旋即低下頭去，臉上一閃而過的心虛。

兩人用過早膳，謝蓁去內室洗澡，浴桶放在百寶嵌花鳥紋曲屏後面，屏風不大，勉強能擋住她的身影。她除下衣服，坐在水裡把渾身上下都搓洗了一遍，因為一會兒還要回娘家，不敢洗得太慢，匆匆洗完後便站起來，往旁邊一看，發現自己忘記帶衣服進來了，她只得重新坐回去，叫一聲檀眉。「把我的衣服拿過來。」

檀眉站在外面，聞言忙應一聲，轉身就要去拿衣服。

嚴裕早收拾好了，此刻正坐在外面的黃花梨玫瑰椅上，眼觀鼻鼻觀心，面無表情地等人。

檀眉行事匆忙，頗有些冒冒失失，找到謝蓁的衣服後便飛快地跑去送給她。奈何路上左腳絆右腳，踉蹌兩步，不慎把謝蓁的橘紅色肚兜掉在地上。

他一開始不知道是什麼，彎腰拾起來一看，一張漂亮的臉又紅又白。腦子不安分，一想到謝蓁正在裡面洗澡，便覺得胸口有一股氣血翻湧而上，直衝到天靈蓋，他掩唇輕咳一聲，把肚兜遞給檀眉。「快送進去。」

檀眉恍然大悟，道一聲：「婢子失禮。」忙走入內室。

最後是謝蓁嫌那肚兜弄髒了，讓檀眉從櫃子裡重新拿了一件。她當然不知道那是嚴裕碰過的，沒時間訓斥檀眉，換好衣服梳好髮髻便匆匆踏上回定國公府的馬車。

大抵是剛洗過澡的緣故，謝蓁身上透著一股水霧，坐在她身邊都能感覺到清爽。走得匆忙，她一邊坐進來一邊往身上點香露，那是她最常用的荷香，輕輕點在脖子和手腕上便會透出清雅馨香，不一會兒，整個車廂裡都是這種香味。

她倒不避諱嚴裕，他坐在旁邊，她就跟看不到他一樣。

馬車裡除了她們還有雙魚、雙雁二人，一路上馬車走得很安靜，誰都沒有先開口說一句話。

嚴裕假裝隨口問道：「什麼香？」

她蓋上瓷塞，言簡意賅。「荷花香露。」

經她提起，他才想到太子撿到的那條手帕，上面也有這種香味。正是因為這種香才會讓嚴韜對她念念不忘，他不悅地皺起眉頭。「日後別再用這種香。」

謝蓁抬眼看他，那眼神明顯在說：關你什麼事？

嚴裕也知道自己要求無理，但他開不了口解釋，於是偏頭口是心非。「我不喜歡這個香味。」

誰知道謝蓁輕輕一笑，像夏日一天天綻放的睡蓮，毫無預兆地盛開出美麗的顏色。「你不喜歡沒關係，我喜歡就好了。」說著斜倚在緞面妝花迎枕上，閉上眼小憩，不再理會他。

馬車裡有丫鬟，他不好說太失身分的話，即便憋得一肚子火，在看到她睡容的時候也都默默嚥了回去。她是真睏了，沒多久便睡得死沈死沈，趴在迎枕上東倒西歪，一點也沒有大家閨秀的樣子。

嚴裕看不下去，只好坐過去，扶著她的腦袋讓她靠到自己身上。她聽話得很，枕著他的肩膀一點怨言也沒有，沒多久，枕著枕著就滑上他的胸口，他展開雙臂，把她納入懷中。

馬車停在定國公府門口，謝蓁被人敲了敲腦門，一個討厭的聲音響起。「醒醒，到了。」

她緩緩睜開眼，一眼就看到嚴裕精緻的臉孔。她睜著大眼迷茫地看了看左右，這才恍悟自己居然倒在他懷裡，立即手忙腳亂地從他懷裡爬起來，抿了抿鬢角，彆彆扭扭地解釋。「我睡著了。」

嚴裕沒想到她居然會心虛，覺得稀罕，忍不住多看兩眼。覺得這是個難得的好機會，他指指胸口上的水印。「一會兒若是被人看到，該如何解釋？」

她只看了一眼就轉過頭去，耳朵粉粉嫩嫩，聲音又輕又小。「不知道。」

嚴裕薄唇彎起一抹淺淺的弧度，似笑非笑，把她這模樣愛到了心坎裡。「妳枕了我一路，不跟我道謝嗎？」

她掀起簾子就要下去，雙魚、雙雁在心裡替自家娘娘捏一把汗，這都到家門口了，可千萬別吵起來啊……好在謝蓁只是走下馬車，等嚴裕下來後，再一言不發地跟著他走入府邸。

路上嚴裕似乎心情頗佳，沒再板著一張臉。

謝蓁步子小，他長腿步闊，沒一會兒兩人之間就拉開好一段距離。他自己沒察覺，兀自走了一段路，一回頭，才發現謝蓁竟已落後十幾步。

他站在原地等她走來，第一句話就是問：「妳怎麼走這麼慢？」

謝蓁平靜地說：「我走不快。」

嚴裕看一眼她的腿，大概覺得可以理解，改口又問：「那為何不叫住我？」

她牽著裙子上臺階，站在石階上還是沒有他高。她回頭看著他。「我在等你自己發現。」說完，踅身走在前頭。

嚴裕無話可說，但是後面果真學聰明了，放慢腳步一步一步走在她旁邊，考慮到她的情況，還故意把步子邁小一點。他問她。「妳這七年裡就沒長高嗎？」

說起這個話題，謝蓁便積鬱難平，她狠狠嗔他一眼。「我當然長高了，你沒看到嗎？」

是嗎？嚴裕眼神裡明顯透出疑惑，她看著仍跟小時候一樣。「以前妳總是比我高。」

她不想談論這個話題，走在前頭不吱聲，嚴裕慢吞吞跟在她後面，心血來潮，伸手在她頭頂比了比，正好到他的胸口。誰知道這一幕被她抓個正著，她突然回頭，惱羞成怒地說：

「你別得意，我哥哥比你還高！」

他一愣，這才想起她還有一個極其護短的哥哥。

兩人磨磨蹭蹭總算來到堂屋，屋裡圍了一大圈子人，定國公府的人聽說六皇子要帶皇子妃回來省親，一大早便起來等候了，如今聽下人說兩人已到跟前，忙到門口迎接。

嚴裕和謝蓁並肩走來，定國公帶著家人行禮。「老臣拜見殿下，拜見娘娘。」

謝蓁見祖父和爹娘要給自己行禮，哪裡受得了，眼眶一紅就衝上前去。「祖父是要折殺我嗎？您不許拜，阿爹阿娘也不許拜！」

冷氏和謝立青站在定國公後面，眼裡既是含笑又是酸楚，最終化成一句。「羔羔回來了。」

定國公和二房有了謝蓁的特赦，可以免於行禮，但是其他幾房的人沒聽到她說不用拜，只得向她和嚴裕欠身行禮。大房的人笑得多少有些勉強，自己閨女尚未嫁出去，謝蓁排行比謝瑩小，居然嫁得這麼好。

回家之後，謝蓁與爹娘兄妹自然有說不完的話，她一會兒纏纏冷氏，一會兒抱抱謝蕁，分明才兩天不見，就像分別了十幾年一樣。冷氏說她嫁人了，應該有嫁人後的樣子，可是她骨子裡還是個孩子，膩在冷氏懷裡說幾句好聽的話，便輕輕鬆鬆糊弄過去了。

嚴裕在外面陪著定國公和府裡的男人說話，謝蓁便和女眷來到西廂房，兩人分開以後，她更像撒歡兒的野羊羔，不必再繃著裝著，可以肆無忌憚地笑鬧。

冷氏點點她的鼻尖。「這兩天把妳拘謹壞了？」

她點點頭，只能往冷氏懷裡一縮。「阿娘對我好點，我今天還要走的。」

冷氏罵她小沒良心。「我平日對妳不好嗎？瞧妳說的這話。」

她嘿嘿兩聲，抱著她的胳膊不肯撒手。「阿娘待我最好，比誰都好。」

這邊母女倆說不完的膩歪話，那邊許氏和吳氏聽了一會兒，吳氏忍不住插話。「阿蓁何出此言？莫非六皇子待妳不好？」

謝蓁抬眸，抽空看了看吳氏，笑咪咪地說：「小玉哥哥對我很好，我們一起入宮面聖，聖上還給了我一顆這麼大的夜明珠。」說著用手比劃了一下，語氣裡滿是雀躍和欣喜，就像天真懵懂的小姑娘。

吳氏注意她比劃的大小，忍不住露出幾分豔羨。想到什麼，故意看了看左右，悄聲道：「可是我怎麼聽說……」

謝蓁偏頭。「聽說什麼？」

吳氏故意做出吞吞吐吐的樣子。「聽說妳和六皇子……」

話說到一半，冷氏疾言厲色。「三弟妹！」

謝蓁從未見冷氏如此動怒過，登時在她懷裡一僵，直覺不是什麼好事。她握住冷氏的手，在她手心抓了抓，輕聲細語地勸慰。「阿娘別生氣，我今天剛回來，阿娘怎麼能生氣呢？」

然而話畢，冷氏的臉色剛剛有所緩和，那邊許氏卻接了話。「二弟妹堵得住我們的口，卻堵不住其他人的口。如今整個貴女圈子誰不知道，六皇子新婚之夜連合巹酒都沒喝，便把阿蓁一人扔在新房，直到後半夜才回來……這其間，也不知道去哪兒了。」

謝蓁驀然愣住，沒想到竟是說這件事。那天嚴裕把她扔在新房，屋裡也沒多少人，一個手指頭都能數得過來。和儀公主和太子妃不像是會碎嘴的人，那麼究竟是誰傳出去的？

謝蓁咬緊牙關，心中冒出一絲絲冷意，她沒想到最後讓她難堪的會是她的大伯娘和三嬸。

從震怒中緩和過來，她心中大定，一邊安撫似的握緊冷氏的手，一邊咬著唇瓣輕笑。「大伯娘和三嬸從哪裡聽來的？」

吳氏眼裡藏不住的幸災樂禍。「大家都在說，誰知道從哪裡傳出來的。」

本來嘛，謝蓁毫無預兆地指婚給六皇子就已經讓他們嫉妒眼紅好一陣了。如今忽然傳出一樁醜聞，就像給了他們一個嘲笑的話柄，似乎拚命揪著這件事不放，自己就能過得比謝蓁好，或者說，能讓自己心裡稍稍平衡一點。

謝蓁慢吞吞地哦一聲。「那三嬸親眼見到了嗎？」

吳氏一愣，不忿道：「我是沒見到，但這又不是我傳的，肯定有人親眼見到了，才會這麼說。」

謝蓁握著冷氏的手逐漸冰涼，心裡有點亂。這是事實，她再怎麼生氣也反駁不了這個事實。

冷氏氣得渾身哆嗦。「三弟妹是羔羔的長輩，怎能當著她的面說這樣的話？妳莫非要讓孩子親眼看看什麼叫為老不尊嗎？」

「我怎麼就為老不尊了？」吳氏到底衝動，很容易便被冷氏激怒，坐在一旁心有不甘地冷哼：「還不讓人說實話嗎？」

許氏給她一個眼神，讓她安靜一些，然後對冷氏和謝蓁道：「這種事咱們自家人知道就好，羔羔即便承認了，大伯娘和嬸嬸們也不會笑話妳。本來六皇子那等尊貴的人，怎麼會瞧得上……」說話說一半，點到為止。

謝蓁氣到極致，反而輕輕一笑。「大伯娘錯了，不管他之前是什麼身分，但是成親以後，他就是我的丈夫。」

說完，抬起一雙瀲瀲妙目，靜靜地掃視她們一眼。「嘴巴是別人的，耳朵是自己的。別人說什麼就信什麼，那是傻子。」一句話，將兩人堵得啞口無言。

許氏怒極，霍地站起來。「妳怎麼同長輩說話的？」

謝蓁依舊坐在榻上。「大伯娘的一言一行，哪裡像個長輩？」

她還是這樣，伶牙俐齒，說話輕易就能把人噎個半死。許氏氣得胸口起伏，若是平時肯定要跟老太太一起罰她，然而今日老太太不在，她又成了身分尊貴的皇子妃，一時半會兒還真動不了她。末了，只得嚥下這口氣，憋得面容青紫。

謝蓁還是頭一回把人氣成這樣。但是怪不了她，她們當著她和阿娘的面說這些，從一開始就沒考慮過她和阿娘的感受，她又為何要考慮她們？

謝瑩站在許氏後面，她上回剛向謝蓁示好，本不好多說什麼，但是這會兒忍不住替許氏說話。「不怪阿娘，大家都這麼說，阿蓁妳不打算解釋嗎？」

謝蓁看她。「沒有的事，我為何要解釋？」

話音剛落，門口傳來聲音。「殿下，娘娘在這裡面。」

謝蓁往屏風後面看去，直櫺門被人推開，發出吱呀一聲。原來正堂的談話散了，一會兒就要用午膳，嚴裕過來找謝蓁，剛走進屋裡，就覺得裡面的氣氛不大對勁。

屋裡安靜得厲害，一個說話的聲音也沒有。

他看向謝蓁，見她坐在冷氏身旁耷拉著腦袋，一副小可憐的模樣。

嚴裕走過去，問道：「怎麼回事？」

她抬頭，眼眶紅紅的，淚珠子在眼眶裡打轉，彷彿一眨眼就會簌簌掉下淚來。

嚴裕怔住，頓時慌了神，蹲在她面前想碰她，但是又不敢，眉眼裡都是著急。「怎麼了？妳哭什麼，跟我說不行嗎？」

她抽了抽鼻子，嗚嗚咽咽：「大伯娘說……」大抵是太委屈，她攢住他的袖子，好半天都沒說出一句完整的話。

但是前半句，嚴裕卻是聽清楚了。他霍地站起來，轉身惡狠狠地瞪向許氏，質問道：「妳對她說了什麼？」

許氏對上他的眼神，渾身一顫。哪裡料到謝蓁剛才還好好的，威風凜凜像個小獅子，怎麼六皇子一來她就成淚人兒了？

許氏不回答，他寒著臉又問了一遍。「我問妳對她說了什麼？妳是聾子？」

事已至此，再裝傻也瞞不過去了。六皇子處於盛怒中，凌厲的眼神看得她心頭一怵，心驚膽顫地跪到地上，到了這會兒仍想要隱瞞。「回殿下……民婦只是跟娘娘嘮嘮些家常罷了……」

嚴裕不是好糊弄的，一拂袖把旁邊八仙桌上的茶杯掃到她面前，濺了她一臉的茶水茶葉。「嘮家常能把人嘮哭？妳若再不說實話，本皇子今日便掀了這定國公府！」

他極少在人前拿身分壓人，更很少自稱「本皇子」，大抵是小時候沒養成習慣。今日是氣急了，說出的話處處都透著殺氣，好像一把鋒利的匕首，隨時都能捅進對方心口。

此言一出，非但許氏面色一驚，兩旁的人都呼啦啦跪了下去，包括方才趾高氣揚的吳氏。

吳氏面色煞白，抖得不成樣子。清楚自己方才也說了謝蓁是非，恐怕今日逃不過一劫……

謝蓁坐在冷氏懷裡，抬頭怔怔地看著嚴裕的後背，心裡說不清是什麼感覺。她趁他進來的時候故意裝可憐，想著他們夫妻一場，他怎麼著也會幫自己出氣。但沒想到他這麼當回事，居然一本正經地幫她教訓大伯娘……倒讓她心裡有點愧疚。她低下頭，默默地揉了揉眼睛，不知為何眼睛又有點酸。

嚴裕放出狠話，果真有人坐不住了。

吳氏低頭，忐忑不安地闡述：「都是民婦的錯，是民婦先起的頭……」

嚴裕偏頭，睨向她。

她繼續惴惴道：「前日殿下與阿蓁大婚，隔日便有消息傳出來，說殿下新婚夜棄阿蓁不顧……民婦也是關心阿蓁，便多嘴問了一句。」話說到這兒，她幾乎能感覺到頭頂鋒利的眼光，登時身子一軟，強撐著把後面的話說下去。「後來大嫂接了兩句話，或許是話說得重了，才會讓阿蓁委屈。」

許氏聞言，震驚地看向她。

嚴裕面色不豫。「她說了什麼？」

吳氏頭頭是道。「說殿下之所以離開，是因為瞧不上阿蓁……」

許氏猛地叫了一聲「三弟妹」，語氣不無咬牙切齒。「妳豈能如此搬弄是非？莫非妳沒搭腔？」

吳氏此時態度與方才判若兩人，端的是一心為謝蓁出氣的好嬸嬸。「我只不過問了幾句，哪像妳語氣刻薄？若不是妳，阿蓁會哭嗎？」

許氏氣得頭頂冒煙，偏偏又拿不出話反駁她，畢竟那句話確實是自己說的。

嚴裕臉色難看，垂在身側的手攏握成拳，似乎隨時都會出手。

許氏和吳氏爭執不休，兩人誰都不讓誰，但是許氏沒有吳氏嘴皮子厲害，不多時便被噎得氣急敗壞。謝瑩和謝茵見狀，紛紛上去勸慰自己的娘親，再加上四房的人也在勸和，一時間這小屋子裡嘰嘰喳喳全是女人的聲音。

「都住口！」嚴裕忍無可忍地斥道。他胸口燃著一團火，差點就把自己燃燒殆盡。

既憤怒這些人欺負他的謝蓁，又懊悔這一切的源頭都是他自己。

如果不是他，他們的新婚之夜豈會傳出那樣的言論？謝蓁又怎麼會被人非議？連她的嬸母至親都能隨意議論她，難以想像旁人口中會是什麼樣子。

或許是西廂房的動靜驚動了堂屋，沒一會兒定國公和老太太便匆匆趕來這邊，進屋一看，被裡頭跪倒一片的場面震驚了。

大房、三房和四房的人都在地上跪著，謝蓁眼眶紅紅地坐在貴妃榻上，身邊是冷氏和謝蕁。兩位老人直覺出了大事，一問之下，才知道是兩個兒媳婦嘴欠惹的禍。

老夫人敲了敲楞杖，指著許氏道：「妳、妳們兩個……」

真是沒有腦子，私底下議論也就算了，哪怕謝蓁再不濟，她的身分也是皇子妃，是她們能明面上胡說的嗎？更何況今日她是和六皇子一塊兒回來，按規矩是明日回來省親，六皇子肯答應她今日回來，那就說明了他對她寵愛有加。而且回門禮準備得十分周全，給足了謝蓁面子，她們連這點都看不出來，真是白白活了幾十年。

許氏和吳氏總算消停了，兩人都認知到自己說了不該說的話，後悔也晚了。

老太太再生氣，也得為兩個兒媳婦求情，一把年紀就要下跪。「殿下看在她們是謝蓁長輩的分上，饒了她們這回吧……」

嚴裕與謝蓁不愧是夫妻，說出的話都如出一轍。「她們可有把自己當成長輩？」

老太太與定國公面面相覷，定國公也琢磨不透他是什麼打算，便跟著一塊兒求情。「殿下……」

嚴裕是吃了秤砣鐵了心，今日一定要嚴懲這些碎嘴的婦人，否則誰知道以後她們還會傳出什麼話？不管她們是不是謝蓁的長輩都一樣，但凡欺負他媳婦的，都不能輕易放過。「許氏私下議論皇室是非，對皇子妃不敬，膽大包天。」他劍眉一蹙，疾言厲色。「來人，帶下去掌嘴，打到她說不出話為止！我倒要看看，誰以後還敢口無遮攔？」

音落，吳澤帶著兩個侍衛從外面走進，架著許氏就要往外走。

許氏大驚失色，她一個婦人，若是被這些人高馬大的侍衛掌嘴那還有活路嗎？頓時掙扎著向嚴裕求饒，見他不為所動，便又去求謝蓁。「阿蓁，我好歹是妳大伯娘，妳難道忍心……」

謝蓁把頭埋在冷氏懷裡假裝聽不見。其實她嘴角的弧度早就翹起來了，原來有人替她出頭，比她自己替自己出頭還痛快。

謝蕁坐在她旁邊，還以為她又傷心了。方才阿姊被大伯娘和三嬸看笑話，她跟冷氏在一旁乾著急，卻幫不上忙。那時候她真是恨透了嚴裕，把他想成了虐待阿姊辜負阿姊的大壞蛋，現在他替阿姊出氣，她很快就對他改觀了，甚至還有點滿意。她叫道：「姊夫。」

嚴裕一開始沒反應過來，很快便明白這是在叫他，心情稍霽。「何事？」

謝蕁一指對面的吳氏，揭露道：「三嬸方才也議論阿姊是非了，還說外人傳的都是實話。」

吳氏臉一白，還沒來得及求饒，那邊嚴裕就道：「那就帶下去一起掌嘴。」

她驚愕地睜大眼。「不……我沒……」

侍衛剛要把她帶下去，嚴裕說一聲等等，吳氏還當事情有轉圜餘地，眼裡迸出希冀的光彩，誰知道他下一句話居然是──「下回若再讓我聽到這話，便不是掌嘴這麼簡單。」

說完，侍衛便把她也帶了下去。

嚴裕的侍衛都是習武之人，力氣足得很，一巴掌打下去，她半邊臉幾乎立刻就腫成饅頭。吳氏見狀，雙腿一軟，涕泗橫流地求饒，可惜嚴裕不發話，誰都救不了她。

好端端的一場家宴，最後鬧得不歡而散。

定國公也很鬱卒，讓人把雙頰高腫、一句話都說不出來的許氏和吳氏送回院裡，連連向嚴裕賠罪。「都是老臣管教無方……」

嚴裕說：「那以後就好好管。」

定國公滿口答應。「是是是，老臣一定好好管理內宅。」

最後幾人草草在正堂用了午膳，謝蓁胃口不好，只吃了一點，冷氏怎麼勸都沒用。嚴裕從頭到尾都沒說什麼，但是表情漸漸不好，定國公見狀，怕他又動怒，忙讓人去準備謝蓁最愛吃的杏仁酪。杏仁酪端上來後，她多吃了兩口，嚴裕的表情這才好點。

用過飯後謝蓁跟冷氏一起回玉堂院歇息，嚴裕不好進內院，謝立青怕他覺得無趣，便對謝榮道：「榮兒，你陪著六皇子到府裡逛一逛吧。」

他想著謝榮和嚴裕多年未見，應該很有共同話題才是，可惜打錯了算盤。謝榮領著嚴裕走出去，兩人都是不愛說話的性子，走了大半個院子，對話都沒超過兩句。

嚴裕想著謝蓁哭泣的模樣，心亂如麻，根本沒心情跟大舅子套近乎。

謝榮是天生不愛說話，路上總共只說兩句話，一句是「走這邊」，一句是「走那邊」。

偌大的府邸，他倆沒一會兒就逛完了。快回到堂屋的時候，謝榮總算先開口。「你跟羔羔本不適合。」

嚴裕停住，偏頭看他。

其實謝榮這句話不無道理，嚴裕和謝蓁的性格確實有很多不合適的地方，他們兩個都不成熟，小孩子心性，既衝動又容易意氣用事。雖然嚴裕跟以前相比穩重了許多，但到底年紀太小，一遇到謝蓁便容易失去冷靜。而且他太口是心非，心高氣傲，不輕易低頭。謝蓁脾氣也倔，兩個同樣固執的人碰在一塊兒本來就不是一樁幸事。

謝榮又道：「雖然說這些有些晚了，但我想告訴你，不要再讓她承受今天這種委屈，你若是做不到，就把她還回定國公府。」

嚴裕眼神一冷。「還給定國公府？不可能。」娶到手的媳婦，哪有還回去的道理？

他大步走到前頭，甩下一句話。「我自有分寸，不必你操心。」

第十四章

謝蓁跟冷氏回到玉堂院，起初還有點低落，沒多久便躺在冷氏懷裡睡著了。她睡覺的姿勢還跟小時候一樣，喜歡握著冷氏的衣角，蜷成一團，睡得滿足又香甜。冷氏側臥著，手裡拿著一柄團扇輕輕地替她搧風，晌午仍舊有些熱，冷氏怕她出汗，手上便一直沒停，丫鬟想要接手，都被她無聲地揮退了。

謝蕁坐在一旁憂心忡忡地問：「阿娘，妳覺得大娘她們說的是真的嗎？」她不是故意嚼舌根，就是想知道嚴裕對謝蓁究竟如何。

冷氏半垂著眼，撥了撥謝蓁臉上的頭髮。「是真是假又如何？今日六皇子替妳阿姊出頭，妳沒看到嗎？只要日後他對羔羔好，我便別無所求了。至於外人傳的那些話……即便是真的，想必其中也另有隱情吧。」

謝蕁似懂非懂地哦一聲。「那阿娘覺得他是喜歡阿姊嗎？」

冷氏笑了笑。「喜不喜歡我不清楚，但肯定是不討厭的。」

說這話的時候，她想起那年李家搬走，謝蓁哭著對她說「小玉哥哥討厭我」，直到今天，她似乎都還覺得嚴裕討厭著她。冷氏疼惜地摸了摸謝蓁的額頭，心想真是一個傻姑娘，嚴裕這麼明顯地護著她，她難道看不出來嗎？

謝蓁只睡了小半個時辰就醒了，醒來見到阿娘和妹妹都在身邊，頓時覺得心中大定，真想留下來不走了，可惜事與願違，該走還是要走的，只是時間早晚問題。

臨走前，冷氏特意把她叫到一旁問道：「妳跟六皇子……圓房了嗎？」

謝蓁雙手背在身後，左顧右盼。「沒有。」

回答得倒很老實，冷氏哭笑不得。

她仰著頭問：「阿娘怪我嗎？」

冷氏搖搖頭，想說什麼，最終化成一句。「只要妳過得好就行，其他的順其自然吧。」

她開心極了，阿娘沒有強迫她，她覺得一下子輕鬆很多。肚子裡還有許多話說，可是前面的人已經來催了，馬車就在門外等著，她再捨不得，這會兒也得回去。

冷氏和謝蕁把她送到玉堂院門口，她一步三回頭，直到再也看不見了，才步履輕快地走到國公府門口，門口站著定國公和謝立青等人，嚴裕站在馬車旁，往她的方向看來。

她依次跟祖父、父親道別，然後才踩著腳凳上馬車。雙魚、雙雁正打算進來，卻被嚴裕擋在馬車外。「妳們坐在外面。」

說著，打簾走了進去，雙魚、雙雁只好坐在車轅上。車夫一揚馬鞭，馬車緩緩駛出。

嚴裕坐在謝蓁旁邊，也不知道有什麼話要單獨對她說，非要支開丫鬟。

謝蓁也不催他，窗戶外面的陽光流瀉進來灑在兩人身上，在腳邊投下斑駁的影子。她的側臉被鍍上一層金邊，或許是在想事情，她微微斂眸，模樣有點出神，唇邊甚至含了一絲暖融融的笑。

嚴裕心潮湧動，張了張口。「妳……」

謝蓁斜斜看過來，眼神有尚未融化的笑意，輕輕一眨眼，把他的神智攪得七葷八素。他胸口跳得劇烈，多怕她會聽到，於是往另一邊挪了挪，移開視線不敢再看。「成親那晚……我沒想到會變成這樣。」

「那你以為會變成哪樣？」謝蓁回神，笑意慢慢收回去。他今天幫了她，她其實很感激的……但仔細一想，這一切不都是拜他所賜嗎，所以功過相抵，她就不打算跟他道謝了。

嚴裕眼神飄忽，明顯沒有底氣。「總之，我以後不會……再……」

謝蓁好奇地等著，以為他要說出什麼話。

他憋半天。「不會再把妳一個人扔下了。」

小時候遇到危險，那麼危難的時候她都沒有扔下他，他為什麼捨得留下她一個人？現在再怎麼後悔都晚了。

謝蓁彎起眼睛，在太陽底下微笑。「你還想把我扔下幾次啊？」

一剎那，他以為他們之間再也沒有猜忌了，終於忍不住伸手就想抱她。「我……」

「你幹什麼？」謝蓁往後退了退，眨巴著無辜的眼睛。她剛才那麼說，一是因為心情好，二是因為他今天表現還不錯，可不代表他就能隨意碰她。

「沒什麼。」嚴裕一僵，收手坐回去。想了一路都想不明白，他今天幫她出氣，為什麼她只對他笑了一下？就不能多笑一會兒嗎？

晚上兩人還是分房睡，謝蓁睡側室，他睡內室。自從第一晚謝蓁知道側室沒有門閂後，隔天便讓人裝了一個，是以即便他想推門而入也是不大可能了。

晚上各自盥洗完，謝蓁坐在銅鏡前拆卸珠翠，紅眉站在後面替她梳頭。

嚴裕坐在燈下看書，偶爾抬眸瞥她一眼，書上寫了什麼內容，一個字都沒看進去。

她梳好頭，站起來往側室走。「我去睡了。」

嚴裕下意識叫住她，她回頭，他一時想不出留下她的藉口，盯著書上的古訓。「今天夜裡有雨，妳關好窗戶。」

謝蓁納悶。「你怎麼知道？」

他說：「傍晚天氣烏雲密佈，一看便知。」

她點點頭。「我知道了。」然後扭頭繼續往裡走。

他又道：「還會打雷。」

謝蓁這回聽明白了，轉身好整以暇地看著他。「你害怕？」

他惱羞成怒，瞪她一眼，他是怕她害怕好嗎！「我怎麼可能害怕？」

誰知道這個沒良心的小混蛋居然半點不懂他的用心良苦，莫名其妙地反問：「那你跟我說這些幹什麼？我也不害怕。」

他抿唇，絕不承認自己有點失望。

謝蓁走進側室沒多久，他就放下書卷洗漱上床了。說來奇怪，以前他都是一個人睡的，從來不覺得有什麼，自從娶了謝蓁後，一個人睡就顯得有點奇怪。他抬起手臂擱在額頭上，扭頭打量外面的月亮，也不知道謝蓁這會兒在幹什麼……睡著了嗎？

到了後半夜時，果真下起雨來。

起初雨很小，後來慢慢變大，雨滴一顆顆砸在屋簷上發出咚咚聲響，吵得人不能入眠。嚴裕被雨聲吵醒，室內漆黑一片，桌上的油燈早就燃盡了。他一時間不能適應黑暗，躺在床上緩了一會兒才勉強看清內室的輪廓。他記得謝蓁從小淺眠，夜裡有一丁點聲響便能把她吵醒。有一回晚上又打雷又下雨，她一整夜都沒睡好，第二天早晨眼眶底下一圈青紫。那時候覺得滑稽，現在卻會關心她睡得好不好。

嚴裕正在猶豫要不要過去，一扭頭，便看到一個身影向他走來。

身形輪廓跟謝蓁有些像，他以為她害怕雷聲，坐起來問道：「謝蓁？」

恰好窗外一道電閃雷鳴，一瞬間將屋裡照亮。他看清了她的臉，不是謝蓁，是丫鬟晴霞。

他對屋裡丫鬟印象不深，是以想了一會兒才想起她的名字，他皺了下眉。「妳來幹什麼？」

晴霞手裡拿著一盞油燈，見他醒來，低眉順眼地站在他幾步之外，聲音在雷聲下小得幾乎聽不清。「婢子見內室燈芯熄了，便想來給殿下續上。」

嚴裕躺回去，語無波瀾。「下去吧，不必。」

今夜是她和筍芽當值，筍芽早就歪在門框上睡著了，雷打不動。她頓了頓，露出躑躅。「今夜風大，殿下冷不冷？可要婢子再拿一張毯子來？」

嚴裕這會兒只想一個人待著，覺得她聲音很吵，語氣便有些不善。「不必。妳去側室看看皇子妃醒了嗎，若是醒了就來告訴我。」

晴霞欠身應是，走時回頭看了一眼床榻，見他手臂放在額頭上，曲著一條腿，明顯心情煩悶的模樣，她眼神閃了閃，也不知在想什麼。

來到側室門口，晴霞輕敲兩下門，裡面很快打開條細縫，露出雙雁的半張臉。「何事？」

她道：「今夜雨大，殿下讓婢子來問問王妃睡得可好？」

雙雁頷首。「很好，回去吧。」

晴霞不著痕跡地往裡面看了看，奈何屋裡黑暗，根本看不清裡面的光景。只能看到一個模模糊糊的影子蜷成一團，也不知是睡著還是醒著。她應了聲是，旋即關門退了下去。

她是皇子府建好以後才買進來的丫鬟，彼時只聽說六皇子即將大婚，府邸是為未來的皇子妃準備的。她一開始以為六皇子與未來的皇子妃情投意合、恩愛不移，誰知兩人成親第一天，六皇子便把皇子妃一個人扔在新房，直至夜深才回來，這就算了，他們居然還分房睡。

此舉震驚了屋裡伺候的丫鬟，但是她們被管事交代過，誰若是把這事說出去，誰就吃不了兜著走，是以大家驚訝歸驚訝，但都默默憋在心裡，誰也不敢說，更不敢議論。

隔天一早，皇子妃與六皇子便鬧了彆扭、起了爭執。她們丫鬟暗暗猜測，六皇子必定是不滿聖上賜婚，才會大婚沒多久就跟皇子妃屢屢不和。

大家憋久了，忍不住在下人房悄悄議論。「你們說這樣下去，殿下會不會休了皇子妃？」

綠襖斥她胡說八道，趕緊讓她閉嘴。

翠衫卻覺得自己說得很有道理。「新婚夜丟下新娘，不僅如此，還分房睡。就算殿下不休妻，也是要納妾的吧。」說罷調侃晴霞。「咱們幾個數妳最好看，妳猜會不會是妳先被收房？」

晴霞登時燒紅了臉，沒有回應這句話。

綠襖是真生氣了，站起來反駁。「皇子妃生得不比咱們都好看？殿下若看不上她，能看得上咱們？」

翠衫說得頭頭是道。「皇子妃不懂得討殿下歡心，說不定殿下就喜歡乖順聽話的呢？」

就是這一番言論，深深在晴霞心裡扎根。他不喜歡與她作對的，喜歡乖順聽話的，這些她都可以做到。

晴霞回到內室，只能看到嚴裕在床上躺著，分不清他是不是睡著了。她壯著膽子上前，剛來到床邊，就對上嚴裕冷漠平靜的一雙眼，她忙低頭，恭敬道：「殿下，娘娘已經睡下了。」

嚴裕心裡一陣失望，閉上眼道：「下去吧。」

她還想多留，但是怕引來他的反感，於是行了行禮便退下。

大雨下了半個時辰還未停，窗外風雨交加，吵得人更加睡不著，嚴裕索性不睡了，披上外袍走到與側室相通的那扇門，手剛放上去，門就輕輕開了。

原來方才晴霞問過話後雙雁忘了拴門閂，是以他才能輕輕鬆鬆就進來。

嚴裕強壓下心中的歡喜，對床邊的雙雁揮揮手，示意她出去。雙雁原本趴在床頭東倒西歪，見他進來，瞌睡蟲立刻全跑了，見他讓自己出去，知道他不會對謝蓁不利，於是一撒腿便溜了出去。

嚴裕坐在床邊，看著把自己縮成一團的小姑娘，恰好窗外響起一聲驚雷，她皺了皺眉頭。

嚴裕脫鞋上床，罩在她身上，把她圈進自己懷裡。

謝蓁根本沒睡著，外面那麼大的聲音她怎麼可能睡得著？可是她委實睏了，是以迷迷糊糊的覺得有人進來，以為是雙雁出去又回來，根本沒管，哪料到下一刻就被人緊緊纏住了？

她睜大眼，只能看到一個腦袋，驚恐地問：「你是誰？」

嚴裕在她耳邊道：「我。」

低沈沙啞的聲音，在這麼近的距離顯得格外清晰，她耳朵一麻，抬手便要反抗。「你來幹什麼？你放開我！」

窗外雷聲一陣接著一陣，轟轟隆隆，好似沒有盡頭一般。

她力氣不大，但是這麼掙扎下去也不是辦法。嚴裕四肢都纏住她，心一橫道：「我怕打雷。」

「你怕打雷？」謝蓁果真停下了，不可置信地扭頭。奈何他湊得太近，根本看不到他的臉。

嚴裕抿緊薄唇，堅決不重複第二遍。

她噗哧一笑，笑完之後語氣軟了很多。「我剛才問你，你不是說不怕嗎？」

他不說話。

天空劈下一道閃電，將屋裡瞬間照亮，床上有兩個交疊的人，身形頎長的男人把嬌小玲瓏的姑娘蓋得嚴嚴實實，每一個姿勢都透著佔有，此時雷聲大作，嚴裕應景地把她摟得更緊。

謝蓁總算抓住他的一個弱點，睋起眼睛，也就不跟他計較那麼多了。「你怎麼會害怕打雷啊？我都不怕，阿蕁也不怕，你是男人，為什麼會害怕？」

嚴裕心想，我也不害怕，若不是為了妳，我何必裝成這樣？

謝蓁說完以後，總算想起來提醒。「雨停之後，你就回去睡哦。」

嚴裕不出聲，謝蓁是個小話嘮，反正睡不著，於是就好奇地問：「你是不是害怕得說不出話了？」

嚴裕咬著牙。「不是。」

她哦一聲，已經不大瞌睡。「今天謝謝你幫我。」

嚴裕閉上眼，非常不喜歡聽到她說「謝謝」兩個字，他們是夫妻，做什麼都是應該的。於是他只道：「嗯。」

他們貼得這麼近，他感覺到她胸前軟綿綿的部位，臉頰染上血色，好在屋裡黑暗，她看不到。但是時間長了，難免會有反應，於是他不動聲色地退了退，不讓她察覺到自己的變化。

謝蓁又問：「你為什麼要幫我？」這是她思考了一天的問題，可惜最終也沒想出個答案。

嚴裕騰出一隻手放在她的腰上，玲瓏的腰線讓他愛不釋手，手掌往下滑了一點，不敢太放肆，怕她起疑，便放在她的腰窩下方，忍得手心滾燙。

他聲音沙啞。「妳哭了。」

謝蓁水眸明亮，一門心思都在對話上，根本沒注意到他不安分的手。「還不都是你的錯……」

他頓住，點了下頭。能讓他認識到錯誤已屬不易，今天這事他是真知道錯了，估計以後都不會再犯同樣的錯。

外面雨勢漸小，謝蓁的聲音也慢慢弱下去，等到完全雨停的時候，她已經躺在他懷裡睡著了。嚴裕撐起身，摸摸她的臉，又摸摸她的眼睛、鼻子，最後盯住她粉唇的雙唇，迫切地想嚐一嚐是什麼滋味。

他剛要低頭，她就翻了個身，嚇得他動作戛然而止，作賊心虛大概就是他這種感覺……他最後放棄了，抱著她老老實實地睡覺。

什麼雨停後就回去？他早忘了。

經過一整晚雨水的洗滌，翌日天高氣爽，碧空萬里。

謝蓁睡到日上三竿，最後是被勒醒的，她只覺得自己喘不上氣，渾身上下都被束縛著，難受得很。她睜開雙眼，發現嚴裕正像大狗一樣抱住她，把她纏得密不透風。

腦子遲鈍地轉了轉，回想昨晚的畫面，他說他怕打雷，自己就勉強讓他抱了一會兒……後來，後來他們好像都睡著了？謝蓁手忙腳亂地推開他，就差沒把他踢下床去。「你快起來！」

嚴裕被鬧醒，先是皺了皺眉才緩緩睜開雙眼。他剛睡醒時帶著幾分慵懶，漂亮的臉沒了鋒芒，領口微敞，眼神迷濛，看得謝蓁有一瞬間的呆滯。

「怎麼了？」他看清她後，不明所以地問道。

謝蓁回神，往床榻角落裡躲。「你還問我？這……這是我的床。」

他清醒過來，帶著睡音嗯一聲，薄唇一抿，居然耍起無賴。「反正都天亮了，再睡一會兒也無妨。」說完閉上眼睛當真要睡。

謝蓁豈會讓他如願，連推帶搡地把他從床上趕下去。她叫來丫鬟，讓人在門外看著，誰都不許進來，換好衣服才去外面洗漱梳頭。

嚴裕已經換過一身衣裳，此刻正站在銅盂前洗臉，已經恢復平常清貴冷傲的形象。

晴霞替他絞乾巾子，正欲替他擦臉，他面無表情地接過去，沒有讓別的女人碰觸的習慣。聽到身後有聲音，他頭也不回道：「用過早飯，我帶妳去個地方。」

謝蓁坐在銅鏡前，從鏡子裡面看他。「什麼地方？」

他卻不肯說。

嚴屹念在他新婚燕爾的分上特意准了他十天的假，這十天他都不必入朝。與其在家閒著，不如自己找點樂子。
用過早飯，他帶著她往外走。院裡到處都是積水，一不留神就會踩到水窪裡，濺上一身泥水。謝蓁走得小心翼翼，牽裙跟在他身後，他現在走路學會等她了，偶爾還會遞上手把她從對面牽過來。於是這一路，謝蓁發現他們走的都是坑坑窪窪的水路。
終於到了鵝卵石小徑路才好走一些，謝蓁剛剛鬆一口氣，路邊草叢裡便竄出一隻不小的蛤蟆朝她叫了一聲。她哇一聲，上前緊緊握住嚴裕的手。「小玉哥哥！」
嚴裕身子一僵，順著她的視線看去。「牠不會咬人。」
她說：「可是我害怕……」
於是嚴裕從一旁樹上折下一根樹枝，揮了揮，把蛤蟆趕走了，她這才放心。
兩人繼續往前走，她完全忘了自己剛剛脫口而出叫了聲，可是卻在他心裡驚起不小的波瀾。成親以後她沒叫過他的名字，也沒叫過他殿下，她是否還把他當成小玉哥哥？
最後停在一座院子前，謝蓁抬頭一看，唸出聲來。「春花塢？」
春花塢這個名字，曾經貫穿了謝蓁整個童年，她大部分喜怒哀樂都是在這裡發生的。
那時候謝立青給她和謝蕁建了這樣的院子，裡面有花藤秋千、小橋流水，還有她們養的兩隻小烏龜。每次家裡來人，她們都會把小夥伴邀請到春花塢去。後來漸漸長大了，雖然不再跟小時候一樣鬧騰，但她和謝蕁還是常常去那裡，坐在各自的秋千上說悄悄話。再後來回到京城，春花塢裡的東西沒法搬回來，只能作罷。
所以現在看到這三個字，第一反應是驚奇，然後才是驚喜，她拾階而上，把嚴裕扔到身後，迫不及待地走入院子裡。

入目還是一模一樣的場景，院子正中央有一座紫藤花架，紫藤花都枯了，只剩下一些枯黃的枝條。旁邊是一架秋千，左手邊是一座小小的拱橋，橋下有流淌的溪水，她走到水邊一看，裡面不只有十幾條鯉魚，還有一大一小兩隻烏龜。

她驚奇連連，走到橋上探著腦袋往下看，眼裡都是歡喜。「大千歲和小千歲！」

仔細一看，龜殼上的紋路還是有些不一樣的，不過這已經夠了。能看到這一幕，她已經十分心滿意足。從橋上下來，她腳步不停地來到秋千旁，坐上去前後蕩了蕩，握著秋千的繩索，笑容燦爛地看向嚴裕。「你怎麼想起來建這個院子的？」

自從她冒冒失失地跑進來後，嚴裕便一直跟在她身後，看著她從這裡跑到那裡，再從那裡跑到這裡，幼稚得要命。可是不知道為什麼，看到她高興，他的心裡就像開花一樣，一朵一朵開滿胸腔。他偏頭，看向別處。「這個院子太偏僻，用不著，正好拿來給妳建東西了。」

說罷，轉頭看謝蓁的反應。

謝蓁笑盈盈地坐在秋千上，眼裡盛載熠熠光芒，她歪著腦袋，綿綿軟軟地說：「可是我很喜歡啊。」

她笑時臉頰有淺淺的梨渦，眼睛彎彎，好似月牙，又明又亮。

嚴裕耳朵通紅，紅暈逐漸蔓延到臉上，他站在太陽底下掙扎。「哦……」半晌生澀地補上一句。「妳喜歡就好。」

謝蓁是真的喜歡，如果能讓謝蕁也過來就好了。不過她很知足，他能有心為她建造一個這樣的地方，無論是什麼原因，她都很感激。

謝蓁問他。「我以後能不能把阿蕁帶來？」

他點頭，反正這個院子是她的，她想帶誰來都行。「可以。」

她仰頭看他。「哥哥呢？」

「可以。」

她又問：「阿爹阿娘呢？」

他不厭其煩。「也可以。」

她好像來勁了，一迭聲吐出好多名字。「瑤安呢？凌香雲呢？謝瑩、謝茵呢？」

他眼角抽了抽。「都可以。」

許久，她問道：「那你呢？」

他愣了一下，然後抑制不住地冒出欣喜，但是卻嘴硬。「我不喜歡這些小玩意兒。」說完，看到她眼裡閃過失望，登時後悔了，匆匆補上一句。「不過我可以陪妳過來。」

可惜他說這話時，謝蓁的注意力已經被另一樣東西吸引了。

桐樹後面露出一隻花斑小鹿，圓溜溜的眼睛，看著很有幾分熟悉。謝蓁忙走過去，又驚又喜。「哎，你……你是不是明秋湖那隻鹿？」

小鹿當然不會回答她，她轉頭又問嚴裕，嚴裕還沈浸在剛才的對話裡，心不在焉地點了下頭。她到底聽到他後面的話沒？如果聽到了，為什麼沒有表示？如果沒聽到，為什麼這麼快就釋懷了？

謝蓁不知他的糾結，悄悄繞到小鹿後面，一把抓住牠的尾巴。小鹿受到驚嚇，掙脫她的手飛快地跑到嚴裕身後，好奇又畏懼地露出一雙眼睛。

謝蓁驚訝地看向嚴裕。「是你帶回來的？」

他嗯一聲，想把剛才的話再說一遍。「謝蓁，我……」

小鹿從他身後逃走，她匆忙追上去。「等等我呀！」

最後小鹿被追得走投無路，撲通跳進水池裡，謝蓁就在牠後面，躲避不及，被濺了一身一臉的水，水下鯉魚被驚動，慌張地四下逃去。

她臉上掛著水珠，呆呆地站在原地。嚴裕走過來，哪料到才一會兒工夫她就把自己弄成這樣，錯愕之餘，拿自己的袖子給她擦擦臉，一邊擦一邊氣惱地問：「妳不知道躲嗎？」

他不會控制力氣，布料重重地磨擦她嬌嫩的臉，她忍不住抗議。「疼……」

嚴裕瞪她，手上的力氣卻明顯放輕很多，他一點點擦掉她臉上的水珠，語氣不善。「鹿有這麼好玩？」

她說：「我以前沒見過嘛。」

過了一會兒，袖子漸漸換成了手，他的手指在她眼睛上慢慢摩挲，不捨得離手。

謝蓁等了很久，忍不住問：「擦乾淨了嗎？」

他說沒有，在她臉上多摸了兩下才放開。她的皮膚光潔無瑕，白豆腐一樣，又滑又嫩。

他趁她走之前拉住她的手，咳嗽一聲。「我剛才說的話妳聽到沒有？」

她疑惑。「什麼話？」

瞧這模樣，果真是沒聽到。嚴裕劍眉一壓，氣急敗壞地質問：「妳沒聽到就瞎跑什麼？」

謝蓁往後一縮，眼裡閃過畏怯。

他好不容易才讓她重新露出笑意，他一訓斥，她又要縮回自己的殼子裡。嚴裕又心疼又懊惱，語氣不由自主地放輕許多，他重複道：「日後只要妳想來，我就帶妳來這裡。」

謝蓁點點頭，卻不再笑。她知道自己有些得意忘形，但那是情理之中。猛地看到跟小時候一模一樣的場景能不歡喜嗎？是不是因為她太放肆，所以他生氣了？

回去的路上，謝蓁不再說話，嚴裕心煩意亂地走在前面，不知道她為何突然沈默。剛才不是還好好的，難道他對她凶一點她就生氣了？

他沈著臉，誰也不搭理誰。

走了一段路，沒有聽到身後的聲音，他回頭一看，才發現謝蓁正提著裙子慢吞吞地走在後面。他抿抿唇，大步折返，停到她跟前，彎腰不由分說地打橫抱起她，一邊走一邊問：「為什麼不說話？」

謝蓁一驚，下意識抓緊他的衣襟。「說什麼？」

嚴裕問：「路不好走，妳怎麼不叫我等妳？」

她莫名其妙，覺得這人簡直反覆無常。「我們不是吵架了嗎？」

他頓住，漆黑烏瞳直勾勾地盯著她。「誰說我們吵架了？」

他的眼睛像一泓深水，藏著無底的深淵，容易讓人沈溺。謝蓁辯駁：「你之前答應過我，不能打我也不能對我大吼大叫。」

他一陣心虛，果不其然，她下一句話就是——「你剛才對我大吼大叫。」

嚴裕試圖辯解：「那是……」可惜他嘴拙，半天也說不清楚。

正好他們走出最艱難的那段路，謝蓁從他懷裡下來，前面不遠便是正院，她可以自己走過去。

回到正院，門口站著兩個丫鬟，雙魚和晴霞把她迎入正室，雙魚轉身去倒茶，晴霞卻屢屢看向門外。

謝蓁注意到她的視線，突然問道：「妳看什麼？」

謝蓁早就看出這丫鬟心思不對，只沒點破而已。上回嚴裕叫屋裡的人都出去，偏偏她不出去，說什麼擔心他們關係不和。從那時起，謝蓁便知道這是個不安分的丫鬟，她平日倒還算老實，只是今天表現得太過明顯，大抵是憋不住了才會露出破綻。

晴霞突然被點名，臉上閃過慌亂，很快低頭道：「回娘娘，婢子沒看什麼。」

謝蓁沒那麼好糊弄，懶洋洋地睨她一眼。「沒看什麼？那我在這兒坐了好一會兒，妳不知道端茶倒水，妳的心思在哪裡？」

「婢子……」晴霞欲言又止，想說雙魚不是去倒茶了嗎……但主子說的話她們素來沒有反駁的餘地。

謝蓁今日非要問出什麼，故意恐嚇她。「妳再不說，我便把妳賣給人牙子。」

晴霞臉蛋一白，她們都是從人牙子手裡出來的，知道那是怎樣的生活，每日動不動打罵不說，還沒有一頓好飯。她登時就怕了，老老實實地交代。「婢子見您是跟殿下一塊兒出去的，目下只有您回來了，婢子出於好奇，就多看了兩眼。」說罷誠惶誠恐地認錯。「婢子知錯了……日後再也不敢亂看，求娘娘不要把婢子賣掉。」

話音剛落，嚴裕正好從外面踏進來，聽到晴霞那句話，往這邊看來。「什麼賣掉？」

晴霞抽抽噎噎，看了看謝蓁，明顯想說不敢說的模樣。

謝蓁撐著腦袋。「如果府裡有不聽話的丫鬟，我能不能作主？」

嚴裕心裡裝著另外一件事，漫不經心道：「隨妳。」

謝蓁看向晴霞，抿唇一笑。「聽見了嗎？」

晴霞臉上的表情可謂精彩，一時間既是羞慚又是屈辱，但是她偽裝得好，很快就變成乖順屈服的模樣，微微欠身。「婢子聽見了，求娘娘再給婢子一次機會，婢子定當盡心盡力地服侍您。」

謝蓁讓她下去，等她走到門口又叫住。「妳剛入府，許多地方做得不如雙魚、雙雁周到，這幾日就先跟著她們，給她們打下手。」

她們八個丫鬟原本是同等地位，都是貼身服侍六皇子和皇子妃的，這樣一來，就只有晴霞的地位比她們低一等。晴霞頓時紅了眼眶，下意識看向嚴裕，奈何嚴裕看都沒看她一眼，注意力全在怎麼哄媳婦上。

晴霞剛離開，雙魚就端著茶走了進來，剛想問晴霞的眼睛怎麼紅紅的，就見謝蓁和嚴裕之間氣氛詭異。她是個有眼力的丫鬟，沒有多話便退了出去。
人一走，嚴裕便道：「我說話聲音大。」言下之意，是說他不是故意大吼大叫的。
謝蓁歪頭。「有多大？」
他想了一下。「像剛才那麼大。」
好吧……謝蓁唇角上揚，得寸進尺。「那你現在是不是該跟我道歉？」
他扭頭，不可思議地看她。他眼神的意思大概是——我都這麼說了，為什麼還要道歉？
謝蓁就知道從他嘴裡聽到道歉的話是不可能的，她沒有勉強，想出另外一個主意。「那你以前答應我的事，每違反一次，就讓我多回家一天，行嗎？」
嚴裕認真思考一會兒，頷首答應。反正他認為自己只會犯這一次錯，最多讓她回家一天。

晴霞被謝蓁指派給雙魚、雙雁打下手，心裡不是沒有不服氣的。
大概是心裡成了魔，越想越不甘心，越想越覺得是謝蓁阻礙了自己前途。她心裡不服，面上卻維持得很好，仍舊盡心盡力地替雙魚、雙雁做事，底下的丫鬟都喜歡她，糕點茶水也都願意讓她送到堂屋來。偶爾遇到嚴裕一人在屋裡，時不時便搭話一、兩句，端的是乖順賢淑。
今日原本是翠衫到書房送茶水，翠衫肚子不舒服，臨時換了她去。書房裡只有嚴裕一人，他坐在床邊靜靜地看書，她上前輕輕喚了聲「殿下」。

嚴裕頭都不抬，敲敲桌沿。「放下。」
她依言放下茶水點心，一樣樣放得極慢。「殿下在看什麼書？」
嚴裕很不給人面子。「與妳何干？」
她倒也不退縮，輕聲細語道：「幼時父親會唸書，便教婢子學了幾個字，可惜後來家貧，買不起筆墨紙硯，便沒有繼續下去。」
嚴裕冷冷地。「與我何干？」
他對不感興趣的事，回答通常只能分成兩大類，那就是「與你何干」和「與我何干」。
晴霞不死心。「殿下不嚐嚐點心嗎？」
最近謝蓁對他不大熱情，他很受傷，便想到書房看書靜靜，卻沒想到到哪兒都不能清靜，他只覺得這女人廢話真多，送完點心還杵在這兒幹什麼？他冷眼看她，直言不諱。「妳可以走了。」
晴霞失望，欠身退下。
剛走出書房，便看到雙魚迎面而來，雙魚見到她很熱情。「晴霞妹妹，堂屋廊下有一塊地板髒了，我沒時間清理，妳幫我去擦擦吧。」
晴霞剛想拒絕，雙魚便道：「平常在定國公府，這些事情都是我和雙雁做的，畢竟不是什麼大事，能做就做了。」
說完，人已走遠。
她是故意說後面那句話的，因為謝蓁曾吩咐過讓晴霞給她和雙雁打下手，所以她說出這句話後，晴霞根本沒有拒絕的道理。

晴霞站在廊廡，眼裡浮起一絲戾氣。

雙魚從書房離開後，直接去了正院正室。謝蓁正在屋裡坐著，她進去把聽到的對話一五一十地複述了一遍，然後提議道：「娘娘，這樣的丫鬟不能留。」

骨子裡不安分，用不了多久便會爬上主子的床。如今謝蓁跟嚴裕剛剛大婚便有丫鬟蠢蠢欲動，再過一段時間還得了？她語重心長地站到謝蓁身邊，附耳低聲。「不只是晴霞……這院子伺候的丫鬟，都得好好管治管治。」

謝蓁也有此意，她托腮好奇地問：「那妳說該怎麼管治？」

雙魚跟過冷氏兩、三年，在彼時冷氏跟謝立青住在定國公府，尚未移居青州，她在府裡見多了這種例子，對付起來還是有些手段的。雙魚附在謝蓁耳邊，悄聲耳語一陣，末了道：「娘娘只需以儆效尤，剩下的人便該懂得收斂了。」

謝蓁若有所思地點了下頭，點完以後，自己有點迷茫，她為什麼要這麼做？誰想勾搭嚴裕，同她有什麼關係？她想一會兒，大概是不喜歡有人在她眼皮子底下耍心眼吧。

這日是嚴裕休息的最後一日。

晚上月明星稀、清風和暢。謝蓁心血來潮，在院裡的小亭子裡擺了一桌菜，一邊賞月一邊吃飯，她把嚴裕也邀請過來，兩人同坐一桌，面對著面。

謝蓁在那頭笑靨盈盈，主動挾一隻醉蝦給他。「你嚐嚐這個，是我最喜歡吃的菜。」

嚴裕並不喜歡這些需要剝殼的食物，覺得麻煩，不過既然是她挾的，他就勉強可以嚐嚐。他去掉頭尾，剝殼送入口中，嚼一嚼。

謝蓁期待地問：「好吃嗎？」

除了肉質鮮嫩，別的沒什麼特殊。嚴裕勉強點了下頭。「嗯。」

她彎唇一笑，給自己也挾了一隻。

嚴裕幾乎沒怎麼動筷子，一直都在看她吃飯，最後看得她渾身不自在，停箸問道：「你看我幹什麼？」

她剛吃完一口糖醋咕咾肉，嘴角沾著一點湯汁，她不以為意，伸出舌頭輕輕一舔，完全不知道這個動作讓他喉嚨一緊。

嚴裕匆匆移開目光，啞聲道：「妳叫我來這兒做什麼？」

謝蓁唔一聲，指指頭頂。「賞月呀。」

今晚的月亮像個銀盤，又亮又圓，高高地掛在天上，兩旁是樹木枝椏，彷彿一伸手便能觸到。可這個答案嚴裕卻不信，前幾日她對他不冷不熱，他甚至提出再帶她去春花塢，她都沒同意，怎麼今天就忽然對他熱情起來了……嚴裕直覺其中必有古怪，至於哪裡古怪，卻說不上來。

正好這時檀眉端上一壺酒來，打斷他所有的思緒，他把酒壺攔下。「不用上酒。」

這酒是謝蓁要上的，她疑惑地問：「為什麼不用？」

她不知道上回自己只喝了一杯合巹酒便醉倒不醒的模樣。

嚴裕看向她，眼裡居然含了幾分嘲笑。「妳知道自己喝醉酒是什麼模樣嗎？」
她撥浪鼓似的搖頭。「我喝醉過？」
嚴裕不打算跟她解釋，直接讓檀眉把酒端下去。
不喝酒也行，那就吃飯賞月。吃到一半，謝蓁說要回屋取樣東西，她對嚴裕道：「你趴在桌子上，閉上眼，不能偷看。」
嚴裕蹙眉。「什麼東西？」
她神秘兮兮。「不告訴你。」
嚴裕起初不願意，但對上她期盼的目光，只得面無表情地照做了。
謝蓁走時不放心，特特叮囑了好幾遍。「不許睜開眼哦。」說完見嚴裕老老實實地趴在桌上，一動不動，她一溜煙跑回屋裡，翻箱倒櫃地找東西。
那邊廚房剛做好一道熱菜，廚子忙得騰不出手，便讓晴霞幫忙送過去。她提著食盒到時，嚴裕仍趴伏在石桌上，露出半張俊朗的側臉，眼睛閉起，似是睡著了。
她從食盒裡端出菜式放在桌上，他還是沒醒。於是壯著膽子來到他身邊，忍不住伸手覆在他的手背上，還沒收回，便被一股力道擒住手腕，力道極大，疼得她立即叫出聲來。
嚴裕睜開雙目，冷厲地看向她。
「婢、婢子……」晴霞語無倫次，磕磕巴巴地開口。
他什麼都不問，只平靜地說：「妳好大的膽子。」
恰逢此時，謝蓁從屋裡走出來，兩手空空。她原本也不是要去拿什麼東西，只是為了引出晴霞而已，目下站在亭子外面，沒有上前，安安靜靜地看著這一幕。

晴霞扭頭回望謝蓁，才恍悟自己已經落入圈套，露出可憐的神情。「娘娘，您為何要陷害我……」

謝蓁有些想笑，如果不是她心術不正，能被抓個現成嗎？「妳是什麼身分，值得我陷害妳？」

晴霞又看嚴裕，撲通跪在地上，抓著他的袍裾求饒。「殿下請聽婢子解釋……婢子見您睡在亭子裡，擔心您受凍，是以才想試試您手上的體溫，並未懷有不軌之心。請殿下饒了婢子一回吧！」

這個理由倒還說得過去，可惜嚴裕不想在她身上多浪費時間，讓人將府裡管事請來。

不多時趙管事來了，路上便聽人說了怎麼回事，一到涼亭先給嚴裕跪下，然後訓斥晴霞。「妳真是吃了熊心豹子膽，不知好歹的東西！」

晴霞垂眸，一聲不吭。

嚴裕叫他。「該如何處置，你看著辦吧。」

說罷起身走出涼亭，路過謝蓁身邊時，停下多看了她一眼。旋即繃著臉，面無表情地拉住她的手往屋裡帶去。

謝蓁心虛，知道自己利用了他，也就乖乖地任由他拉著走了。

亭子裡只剩下一干下人，趙管事站起來狠狠地瞪向晴霞，毫不留情，劈頭蓋臉便諷刺起來。「妳也不瞧瞧自己的身分，竟敢在皇子妃眼皮子底下做這等事！如今落得這個下場，便怪不了別人。」

晴霞兩手撐地，手掌緊握成拳，端的是十分不服。任憑趙管事怎麼說，她都一口咬定是要試探嚴裕的體溫，並非存有非分之想。趙管事最後被她惹惱了，原本只想把她降為下等丫鬟去後面掃院子，臨時改了主意，讓她去後院西南角清洗恭桶。

晴霞好歹也是貼身伺候主子的丫鬟，吃住都沒得挑，若是主子高興，說不定還會賞賜一、兩樣金銀首飾，比其他丫鬟風光多了。如今讓她去清洗恭桶，那是比下等丫鬟掃院子還不如的活兒，登時面上青白交錯，拽著趙管事的衣服連連求饒。「不……管事，我不要去……」

趙管事揮開她的手，毫無商量餘地。「要麼去清洗恭桶，要麼再被賣出去，妳選一個吧。」

被人買走再賣回去的丫鬟多半沒有人家再願意買，幾乎日日都要被人牙子打罵，她是見過的。想到那場景，她忍不住瑟縮，含淚屈辱道：「我去。」

趙管事漠然道：「既然要去，就回屋裡收拾收拾包袱，我帶妳去以後住的地方。」

晴霞站起來，往邊上一掃，才發現有不少人都在看著她，包括往昔她熟悉的好姊妹翠衫，此時連一句話都不說，扭頭與綠襖說話，假裝沒看見她。她心如死灰，低頭從她們跟前走過。

內室，謝蓁負手站在嚴裕面前，一副乖乖認錯的模樣。

嚴裕很生氣，冷著一張臉，憋得臉黑如鍋底，惡狠狠地瞪著她，仔細看，那眼神裡還含著怨氣。

謝蓁抬眼悄悄覷他，一不小心對上他的視線，慌慌張張地重新垂下腦袋，繼續站好。

嚴裕等了半天，也沒等到她開口，故意問：「妳拿的東西呢？」

謝蓁根本沒拿東西，她原本想找個東西隨便湊合的，但是翻來翻去，屋裡只有一些女兒家的簪子鐲子，拿給他他肯定不屑。於是她只得放棄，空著兩隻手回來了。

眼下被問起，她拿不出東西來，只好從身後抽出手，攤開白嫩嫩的手心舉到他面前。「這裡有我的一片心意。」

嚴裕真是要被她氣死，瞪著她水靈靈的大眼睛，恨不得把她狠狠教訓一頓。沒見過這麼能胡謅的！什麼心意？她把他當傻子嗎？他氣惱地問：「妳就沒什麼要跟我說的？」

謝蓁這次回答得很痛快。「有啊。」

他臉色稍稍好點。「什麼？」

她粉唇一抿，眼神飄忽，最後才看向他。「對不起。」

嚴裕愣住，一瞬間氣全消了，但還是不想輕易饒過她。「對不起什麼？」

她自己幹的好事，自己記得清清楚楚。「我沒提前告訴你，利用了你……對不起，你別生氣了。」她跟嚴裕不一樣，認識到錯誤懂得跟人賠罪道歉，而不像某個人，死要面子活受罪，打死也不肯說出「對不起」三字。

嚴裕張了張口，想說不僅如此。他介意的不僅僅是這一個，還有她把他推入別人懷裡……明知是陷阱，還是不能釋懷。他在她心裡，難道沒有一丁點分量嗎？

然而他忽略了一件事，若真沒有一丁點分量，謝蓁又為何對晴霞耿耿於懷？

這是一個最根本的問題，可惜他倆誰都沒發現。

謝蓁頗有點討好的意思，上前拽了拽他的袖子。「你還吃飯嗎？」

氣都氣飽了，吃什麼飯？嚴裕盯著袖子上的小手，冷哼一聲，話到嘴邊卻變了味道。「外面風大，讓丫鬟把菜端到屋裡來。」

謝蓁笑彎了眼睛。「好呀。」

他板著臉，目光卻未離開她身上。

桌上飯菜沒動幾口，雙魚、雙雁讓人重新熱了熱再端上來。謝蓁和嚴裕分別坐在兩側，嚴裕見她愛吃醉蝦，自己卻懶得動手剝，他默不作聲地剝了小半碗放到旁邊。「我剝好了，妳吃吧。」

謝蓁探頭一看，疑惑地問：「你不吃嗎？」

他拿巾子擦了擦手，垂眸道：「我不喜歡吃蝦。」

謝蓁哦一聲，自然而然地挪過去坐到他身旁。挾起一塊蝦肉蘸了蘸醬，放入口中，偏頭看他。「很好吃呀。」

她眼裡含笑，唇角微翹，說話的時候眼裡都是他，嚴裕忽然有些想嚐嚐她口中的蝦是什麼味道。他忍住了，但心思卻不在飯菜上，一頓飯下來，根本沒動幾次筷子，卻捨不得站起來，一直陪她吃完整頓飯。

第十五章

翌日嚴裕天沒亮就離開了。

謝蓁剛起來，坐在銅鏡前聽雙魚說晴霞的下場。她聽完以後，讓雙雁吩咐下去：往後誰若不老實，便跟晴霞一樣的下場。

雙魚給她梳好翻荷髻，正要去準備早膳，便聽前院來人道：「娘娘家中來人了。」

謝蓁在內室聽到這句話，忙走出來驚喜地問：「誰來了？」

下人道：「是謝七姑娘。」

阿蕁？她喜出望外，換好衣服便往外走，誰都不等，一陣風似的走在前頭。

來到堂屋門口，謝蕁正襟危坐地喝著茶，見到她來，笑道：「阿姊！」

她走上前，坐到謝蕁身邊。「妳怎麼來了？阿爹阿娘知道嗎，來之前為何不同我說一聲？」

謝蕁縮縮脖子，附在她耳邊悄悄地說：「我偷偷來的，阿爹阿娘不知道。」

謝蓁收起笑容，端出姊姊的威嚴。「阿蕁，妳膽子越來越大了，萬一這樣出危險怎麼辦？」

謝蕁只好道：「我有話對阿姊說……」

看她愁眉苦臉的樣子，一定不是小事，謝蓁勉強原諒她，帶她去後院春花塢說話，順便帶她參觀一下這個院子。

謝蕁看後果真合不攏嘴，跟她那天一樣驚奇又驚喜，四處看了一遍，跟謝蓁肩並肩坐在花架下。「姊夫對妳真好！」

謝蓁不大習慣，恍惚半天才反應過來這是在叫嚴裕。

她開門見山。「說吧，妳有什麼要緊事？」

謝蕁嘟起嘴，擰著眉頭，有點像小大人。「還不是阿爹的事。」

謝蓁緊張起來。「阿爹怎麼了？」

「阿爹閒在家中已經好幾個月了，上面也沒個準話，只說讓他等翰林院的閒缺。如今大伯、三叔仕途順利、如日中天，只有阿爹前路渺茫，他這陣子心情不好，我和阿娘都替他著急。」謝蕁這兩天瘦了點，露出尖尖的下巴，方才謝蓁沒察覺，現在她抬頭眼巴巴地看著她，她這才發現。她又道：「阿爹阿娘昨天商量了一下，想請姊夫在聖上面前說說好話，讓阿爹早日入仕……後來阿爹阿娘又覺得妳剛嫁過來，不好給妳添麻煩，便打消了這個念頭。」

說完，謝蕁有點不好意思。「可是……如果是我的話，我一定不覺得麻煩。」最後一句話幾乎沒有聲音。「阿姊跟我想的一樣嗎？」

謝蓁摸摸她的頭，笑著說：「當然一樣。」

她眼神驟亮，張開雙臂便掛到謝蓁身上，大喜過望。「阿姊真好！」沈默了一會兒，總算想起來問：「姊夫會不會不答應？」

謝蓁想了想，也不是沒可能，畢竟嚴裕這人脾氣陰晴不定的，誰知道他一天到晚想的什麼……不過她試試吧，儘量說服他。

散朝以後，嚴裕跟幾位大臣又去了御書房一趟。

自從擊退西夷大軍後，邊境幾座城鎮要重建，需要消耗巨大的財力物資。嚴屹最近猶豫該讓誰去監管重建城池一事，太子嚴韜前幾年剛去過，最近嚴屹準備把朝政慢慢交給他，是以他不適合。剩下的幾個皇子裡，唯有大皇子、三皇子和六皇子能委以重任。而六皇子剛剛大婚，還沒溫存便拆散人家小倆口似乎不大厚道……君臣商量了一早上，也沒商議出結果來，嚴屹揮揮手讓大家散了，各自回家吃飯吧。

嚴裕回來時，謝蓁還沒想好該怎麼開口。她心裡裝著事，破天荒地服侍他擦手，親手絞乾淨帕子遞到他手裡。「你在宮裡吃飯了嗎？」

他說沒有，忍不住多看她兩眼。「妳有話要說？」

她點點頭，事到臨頭才知道這麼不好開口。「我……我有件事想麻煩你。」

嚴裕直接問：「何事？」那口氣，彷彿她說什麼他都會答應。

她便把今日謝蕁來的事說了一遍，再說到謝立青官場不順……最後底氣不足道：「你能不能幫幫我阿爹？」

本以為他肯定不答應，謝蓁原本沒抱多少希望，沒想到他居然痛快地頷首。「可以。」

謝蓁驚喜不已，懷疑自己聽錯了，一個勁兒地問他。「真的嗎？真的可以嗎？」

他說真的，一點為難她的意思都沒有。其實嚴裕原本就有這個打算，不單因為謝蓁，而是謝立青此人確實有能力，短短數年便將青州管理得改頭換面，若不是官場被人彈劾，估計也不會落得今日下場。正好邊關幾座城鎮需要重建，他可以向嚴屹引薦謝立青，若是做得好，贏得聖心，往後必定前途無量。這些他沒跟謝蓁說，等一切定下後再說也不遲。

他對上謝蓁熠熠生輝的雙眸，不知為何，忽然改口。「我有一個條件。」

謝蓁收起笑，一本正經。「什麼條件？」

他別過頭，表情很不自在，乾巴巴地說：「妳親我一下。」

謝蓁哪裡料到他會提這個要求，先是錯愕，再是緊張。「為、為什麼？」

好端端的，怎麼話題就變了？

他一時間也想不到好的藉口，但是想親她是真的。從娶她回來的第一天，就覬覦她那雙粉嫩的唇瓣很久了，一直不敢下嘴，如今總算抓住機會，說什麼也不能放過。

可是用什麼藉口呢？難道要告訴她他偷偷喜歡她很久了？他說不出口。

嚴裕見她遲遲不動，劍眉一蹙，逼問：「妳親不親？」

兩人心裡都有小小的萌動，說不清道不明的滋味，誰都沒有說開。謝蓁明知他的要求無理取鬧，但還是配合道：「那……那你不能出爾反爾。」

他嗯一聲。「不會。」

屋裡丫鬟早就識趣地退下了，她走到他面前。「你低一點。」

他配合地彎下腰，把側臉轉向她，胸口怦怦直跳。

她閉上眼，飛快地在他臉上啄了下，然後退開數步，轉身就往內室跑。「我親好了！」

嚴裕愣在原地，摸了摸被她親到的地方，輕輕的一下，便回味許久。

來到書房，嚴裕讓吳澤去搜集謝立青在青州任職時為百姓做過的所有事。

吳澤離開後，他獨坐在翹頭案後，時不時摸一摸側臉。

謝蓁的嘴唇柔軟溫暖，輕輕地碰到他臉上，帶著些膽怯和羞赧，他甚至來不及看看她的表情，她就跑遠了。他當時也不知道怎麼想的，頭腦一熱就提了這麼個要求，等一下還不知道該怎麼面對謝蓁，所以他躲到書房來了，一躲便是一個下午。

吳澤去了太子府一趟，帶回來不少訊息，整整有兩摞文書。

太子最近也調查過此事，想借機一舉除掉佞臣林睿。林睿是大皇子黨羽，大皇子是前皇后所生，嚴屹原是立他為太子的，但他十歲時企圖殘害二弟嚴韜，被嚴屹得知後，以他性情殘暴為由免除了他的太子之位，改立二皇子嚴韜為太子。這麼多年，大皇子一直處於暗處，養精蓄銳，不知何時會反咬人一口。

太子忌憚大皇子多時，是以才會想方設法除掉他手下的人。

嚴裕翻開一遝文書，上面記載的是最近十年青州的稅賦和兵力，他一頁頁看過去，發現謝立青此人確實有本事，不應該被閒置家中。也不知嚴屹打什麼主意，既沒有讓他留任青州，也不給他一個準話。

嚴裕從天亮看到天黑，傍晚最後一絲餘暉滑落西山，天很快便暗下來，他卻一直保持著一個姿勢。起初是為了謝蓁在看，後來漸漸被謝立青的本領和手段吸引，竟看得不知疲憊，一晃神，已是夜深。

他叫來吳澤，揉了揉眉心問道：「什麼時辰？」

吳澤道：「回殿下，戌時三刻。」

竟這麼晚了……他坐起來，渾身都坐得僵硬，他把整理好的東西拿鎮紙壓住，往屋外走去。「皇子妃用過飯了嗎？」

吳澤一直在外面站著，跟他一樣不知道。

回到正房，內室燃著一盞油燈，透過窗戶能看到裡面的人影。謝蓁正坐在窗戶旁邊的貴妃榻上，大抵是剛洗完澡，丫鬟站在後面給她梳頭，她歪著腦袋輕輕哼唱小曲。聲音還是一如既往的綿軟，拖著長腔，傳到窗戶外面，輕輕柔柔地鑽進嚴裕的耳朵裡。

嚴裕霎時停住，他只聽她唱過一次歌，只那一次，便一輩子都忘不了。一想起她唱歌，就想起他們第一次見面的場景，他好氣又好笑，聽了一會兒，從正門走進去。

謝蓁餘光瞥到他的身影，想起自己剛剛親過他，有點尷尬，又有點害羞。她隨手抓起桌上的團扇擋住半張臉，只露出一雙黑黝黝的眼睛，忽閃忽閃地問：「你怎麼這麼晚才回來？用過晚飯了嗎？」

他搖搖頭。「沒有。」

「哦……」他以為她要關心他，可是她居然遺憾地說：「可是我吃過了。」

嚴裕一噎，問她：「妳沒給我留點？」

她說：「留了。」然後從榻上站起，讓雙魚去把飯菜端上來。她知道他一直在書房，便沒去打擾他，而且怕兩人待在同一間屋子會更尷尬，於是索性就沒去。

雙魚把飯菜熱一熱端到桌上，嚴裕坐在桌邊，不由自主地往內室看去。

他三兩口吃完一碗飯，又去隔壁偏房洗了個澡，回來的時候謝蓁已經回側室睡下了。

躺在床上，嚴裕怎麼都睡不著。他坐起來，穿鞋來到側室門口，敲了敲門。「謝蓁？」裡面沒動靜，他推了推門，沒推開。

說不失望是假的，他以為經過今天一事，他們之間的關係會有進展，沒想到她還是拒他於千里之外。在門邊站了一會兒，他正要離去，正好檀眉從裡面打開門，一邊打哈欠一邊去如廁，看到他在門外，嘴巴大張。「殿，殿下？」

嚴裕沒管她，直接往屋裡走。

謝蓁躺在床上，背對著他睡意正酣。他反身把門關上，拴上門閂，舉步來到床邊。

「謝蓁？」他叫了一聲，她卻沒反應。他脫鞋上床，慢慢地在她身邊躺下，身體貼上去，握住她放在身前的手，這個姿勢正好能把她抱在懷裡。他貼著她的耳朵，忍不住咬了一口，聲音低低地。「謝蓁，醒醒。」

謝蓁被他吵醒，睜眼是一片黑暗，緊接著驚覺自己被人抱住，她扭身反抗。「誰？」

嚴裕道：「是我。」

她簡直驚呆了，脫口而出。「怎麼又是你？」

上回他也是這樣突然闖進來，那次是害怕打雷，這次是什麼？謝蓁想掙脫他的懷抱，奈何沒他力氣大，半天也沒能成功。她低頭一口咬住他橫在身前的手臂。「你放開我！」

嚴裕皺了下眉，任憑她怎麼咬都不放手。

她最後鬧騰累了，在他懷裡氣喘吁吁。「你、你說話不算數……」

嚴裕質問。「怎麼不算數？」

她氣呼呼地說：「你說過不會碰我，那你為什麼抱我？」她很生氣，控訴道：「大騙子。」

他語滯，許久才道：「我不是騙子。」

「就是騙子。」

「不是。」

「就——是！」她聲音拖得老長，大有跟他吵到天荒地老的架勢！

嚴裕頓了下。「哦。」

反正跟她吵架，他從來沒有吵贏過，倒不如讓著她，還能讓她高興一點。

謝蓁耷拉著腦袋，看向牆壁。「你說過的話從來不算數，你總是騙我。」她跟他算舊帳，一件件數落道：「你答應跟我分房睡，但是新婚夜卻到我屋裡來，雙魚後來跟我說了，你別以為我不知道。」

他沈默，無話可說。

她又道：「你打雷那晚抱我，後來還對我大吼大叫。你是不是騙子？」

嚴裕沒想到她都記得清楚，他臉上青白交錯，好在黑暗中她看不清，否則一定會笑話他。「我沒騙過別人。」

她忿忿不平。「那你就騙我一個人？」

他沒反駁，看樣子是默認了。

謝蓁又想起一件事，忍不住舊事重提。「你以前說要帶我去放風箏，後來不告而別，所以你從小就是騙子。」她哼一聲。「小時候是小騙子，長大了是大騙子。」

嚴裕簡直要被她氣死，雙手合抱把她帶到胸前，一翻身將她壓在身下，咬著她的耳朵惱羞成怒。「我連自己的命都保不住，怎麼跟妳去放風箏？」

謝蓁被他壓得喘不過氣，歪頭不明所以。「什麼意思？宋姨呢？」

她一直很好奇宋姨在哪兒，可是她當時問過他，他不肯說，後來她就識趣地不再過問。今日他主動說起，她這才忍不住又問。

嚴裕埋在她頸窩，方才盛氣凌人的姿態霎時消失不見，只剩下痛苦和無力，他說：「死了。」

謝蓁僵住，張了張口，半天都沒能說出一句話。她印象中宋姨是非常溫和賢淑的人，每次她去李家，宋姨都會對她熱情相待，還會親切地叫她「羔羔」，時間過去那麼久，她忘了宋姨的模樣，卻仍舊記得她溫和的笑。眼眶驀然一濕，她結結巴巴地問：「那……那你爹呢？」

他閉上眼，忍得渾身顫抖。「也死了。」

幾年前那一幕再次出現在他眼前，他至今無法忘懷，爹娘大睜的雙眼，以及那一灘灘的血。他眼睜睜地看著他們死在眼前，卻無能為力。本以為過去那麼多年，他只剩下仇恨，不會再痛苦，沒想到面對她時仍舊克制不住情緒，他童年裡所有的東西都毀了，只找到她，她還跟以前一樣。對他來說，她是多麼彌足珍貴。

許久，謝蓁慢吞吞地說：「你起來。」

他翻身離開她，兩人面對面躺著，窗外月光流瀉到他們身上。

謝蓁舉起袖子擦擦他的眼睛。「你別哭了。」

嚴裕看著她。「我沒哭。」

她嘿嘿一笑，笑容甜軟。「我知道你在忍著，其實你可以哭出來，我不笑話你。」

嚴裕瞪她，最終也沒哭。

她不知道該說什麼安慰他，畢竟沒經歷過生離死別，說什麼都顯得多餘。她本想問問是誰殺害了宋姨，但是怕戳中他的痛處，又怕他不肯告訴自己，所以還是沒有問。笑著笑著，她嘴角的笑容漸漸塌下來，主動握住他的手，抽抽鼻子道：「我不知道是這樣……」

他回握住她的手，也許是她的話起了作用，也許是忍得太辛苦，居然有種落淚的衝動。他抬手抱住她，把她緊緊箍在胸口。「我可以抱抱妳嗎？」

謝蓁眨眨眼。「你不是已經抱了嗎？」

他把她摟得更緊一些，不讓她看到他的表情。

許久，謝蓁覺得腰都快被他勒斷了，扭了扭。「我有件事想問你……」

他問：「什麼？」

「所以你當年離開，不是因為討厭我嗎？」別看她平時不說什麼，其實心裡還是介意的。當年這事給她不小的打擊，讓她頹唐了好一陣子，以至於長大後再遇到他，下意識有點膽怯，再加上他身分忽然變得尊貴，她更加不敢對他敞開心扉了。

「我討厭妳？」他用下巴蹭蹭她的頭頂，冷傲道：「我沒說過。」

謝蓁想抬頭看他，可惜渾身上下被他箍得嚴嚴實實，哪裡都不能動。「真的？」

他冷哼：「騙妳做什麼？」

謝蓁彎起唇瓣，小手悄悄抓住他的衣服。「你本來就是大騙子。」

原來他沒有說過那種話，原來那是歐陽儀騙她的……她覺得自己真可笑，被人騙了這麼久，為何不知道求證一下？

把話說開以後，兩人之間的距離一下子變近不少，擋在他們之間的隔閡一下子抽離，彷彿又回到多年前一樣。

不，還是有點不一樣……

他聽罷，翻身覆到她身上，雙眸緊緊地鎖住她，她兩靨含笑，自己都沒察覺剛才的話有多勾人。

嚴裕俯身，啞聲說：「我就是騙子。」

說完，找到她的雙唇，毫不猶豫地親了下去，嚴裕一口噙住，終於吃到引誘他許久的雙唇，很軟，很甜。

一開始兩個人都不知道該怎麼接吻，他就在外面啃啃咬咬，咬得她一雙唇瓣都腫了，他才知道闖到裡面去，品嚐她嘴裡的滋味。他的呼吸漸漸變重，無論她發出什麼聲音就是不放開她。他嚐不夠，十幾歲的少年原本就容易衝動，精力旺盛，如今終於碰到渴望已久的小姑娘，恨不得把她一口吞進肚子裡，哪裡捨得放開。

謝蓁發出嚶嚀，被他吻得喘不過氣，憋得臉頰通紅。「小……」

她終於掙開，轉頭氣喘吁吁。

嚴裕比她好不了多少，紅著眼睛看她，等她喘完以後，捧著她的腦袋繼續吻她。

這一吻便沒有盡頭，一刻鐘以後，謝蓁簡直想哭，無力地推他。「夠了……」

她嘴巴都被他咬疼了，他是狗嗎？以前都沒發現，原來他有這麼纏人的時候。

嚴裕放開她的嘴唇，卻在她臉上親親啃啃，一會兒是眼睛，一會兒是耳朵，啃得謝蓁臉上都是口水。他一邊啃，她一邊拿袖子擦，總覺得這場面有些熟悉。「你別咬了……噫，好髒。」

誰知道說完這話，他居然把舌頭伸進她的耳朵裡。「我都親過妳了，妳居然嫌我髒？」

謝蓁渾身一麻，半個身子都軟了。她左邊的耳朵很脆弱，平時只要有人在耳邊說話都會癢得受不了，如今他居然舔她的耳廓，她頓時一點反抗的力氣都沒有，身軀顫抖。「起來……」

嚴裕發現了，眼神一深，故意在她耳朵邊說話。「謝蓁？」

她翻身趴在床上，用兩隻手捂住耳朵，只露出半邊粉紅的臉頰。

他拿開她的手，提出請求。「叫我一聲。」

謝蓁不想搭理他，可是他就壞心眼地玩弄她的耳朵，一會兒呵氣一會兒咬她的耳垂。

她想哭，身子又軟又麻。「嚴裕……」

他抿唇，不滿意。「不是這個。」

「李裕？」

「不是。」

她心裡明鏡似的，知道他想讓她說什麼，可就是不服氣，憑什麼她要乖乖聽他的？她偏不讓他如願，於是故意叫。「小玉姊姊。」

嚴裕一張俊臉都氣黑了。「再叫一遍？」

她腦袋埋在枕頭裡，看不到他的臉，理直氣壯地又叫道：「小玉姊姊！」

真是好得很……他在心裡罵了一句小混蛋，把她翻過來，看到她眼裡狡猾的笑，他更生氣，一低頭，再次含住她上揚的嘴角，反覆輾轉，纏綿不休。

謝蓁這一晚上不知被他親了多少下，她一雙唇瓣都腫了，臉上、脖子上都是他的口水，她拿袖子一遍遍地擦乾淨，嫌棄得不行。

正要想起什麼，嚴裕躺在她旁邊開口。「妳給我唱首歌。」

謝蓁氣鼓鼓。「不唱。」

他自動忽略她的拒絕，緩慢地說：「唱妳以前給我唱過的那首……妳在青州學的。」

誰說要給他唱了？謝蓁瞪他。「我忘了。」

他心裡一陣失望，扭頭質問：「妳怎麼這麼笨？我都還記得。」

這一下，謝蓁忽然來了興致，她笑咪咪地看著他，帶著些不懷好意。「哦，是嗎？那你唱給我聽聽，說不定我就想起來了。」

嚴裕繃著臉，堅決不唱。

謝蓁撐起上半身，軟軟甜甜地勸哄。「你唱吧？讓我聽聽，到底是什麼歌？」

他直接拿褥子蓋到她頭上，雙臂一纏，把她整個人抱進懷裡，冷著聲音說：「快點睡覺！」

謝蓁扁扁嘴，在褥子裡面甕聲甕氣地說：「我知道你唱歌不好聽。」因為他的聲音又啞又沈，就跟哥哥十五、六歲時一樣。哥哥那時候都不說話，他的話可真多。

謝蓁覺得悶，從褥子裡鑽出來，正好對上嚴裕呆呆的視線，兩人停了一下，一個晚上不由自主地親暱太多，這才想起要害羞。幸好是在深夜，看不清互相臉上的紅霞，一個低頭裝睡，一個看向別處。

後半夜時，謝蓁睡得正濃，耳邊總能聽到一首熟悉的兒歌，唱歌的人嗓音低低的，生怕吵醒什麼，又笨拙又溫柔。

「豌豆白，我再來……一板兒住到砍花柴……」

院裡伺候的丫鬟最近都發現六皇子和皇子妃的關係似乎有了變化。至於哪裡變化，卻又說不上來……總覺得兩人一下子親近不少。

比如皇子妃無論做什麼，六皇子的目光總是追逐著她，被皇子妃發現以後，他又匆匆移開。再比如六皇子總是支開下人跟皇子妃單獨待在屋子，也不知是做什麼，每次都弄得兩個人滿臉通紅。還有就是……六皇子睡內室的時間少了，總是半夜坐起來，到側室跟皇子妃擠一張床。

這種感覺並不壞，因為連他們下人都覺得心裡甜滋滋的。就像小孩子鬧騰了很久，終於吃到喜歡的糖，怕吃得太快糖會化，就一遍一遍小心地舔，每舔一遍心裡就甜一層。

嚴裕也是這種感覺，他不敢對謝蓁做太放肆的事，可是又忍不住想親近她，便只能對她又親又舔。有一次急紅了眼，差點剝掉她的衣服，才剛露出一件桃紅色肚兜，他甚至來不及多看一眼她白膩的肌膚，謝蓁就手忙腳亂地推開他，紅著眼眶對他說：「我、我還沒及笄呢……」

也是，他們成親得太匆忙，她到現在都是個孩子，於是即便忍得難受，也捨不得再碰她。

這陣子嚴裕經常去書房，為了整理謝立青的功績，一去便是大半天，他一忙起來就總是忘記吃飯，原本就胃不好，以至於夜裡常常胃疼。謝蓁便讓雙魚踩著飯點給他送飯，他不吃，說要她過去送，謝蓁沒見過這麼無理取鬧的，嘴上說他麻煩，最後還是自己去了。

她提著食盒來到書房，見他全神貫注地看文書，也就沒打擾他，端出一碟碟飯菜放在一旁的方桌上，站起來便走。

嚴裕叫住她。「妳怎麼不說話？」

她好奇地問：「你不是在忙？」

他放下羊毫筆。「妳說，我能聽見。」

其實謝蓁也沒什麼要說的，想了大半天，指指桌上的飯菜。「你一會兒記得吃飯。」說完牽裙一溜煙跑出書房。

嚴裕薄唇抿成一條線，從窗戶裡看到她離去的背影，輕輕地哼一聲，最終也沒聽她的話乖乖吃飯。

這事被謝蓁知道後很不高興，為了監督他，她便每日坐在書房裡，等他吃完飯才離去。時間一長，她便在書房找自己愛看的書，坐在一旁的短榻上陪他一塊兒看書。一開始還好好的，後來他忍受不了屋裡有她的存在，每看一會兒資料便瞟她一眼，見她看得入神，根本不在乎他，便有些不痛快，索性站起來走到她身邊，捧住她的腦袋低頭就吻。

他學得很快，短短幾天就技術了得，把她親得暈頭轉向，趴在他的胸口任由他胡作非為。

「什麼書這麼好看？」他湊到她左邊耳朵低聲詢問。

謝蓁俏臉燒紅，放下書便走。「我不看了。」

他總是這樣不分場合地親她，背地裡她都被雙魚、雙雁笑話好幾回了！她總算知道那天晚上的大狗是從何而來，可不就是他嗎，那時候他們還在鬧彆扭，沒想到他白天裝得正人君子，晚上竟做出這種不要臉的事，真是道貌岸然！

嚴裕哪裡捨得，把她罩住又是一頓溫存，然後才說：「妳以後就在這兒看書。」

謝蓁不答應，他用拇指揉捏她的耳朵。「看不看？」她脖子一縮，忍不住想躲，然而哪裡都是他，能躲到哪兒去？只能妥協道：「看，我看。」

他滿意了，抱著她嬌軟的身體，愛不釋手。

青州提督孫揚從青州來到京城，親自向驃騎大將軍引薦了一個少年。

少年只有十七、八歲，身姿矯健、相貌堂堂，更關鍵的是他射術了得，簡直到了出神入化的地步，孫揚覺得此人是可造之材，為了不埋沒英才，便把他引薦給驃騎大將軍。大將軍仲開親自考驗他幾回，委實被他的準頭折服。無論目標是動是靜、跑得多快，他都能迅速拉弓上箭，一舉射中目標，仲開對他很滿意，便把他留在軍中，暫時從千總做起。

這人正是高洵。

高洵長得好看，又會說話，笑起來眼睛明亮，十分親切，很快便在軍中混得風生水起。短短幾天，便掌握了京城近況。

其中跟他關係最好的，便數驃騎大將軍的長子仲尚。此人參軍以前是個鬥雞走狗的紈袴公子，成日跟他的狐朋狗友走街串巷，不務正業。最後仲開實在看不下去，便把他扔到軍營裡歷練了。一年以後，他雖然改掉了一身的臭毛病，但還是改不掉骨子裡的痞氣，說話時歪著嘴一笑，配上一雙上揚的鳳眼，能把良家姑娘看得面紅耳赤。

這一日練完軍棍，兩人坐在太陽底下，高洵問他。「你知道京城有一戶姓謝的人家嗎？」

仲尚不以為意。「京城姓謝的人有好幾百戶，不知你說的哪一戶？」

「他家有一個兒子，名叫謝榮。」他想了下，頓了頓。「還有兩位姑娘，叫謝蓁和謝蕁。」

仲尚斜眼看他。「你要找定國公府的人？」

前陣子六皇子剛娶妻，對方正是定國公府五姑娘謝蓁，是以仲尚對這個名字有些印象。

高洵聽罷，愣了好大一陣。「什麼定國公府？你說他們在定國公府？」由於太驚訝，他整個人都從地上跳了起來，引來周圍不少人的目光。

仲尚雙手後撐，仰頭奇怪地睨他一眼。「怎麼？你認識？」

高迅冷靜下來後，重新坐回他身邊，也不知是受了打擊還是怎麼，半天都沒說出一句話。

對他來說，確實是不小的打擊。當初他參軍前跟謝蓁提過，沒多久就入了軍營，後來好長一段時間沒法跟外面聯絡，等他回家的時候才知道謝家舉家都搬離青州了。他在謝家附近打聽過，謝立青回京述職，這一走杳無音訊，不知何時才會回來。

那一陣高洵受到打擊，覺得整個人生都灰暗了。幼時最好的朋友不告而別，一走便再也沒有回來，這次換成他最喜歡的小姑娘，如今她也不聲不響地走了，她還會回來嗎？

上京述職一般只用三個月左右，高洵在青州等了三個月，沒等到他們。他想過了，既然她不回來，那他就來京城找她。現在人沒找到，卻得知她竟然是定國公府的五姑娘。

定國公府是京城有頭有臉的人家，當年定國公的祖父謝鑫跟先帝元宗帝出生入死，忠心耿耿，最終收復大靖疆土，是一等一的功臣。如今幾十年過去，定國公府雖不如當年風光，卻也是高不可攀的人家，當初在青州從沒聽她說起過。

高洵呆坐片刻，神情恍惚。

仲尚捅捅他的胳膊，讓他回神。「究竟怎麼回事？」

高洵抹一把臉，苦笑道：「一言難盡。」

原本仲尚對這事沒多少興趣，但是看他反應，似乎很有內情，仲尚挑起眉毛，歪嘴意味深長地一笑。「哦？豔史？」

本以為高洵會矢口否認，沒想到他居然半天都不出聲，這反應……仲尚詫異地問：「還真是？」

高洵坦誠道：「我從七歲就開始喜歡她。」

仲尚大驚，謝立青的大女兒謝蓁已經嫁了，莫非他說的是小女兒謝蕁？那謝蕁今年才幾歲，有十歲嗎？這小子難道戀童？

那邊高洵不知他的猜測，兀自回憶起童年來。「當年我第一次見她，就覺得她是天上掉下來的小仙女。」他想盡辦法吸引她的注意，可是她的眼裡只有李裕，後來李裕走了，他才有更多的機會接近她……即便如此，她依然把他當成幼時玩伴，從未動過其他心思。他不死心，總覺得一定能打動她，卻沒想過她跟李裕一樣沒心沒肺，居然不打一聲招呼就走了。

「我來京城是為了找她。」

仲尚摸摸下巴。「你真想見她？」

高洵忙問：「你有辦法？」

辦法不是沒有，他爹跟定國公謝文廣有幾分交情，平時偶爾來往，他去定國公府一趟並非難事。難的是該如何讓他跟謝蕁見面……仲尚思來想去，再次問道：「你確定是謝二爺的女兒？」

高洵頷首。「確定。」

那就是謝蕁沒錯了……仲尚對高洵有些刮目相看，人家姑娘還沒長大就被他盯上了，若是被她父母知道，還不打斷他的腿？為了幫兄弟一把，仲尚決定先到定國公府探探口風。

雖然仲開跟定國公關係好，但是仲尚卻一次都沒去過定國公府。以前忙著吆五喝六、吃喝玩樂，現在忙著強身健體、打拳練功，在軍營裡被仲開管著，成日素得跟和尚一樣，有好幾個月沒出來過了，這次還是因為仲尚的祖母過壽，仲開放了他幾天假，他才得以出來一趟。

隔日他便來到定國公府登門拜訪，定國公聽說是這個混世魔頭後，想了半天都沒想出他因何而來，不敢怠慢，忙讓人請入堂屋。仲尚來時準備了一株靈芝當見面禮，定國公受寵若驚，還以為這小子是來鬧事的，沒想到竟錯怪了人家。

仲尚還算老實，說話中規中矩。「聽聞國公爺身體大不如前，您是我爹的恩師，他最近軍務繁忙，抽不出空，我自當替他來看望您。」

定國公當年對仲開有知遇之恩，仲開是個重情重義之人，這麼多年過去仍舊不忘他的恩情，定國公聞言感慨道：「軍務要緊，他哪怕不來，我也不會怪他。」

兩人坐著聊了一會兒，仲尚是個能言善道的後輩，不知不覺便談了小半個時辰。其間仲尚不經意地問起謝立青，定國公說他一早便被傳入宮中，目下尚未回來。

又坐片刻，仲尚問起：「不知我可否到府裡一逛？」

定國公以為他坐得無趣，滿口答應。「是我招待不周。來，我帶你去走走。」

定國公府占地寬廣，從前院到後院有好一段距離，後院種了不少奇花異草，如今到了秋天，仍零零星星有花朵綻放。仲尚邊走邊看，還要忙著跟定國公搭話，可謂一心多用，即便如此，他還是一眼就看到坐在岸邊的兩人。

兩人在湖岸支了一大一小兩個杌子，小姑娘坐在少年旁邊，手中持一魚竿，時不時偏頭往少年那邊看一眼，見他也沒釣到，再氣餒地轉過頭去。

仲尚有預感，問定國公。「那兩人是……」

定國公循著看去，一眼便認出。「是我的一雙孫子孫女兒，大的叫謝榮，小的那個叫謝蕁。」說著，帶領他走過去。

仲尚沒想到見得這麼容易，他仔細端詳了下謝蕁的背影，小小的一隻，看起來確實沒多大。走近後，便能聽到她跟謝榮的對話。「哥哥，我們今天能釣到魚嗎？」

謝榮氣定神閒地坐著，回答她的話。「或許。」

她頓時歡喜地說：「我想吃魚！」

謝榮道：「釣到就給妳吃。」

她一臉饞相，一道一道地數菜名。「我想吃糖醋魚、紅燒魚還有清燉魚湯！」

聲音奶聲奶氣，還是個小娃娃。仲尚微微蹙眉，高洵怎麼喜歡這種小傢伙？一看就是小饞貓，哪裡像小仙女了？

定國公叫了他們一聲，兩人齊齊扭過頭。

仲尚這才看清她的臉，比他想像中大一點，但是也大不了多少，最多十二、三歲的年紀。生得小巧玲瓏、眉眼精緻、雪膚花貌，圓圓的蘋果臉笑起來十分可人。

她指著湖面對定國公說：「祖父，我跟哥哥在釣魚！」

定國公笑呵呵，對二房的幾個孩子都有點偏愛。「阿蕁釣到幾條了？」

她看一眼地上空空的竹簍，靦覥道：「一條也沒有……」

定國公安慰她再接再厲，順便將仲尚介紹給二人。「這位是驃騎大將軍的長子仲尚，目前在軍中擔任守備一職。阿榮，你們兩個年紀差不多大。」

謝榮微微點頭，算是打過招呼，謝蕁有點怕生，半天都沒叫人。

定國公也不勉強，讓他倆繼續釣魚，他跟仲尚去別處走走。

臨走時仲尚回頭多看一眼，發現那小傢伙剛好釣上來一片荷葉，表情從驚喜轉變為失望，僅僅只一瞬間。仲尚咧嘴一笑，這完全就是個小孩啊！

高洵覺得這幾日仲尚看他的眼神有點不對，至於哪裡不對，他又說不上來，似乎飽含各種意味……他被這種眼神看得渾身不舒服，終於忍不住道：「你有話直說。」

仲尚倒也痛快，直接告訴他。「我打聽到謝姑娘明日會去八寶齋買點心，你若是想見她，我可以幫你一把。」

高洵清楚仲尚的行事作風，不放心地問：「你要如何幫我？不能破壞她的名聲。」

仲尚笑笑。「你只管放心。」

翌日謝蕁果真坐上馬車，領著幾個丫鬟婆子往八寶齋去。

謝蕁想買幾樣點心送去給謝蓁，自從阿姊嫁出去後，她一個人在家益發無趣。哥哥不陪她玩，她只好自己給自己找樂子，在她的認知裡，吃就是最好的樂子。

馬車停在八寶齋門口，她讓兩個丫鬟進去買棗泥拉糕和玫瑰糕，自己則坐在馬車裡等候。

不多時，丫鬟去而復返，兩手空空，謝蕁坐起來問道：「點心呢？」

與此同時，車壁被人從外面敲了兩下，她掀開，看到一張既熟悉又陌生的臉。謝蕁想了半天，也沒想起他是誰。

仲尚朝她一笑，痞裡痞氣，舉起手中的食盒開門見山。「想要點心？先跟我去見一個人。」

謝蕁對他一點印象也無，向後縮了縮。「你是誰？」

兩人好歹前幾天剛見過，仲尚哪料到她忘得這麼快，想了想，重新介紹一下自己。「仲尚，妳在府裡釣魚的時候，我們見過。」說罷，把食盒放在馬背上，他扭頭問她。「妳認識高洵嗎？」

謝蕁當然認識，詫異地問：「你是高洵哥哥的朋友？」

仲尚心想，得了，這下肯定沒找錯人。叫得這麼親暱，一定就是高洵口中的小青梅。

仲尚說高洵就在這附近不遠的茶肆裡，謝蕁想著正好許久不見，她有些話想對他說，見一見也好。

她到時，高洵正在雅間坐立難安，時不時站起來往窗外看一眼，門被人從外面推開時，他驀然停住，往門口看去。然而走進來的卻是謝蕁，近一年不見，她比去年長高了，穿著粉白裙子，外面罩著一件素面妝花褙子，顯現出豆蔻少女的窈窕。

高洵不死心，一直盯著她身後，然而她身後除了丫鬟就是仲尚，再也沒有別人。

仲尚自動自覺地坐到一樓，不打擾他二人談話。

屋裡，謝蕁見真是他，不可思議地問：「高洵哥哥何時來京城的？」

高洵收回視線，請她坐在對面矮榻上。「阿蓁……」

她立即反應過來。「我阿姊沒來。」

兩人面前各擺著一杯茶，香氣嫋嫋。高洵失望地喝了一口茶，他以為謝蓁會來，他還準備了好多話對她說……她為什麼不來？是不是不想見他？高洵放下茶杯，緩緩開口。「我半個月前剛到京城……」

他把前因後果跟她解釋一遍，簡明扼要，不一會兒便說完了。

謝蕁聽罷，似懂非懂地哦一聲。「那你以後打算留在京城嗎？」

高洵沈默，緩慢地點了下頭。謝蓁是定國公府的姑娘，日後肯定不會再回青州了，他必須要在京城有一番作為才有資格迎娶她。他張口欲言，最後終於問道：「當初你們離開時，為何不跟我說一聲？」

謝蕁愧疚地抿一口茶，眼神飄忽不定。「那時你已經去參軍了……阿姊本想給你留一封信，但是怕你在軍中收不到，後來便作罷了。」

他苦澀道：「軍中若是收不到書信，那家書該寄到哪裡？」

謝蕁似是恍然大悟。

他又道：「以前在青州我們是玩伴，如今到了京城，卻是連見一面都困難。」

謝蕁聽出他話中之意，這是在責怪她們沒坦白身分……可是那時候他也沒問啊？謝蕁不會安慰人，憋了一會兒憋出一句。「高洵哥哥若是想見我們，以後直接去定國公府就行了。」

高洵笑著說好，見她杯裡的茶喝完了，提壺為她添茶。「阿蓁最近如何？」

他倒也不拐彎抹角，跟小時候一樣，毫不吝嗇表達對謝蓁的愛慕。當初兩家確實有為他們訂親的打算，若不是謝蓁遲遲不點頭，估計兩家早已成為親家。

謝蕁低頭，看著從壺嘴裡徐徐流出的茶湯，不想隱瞞他，慢吞吞地說：「阿姊成親了……」

茶水頓時灑出杯外，高洵錯愕地抬頭。「妳說什麼？」

眼看著茶水溢了滿桌，謝蕁忙跳起來躲到一旁，驚慌失措地叫道：「高洵哥哥，茶滿了！」

高洵恍然回神，連茶水沾濕了衣服也不知道，一雙眸子緊緊盯著她。「妳方才說……阿蓁成親了？」

謝蕁點了下頭，徹底斷了他最後一絲希冀，現在告訴他也好，早點讓他認清現實，免得他越陷越深。謝蕁覺得謝蓁嫁給六皇子雖然說不上多好，但總歸會越來越好的。而且她不希望阿姊為難，依高洵對阿姊的癡迷程度，一定不會輕易放手，只有讓他知道阿姊嫁人了，他才會死心。

高洵怔怔地坐在位上，起初是迷茫，最後越來越悲哀，變成濃濃的悵然若失。他放下紫砂壺，手掌放在桌面上，漸漸用力攏握成拳，手背上每一條凸起的青筋都透著無力。他聲音痛苦。「她嫁給誰了？」

「嫁給六皇子。」謝蕁原本還想告訴他六皇子就是當年的李裕，但是看他現在失魂落魄的模樣……若是再告訴他這個，他會更崩潰吧？於是謝蕁善解人意地沒有再說。

許久，高洵才道：「她過得好嗎？」

謝蕁遲疑了下，輕輕點頭。「好。」

他沒有再問，怕問得越多越心痛。明明走前還好好的，他們仍舊是小時候的模樣……為何來到京城一趟，卻什麼都變了？他的小仙女嫁給別人，他連一點消息都不知道，還沾沾自喜地以為自己快能娶她了，殊不知她又不是他一個人的，憑什麼要等著他？

高洵心裡少了一塊，空落落的，很不好受。就像他親手養大一朵花，每天給它澆水施肥，比任何人都期待它快點長大。他眼巴巴地等著，有一天他只是離開一小會兒，那朵花便被人採走了，甚至都沒跟他說一聲。他以為花是自己的，其實他只是負責陪它長大而已。

她的生命裡會路過許多人，他只是路過的時間長了一點而已。

謝蕁沒有讓高洵送她回去，她獨自走下樓梯，心不在焉地絆了一跤，被兩個丫鬟及時扶住才免於受傷。

樓下多半是喝茶閒談的客人，一個少年坐在窗邊異常顯眼。他皮膚偏黑、五官深邃、劍眉星目，正在漫不經心地觀察路上的行人，面前放著一個食盒，正是謝蕁的那個。

無論什麼時候，謝蕁都不會忘記吃的，她讓丫鬟把食盒拿回來，仲尚抬眼，嘴角一咧朝她笑了笑，並未為難她，把食盒還給她後，就去樓上看望高洵了。

豈料門一推開，就被裡頭的場景嚇一跳，高洵躺在矮桌底下，雙目緊閉，模樣痛苦。

仲尚上去踢了他兩腳，他卻一動不動。「她跟你說了什麼？」

任憑仲尚怎麼問，他就是不肯開口。這倒讓人稀罕極了，看著柔柔弱弱的一個小姑娘，究竟能說出多麼傷人的話？把一個大男人難過成這樣？

仲尚在他旁邊坐下。「不就是個女人。」

高洵終於睜開眼，雙目有些失神，第一句話不是別的，而是讓仲尚陪他喝酒。

仲尚爽快地答應了，帶著他走出茶肆，去酒樓一醉方休。

是啊，不就是個女人……可是那是他最中意的姑娘，這輩子都不會再有第二個。

第十六章

謝蓁一整天都覺得肚子不大舒服，脹脹的，還有點疼，她胃口不好，一天下來都沒吃多少東西。

嚴裕去宮裡見嚴屹了，這陣子聖上常常召見他，也不知是為何事。但是他每次回來臉色都不大好，謝蓁問他怎麼回事，他卻不肯告訴她。不說就不說，偏偏他晚上還喜歡跑到側室跟她一起睡。謝蓁趕他走，他大狗一樣纏住她，一聲不吭在她臉上又親又舔。

這天晚上他回來得早，一回來沒看到謝蓁，便問丫鬟她去哪兒了。雙雁道：「娘娘身體欠安，用過午飯便歇下了，目下還沒醒。」

他聞言，走到內室一看，果然看到她在睡覺。

她黛眉輕顰，睡著了都不舒服，一張小臉病蔫蔫的，瞧著頗為可憐。嚴裕撫平她的眉心，問道：「請過大夫了嗎？」

雙雁搖頭。「娘娘不讓請大夫，說睡一覺就好了。」

嚴裕不放心，擔心她真病了，便讓雙雁下去請大夫。她似乎肚子不舒服，睡著的時候總愛蜷起來，兩隻手抱在肚子上，也不知是什麼毛病。她褥子蓋得亂七八糟，嚴裕為她重新蓋好，蓋到肚子那裡，伸手輕輕地替她揉了揉。

一低頭，注意到她身上的異樣。

他瞳仁緊縮，掀起褥子扔到一邊，緊緊盯著她白綾裙上的血跡，不只是衣服上，就連床榻上都是血。他聲音顫抖，把她扶起來，帶著濃濃的恐慌。「謝蓁，謝蓁？快醒醒！」

謝蓁被他叫醒，先是覺得小腹墜疼，再是被他蒼白的臉色嚇住了。「你怎麼了？」

嚴裕把她摟進懷裡，雙臂緊緊箍著她。「妳受傷了？為什麼會流血？」

聽他一說，謝蓁一駭，趕忙查看自己哪裡流血。當她看到床上、腿上的血跡時，嚇得小臉慘白，伸手摸了摸，黏黏的，確實是血沒錯。她以為自己要死了，難怪中午一直覺得肚子疼……頓時悲痛欲絕，抱著嚴裕不肯撒手。「小玉哥哥我怎麼了？我是不是受傷了？」

兩人都是門外漢，不知道怎麼回事，一個比一個惶恐不安。

嚴裕揚聲讓丫鬟去請大夫，其間催了一遍又一遍，大夫始終不來。

他坐在床頭，抱著謝蓁不斷安撫她。「沒事，沒事。」

他嘴巴笨，只會說這麼一句安慰人的話，謝蓁傷心得要命，以為自己被人下毒了，不然好端端的身體為何會流血？正準備抓出下毒的人，大夫總算來了。

大夫扶過脈後，面色尷尬。「府上可有年齡稍長的婆子？」

嚴裕一直在旁邊站著，問道：「她怎麼樣？是什麼傷？」

大夫讓他跟自己一塊兒出去，剩下的交給婆子處理就行了。謝蓁坐在床上看著他們離去，不一會兒便有個四十多歲圓臉的婆子進來，告訴她究竟為何流血、流血代表什麼、日後應當如何處理。這些她出嫁前冷氏來不及同她講，是以她根本不知道怎麼回事，目下聽婆子解釋一通，明白過來後，臉上通紅。

大夫把嚴裕叫到廊下，對他道：「經脈初動，天癸水至。此乃喜事，殿下無須太過擔憂。」

大夫跟他解釋老半天他才明白怎麼回事。明白過來後，他耳根一熱，掩唇咳嗽一聲。「多謝大夫。」

送走大夫，他才回到內室，此時謝蓁已經換好乾淨衣服，墊了棉布條，丫鬟婆子一陣手忙腳亂，總算把一切都收拾妥當。婆子說這些晦氣，勸嚴裕迴避，他卻不聽，執意要進來。

弄清真相後，兩人都有點尷尬，尤其謝蓁，方才還以為自己要死了，哭著喊著叫他小玉哥哥，現在真相大白，她恨不得找個地洞鑽進去。不想看到他，索性用被子蒙住頭。「你出去。」

嚴裕偏頭，抿唇問：「妳還疼嗎？」

還是有點疼，不過謝蓁不想告訴他。

他繼續看窗外，故作平靜。「大夫說不能碰冷水，妳注意一些。」

謝蓁羞得聲音都帶了哭腔。「你走……」

他只好從屋裡退出去，站在廊下，想起剛才兩人手足無措的場面，有點好笑。

婆子說若是痛得厲害，喝紅糖水能緩解一些疼痛，嚴裕打算讓丫鬟去熬煮紅糖水，前院的下人找到這裡來，向他傳話。「殿下，前院有兩人求見，說是您的舊識。」

嚴裕腳步一頓，偏頭看去。「什麼人？」

下人道：「是一對母女，姓歐陽。」

六皇子府門口，一對母女正在與下人糾纏，她們的衣服陳舊，可以看出好幾次洗得泛白，但是還算乾淨。大抵是路上長途跋涉，兩人面色都有些疲憊，尤其年長的那一位，似乎隨時都會暈倒。裡面沒有發話，門外的下人自然也不敢讓她們進去，任憑她們怎麼說、怎麼鬧，就是不肯放人。

嚴裕到時，正好聽到一個女聲爭辯道：「我們不是騙子！」

下人早就不耐煩，若非看在她們是女人的分上，估計早就拳腳伺候了，怒道：「不是騙子？殿下怎會有妳們這種表親，妳們是哪來的皇親貴族，流落成今日模樣？」

門口圍了不少人，對著母女倆指指點點，大部分百姓跟這個下人的看法相同，不相信她們的話。趙管事跟嚴裕一同趕來，擔心傳出去不好聽，忙讓人把看熱鬧的百姓趕走了。

方才情緒激動的母女倆頓時安靜下來，一言不發地看向管事身後的嚴裕。

其中那個二八年華的少女仔仔細細端詳他的容貌，從眉毛到眼睛，從鼻子到嘴巴，一丁點都不敢遺漏。似乎要從他臉上確認什麼，許久才遲疑地開口。「表、表哥？」

此女正是歐陽儀，一雙上揚的長眉仍舊跟小時候一模一樣，帶著幾分英氣。或許是被生活磨平了稜角，再也不復當初的桀驁與自信，在嚴裕面前，竟顯得有些緊張和無措。

要認出嚴裕並不難，他的變化不大，除了身高迅速竄起來，別的地方都跟小時候相差無幾，他的眼睛、鼻子、嘴巴組合在一起，便是一張再熟悉不過的臉。所以歐陽儀在街上看到他才會一眼就認出他來，他騎馬，她就在後面偷偷跟著，親眼看著他走入六皇子府。

歐陽儀起初很震驚，以為自己認錯了人，他跟李裕只是長得像而已……然而打聽之後，得知當今六皇子單名一個裕字，又重新燃起希望。

怎麼會這麼巧？當初他跟舅舅、舅母逃跑後，究竟發生了什麼？

歐陽儀躲在門外偷偷觀察好幾天，從他出門到回府，從他每一個舉止、每一個神態判斷，越來越覺得他就是當年的李裕。她把這事跟母親李氏說了以後，李氏自然不相信，還說她累壞了腦子。

李家走後，她們母女倆的生活並不好過，在附近租了間小屋子做針線活兒營生，時間長了，李氏的眼睛漸漸不行，便改成給人洗衣服，寒冬臘月也不能停歇，一洗便是好幾年。為了養活女兒，李氏的身體越來越差，等到發現時已經來不及了，歐陽儀四處尋訪為李氏看病，然而遇到的大夫都說治不了，歐陽儀不死心，便帶著李氏來京城求醫。京城名人雲集，一定有大夫能治她娘的病。她們一路省吃儉用來到京城，還沒找到名醫，居然先遇到了嚴裕。

歐陽儀把嚴裕的外貌特徵描述了一遍，李氏將信將疑地跟她過來，一看之後，便愣住了。

嚴裕的視線在她們身上掃一遍，第一眼沒認出她們，當歐陽儀喚他表哥時，他才想起來。

他神情怔怔，半天沒說話。

管事揣摩不透他的態度，還當他不認識她們，轉頭吩咐下人。「愣著做什麼？還不把這對母女趕走！」

歐陽儀被推了一把，踉蹌幾步，伸手想抓住嚴裕的衣角。「表哥，你不認識我了嗎？我是阿儀！」她不知道他為何會變成六皇子，她只知道她是他的表妹，無論過去多少年都是。

那邊李氏被猝不及防地推倒在地，身子磕在石階上，她原本就身體不好，目下這麼一撞，趴在地上好半天都沒起來。歐陽儀忙上去扶她，緊張地叫了好幾聲「阿娘」。

李氏彎腰咳嗽幾聲，分明才三十幾歲，卻像個病入膏肓的老嫗，眼角爬滿了細密的紋路。她看向嚴裕，張了張口，百感交集地叫了聲。「裕兒……」

然後頭一歪，昏倒在歐陽儀懷中。

丫鬟熬好薑棗紅糖水端上來時，謝蓁正坐在床頭，摸著肚子若有所思。她聽婆子說完那番話後，覺得很神奇，流血了就能生孩子？

她不懂這些，婆子不好跟她說得太仔細，畢竟身分有差距，便讓她找個機會回去問阿娘。

她一口一口喝完紅糖水，躺了一會兒，確實感覺好受不少。

她躺在床上昏昏欲睡，外頭卻已亂作一團。

嚴裕讓人把李氏送入瞻月院斜後方的長青閣，並請大夫為她診斷。管事不敢多猜測，忙吩咐下去，不多時下人便請來一名老大夫。大夫為李氏診斷過後，頗為凝重道：「體虛氣寒，心肺衰竭，乃常年勞累所致，非一朝一夕能調理好。夫人病症拖得太久，恐怕並不好治。」

一旁歐陽儀聞言，立即撲倒在李氏床頭失聲痛哭。「阿娘……」

嚴裕蹙眉，仔細詢問：「治得好嗎？」

大夫思忖良久，搖了搖頭。「我只能盡力而為，究竟能不能治好，要看她自己的造化了。」

說罷，大夫伏在一旁的案桌寫藥方，上頭列了好幾種藥，讓府上派一個人跟他回去拿藥。

歐陽儀還在哀聲哭泣，李氏剛醒，聽到大夫那番話，長長地嘆一口氣。

青州好多大夫都這麼說，說她活不長了，可是歐陽儀不願相信，非要帶她到京城來。如今到了京城，仍是一樣的結果。

她撐起身子，拍拍歐陽儀的後背。「別哭了，讓妳表哥看笑話……」

歐陽儀直起身，擦擦眼淚，扭頭看身後的嚴裕。「表哥，求求你治好我阿娘……」

嚴裕眉峰低壓，臉上看不出是什麼表情，聽到歐陽儀的話，只微微點了下頭，沒有說話。

他也說不上來是什麼感覺，有點微妙，他以為自己在世上沒有親人了，可是原來他還有一個姑母和一個表妹。他原本就對人情關係很淡薄，多年不見，更是感覺不到任何感情，然而那份關係還在，他就不得不承認她們是他的親人。

儘管宋氏和李息清不是他的親生父母，但是在他心中卻勝過親生父母。只有李家才是他真正的家，他在家裡過日子叫生活，在皇宮過日子是為了生存。

天差地別。

嚴裕安排了兩個丫鬟照顧她們的起居，分別叫留蘭和香蘭。

不多時下人取來藥材，留蘭煎好藥服侍李氏喝下。丫鬟勸李氏睡一覺，李氏卻不放心地望向嚴裕。「阿儀跟我這一路都受了不少苦，裕兒若是可憐我們母女倆，就讓我們暫住一陣子……」

嚴裕看向她兩鬢的白髮以及額頭的皺紋，點了下頭。「姑母先睡吧，把自己身子養好。」

言罷，他走出屋子，在廊下站了一會兒，準備往瞻月院走。

歐陽儀從屋裡匆匆走出，追上他的腳步。「表哥！」

他停住，偏頭詢問：「還有事？」

歐陽儀覺得他比小時候更難接近，小時候他雖然不多熱情，但臉上起碼會有別的表情。現在他無論眼神還是語氣，都透著疏離和冷漠。

歐陽儀止住不前，看一看左右，試探地問：「你真的是六皇子？」

他薄唇微抿，不喜歡被問到這個問題。

歐陽儀見他不回答，還當他有難言之隱，上前抓住他的衣袖。「你怎麼會是六皇子？舅舅和舅母呢？他們在哪兒？你們當年又去了哪裡？」

嚴裕後退半步，順勢扯開袖子，低聲道：「放手。」

她滿心疑惑，根本沒聽進去他的話，他往後退，她便一個勁兒地往前跟，說著說著便有一肚子的委屈。「當年你們離開以後，我和阿娘兩人相依為命，舅舅給的那筆錢被人搶走了，阿娘就去給人做針線、洗衣服……」

她越說越傷心，從抽泣轉為嚎啕大哭，拽著嚴裕的袖子死活不肯撒手。「我們好不容易才來到京城，沒想到還能遇見你……」

嚴裕皺緊眉頭，被她哭得心中煩躁。

一個時辰後，謝蓁總算睡醒了。

肚子的疼痛緩和許多，她坐起來環顧一圈，這才感覺有些不對勁。

剛才嚴裕離開時並未說去哪裡，怎麼過了這麼久還不回來？再看屋裡的丫鬟，一個個欲言又止，想說什麼卻又不敢說的樣子。

謝蓁察覺後，把最沒心眼的檀眉叫到跟前。「府裡發生什麼事了？」

檀眉擰著臉，不知道該怎麼開口。她們也是剛才聽說的，六皇子帶了一對母女回來，並且安頓在長青閣中，她們還沒琢磨好怎麼跟謝蓁說，沒想到她就先問了。

檀眉吞吞吐吐，在謝蓁的視線下老實交代。「殿下方才帶回來一個婦人和一個姑娘……」

其中內情她們並不知曉，只知道六皇子請了大夫給婦人看病，似乎很緊張的模樣。

謝蓁聽她說完，黑黢黢的眸子一眨，半晌才問：「住在長青閣？」

檀眉頷首，只覺得腦門上都是汗。

她輕輕地哦一聲，讓檀眉給她穿鞋。「那我們也去看看。」

檀眉彎腰為她穿上笏頭履，擔心她受涼，又給她披上一件湘妃色緞地彩繡花鳥紋披風，這才領著她往外走。其他幾個丫鬟跟在她後頭，倒也沒多說什麼，大概是先前被雙魚告誡過，誰都不許在謝蓁面前亂嚼舌根。

一路來到長青閣，新建的府邸哪裡都很嶄新乾淨，沒有丁點兒破敗的痕跡。就是下人有點少，院裡共有兩個丫鬟，還是嚴裕剛剛調過來的，目下都在屋裡伺候。是以皇子妃來了，連個通傳的下人都沒有。

謝蓁拾級而上，來到院內，沒走兩步，便看到廊下面對面站著的兩個人。

嚴裕背對著她，他對面是一個妙齡少女，衣服有點舊，聽聲音似乎在哭泣，她緊緊抓住嚴裕的袖子，邊哭邊叫他「表哥」。

會叫嚴裕表哥的，謝蓁至今只知道一個人。

那邊歐陽儀還在哭，語無倫次地說個沒完。「表哥救救我阿娘……你是六皇子，一定有辦法……」

嚴裕聽得蹙眉，揚聲叫屋裡的丫鬟出來把她帶回去。

留蘭和香蘭匆匆走出屋子，被外頭的狀況嚇一跳，歐陽儀哭得上氣不接下氣，居然還敢抓著六皇子的袖子，難怪六皇子臉色這麼不好。她們在屋裡忙著照顧李氏，沒注意外頭的動靜，沒想到一眨眼就出這種亂子。

兩人忙上前拉住歐陽儀，歐陽儀看著瘦弱，力氣卻一點不小，她們兩個費了半天勁兒才拉開。香蘭一抬眼，沒來得及鬆口氣，看到桐樹後面的人，心中一驚，拉著留蘭便行禮。

「皇子妃娘娘。」

一句話驚起千層浪。

謝蓁從桐樹後面走出來，雙手負在身後，烏黑大眼對上嚴裕的視線，不等他開口就移開。她看向一旁的歐陽儀，抿起唇瓣，粉腮含笑。「我本來想等妳哭完再出來的。」

聽到這話，嚴裕頓時慌了神，也就是說她在那兒站很久了？她為什麼不出聲，是不是誤會他了？

嚴裕張口欲言，那邊歐陽儀聽到丫鬟的稱呼，一瞬間忘了哭泣，不可思議地盯著她。

「妳是……」

歐陽儀沒想過嚴裕會這麼早娶妻，準確地說，是沒想過嚴裕會娶妻。他對誰都是一副高高在上、不冷不熱的態度，歐陽儀實在沒法想像他娶妻時是什麼模樣，更想像不到他會娶什麼樣的姑娘，如今見到了，難免多一些探究。

歐陽儀看向謝蓁，不得不承認她生得十分標緻，杏臉桃腮、明眸皓齒，就像畫裡走出來的美人兒，每一處都是精心描繪的手筆。然而仔細一看，又覺得這張臉有幾分熟悉，好像記憶深處也出現過這樣的臉、這樣的笑。

她一時想不起來，又或許是隱約想起什麼，只是不願往深處想。

謝蓁停在幾步之外，歪著頭往屋裡看了看，問歐陽儀。「妳阿娘在裡面嗎？」

歐陽儀點點頭，哭得雙眼紅腫。「妳、妳是皇子妃？」

謝蓁嗯一聲，大大方方地承認。「是呀。」

原本歐陽儀這話是踰矩的，但是皇子妃不跟她計較，留蘭和香蘭自然不敢多說什麼。但是香蘭見她一動不動，忍不住扯了扯她的衣服，小聲提醒。「姑娘，見到皇子妃是要行禮的。」

歐陽儀恍悟，看向謝蓁，磨蹭了下才慢吞吞地行了一禮。她不知是出於什麼心態，低頭向謝蓁解釋。「我是六皇子的表親……小時候曾在他家中住過一段時間，後來因故分開……」

謝蓁聽完，然後微微一笑。「嗯，我知道。」

歐陽儀停住，疑惑地抬頭，正要問她怎麼會知道，另一邊嚴裕總算按捺不住，開口問道：「妳何時過來的？」

謝蓁想了想。「有好一陣了。」

她其實也沒來多久，丫鬟發現她的時候她剛剛走到桐樹旁邊，那時候歐陽儀在他面前哭，他根本沒注意到她。

嚴裕頓了下。「妳不是身子不舒服？」

或許是怕她誤會，他表情有點緊張，情急之下語氣有點急，便顯得不那麼和善。

謝蓁發現了，沈默許久都沒說話，在心裡默默記下一筆，旋即朝他看去。「你不希望我來？」

嚴裕瞪起眼睛，迅速反駁。「我何時這麼說過？」

她輕飄飄地哦一聲，故意刺激他。「那你心裡肯定是這麼想的。」

他果真被激怒了，無可奈何地叫她的名字。「謝蓁！」

這幾天他被她氣急之後總會這樣叫她，簡簡單單的兩個字，被他咬牙切齒地叫出來，竟有種纏綿的味道。

這一聲之後，是長久的沈默。

歐陽儀吃驚地睜大眼，驚愕的目光落到謝蓁身上，盯著她看了一遍又一遍，從未想過兜兜轉轉一大圈，嚴裕會娶謝蓁為妻。面前的人真的是謝蓁嗎？真的是小時候那個狡猾得像小狐狸，又漂亮又討厭的謝蓁嗎？她不相信，表哥為什麼會娶她？表哥是六皇子，她又是什麼身分？她爹不過是一個青州知府，她哪來的資格當皇子妃？

不知道皇子妃是謝蓁還好，她可以說服自己心服口服地接受，一旦知道這個人是謝蓁後，她的心情就有了變化……想起自己剛才還對她行了一禮，頓時悔得腸子都青了。

謝蓁平平靜靜地說：「你又對我大吼大叫了。」

他頓時偃旗息鼓，連氣勢都弱下來，頭一扭堅持道：「我沒那麼想過。」

歐陽儀忍不住插入兩人對話，將信將疑地詢問謝蓁。「妳……妳真是謝蓁？」

謝蓁沒有正面回答她，而是反問：「妳希望我是，還是不是？」

歐陽儀被問住了，半天答不上來，可是心裡已經十分確定此人正是謝蓁無疑，是她小時候最討厭的人，也是她最嫉妒的人。明明當初他們都分開了，為什麼過去這麼多年還是走在一起？以前謝蓁就總纏著表哥，是不是因為這樣，所以她才成為皇子妃的？

歐陽儀一旦有了這種念頭，便再也揮之不去。

回主院的路上，謝蓁在前，嚴裕在後，兩人始終保持著一段不遠不近的距離。

嚴裕步子大，為了配合她的步伐，必須走一步停一步才能不超過她。他在後面叫了她一聲。「謝蓁。」

她沒聽見，繼續往前走。

嚴裕快走兩步，走在她斜後方。「妳看到了什麼？」

她還是不說。

一直回到瞻月院，她進了屋，還是對他不理不睬。嚴裕完全不知怎麼回事，明明剛才還好好的，在長青閣她還會對他說話，怎麼一出院門就完全不搭理他了？

嚴裕緊跟著進屋，剛一進去，就被兩個丫鬟攔在屏風外。「殿下……娘娘身體不適，請您迴避。」

他以為她又有哪裡不舒服，在外面問了半天，才知道她是要換月事條……嚴裕臉紅得像火燒，站在外面竟有些手足無措。好不容易等她換好了，他不管不顧地闖進去，劈頭蓋臉地問：「為何不跟我說話？」

謝蓁小腹墜痛，心情不好，鼓起腮幫子瞪了他一眼。

他被瞪得莫名其妙，自動自覺地坐在她身邊。「妳生氣了？」

她往旁邊挪了挪，不看他。「沒有。」

嚴裕繼續坐過去。「那為何不跟我說話？」

她垂眸。「肚子疼，不想說話。」

她一定在撒謊，她滿臉都寫著不高興。嚴裕彷彿一下子開竅了，順著她的視線往下落在自己的袖子上，一瞬間頓悟，站起來脫下外袍扔到一旁，站到她面前。「現在能跟我說話了嗎？」

謝蓁愣了下，繼續搖頭。

她不說為什麼，他只好自己參悟，從頭慢慢跟她解釋。他一邊說一邊觀察她的臉色。「姑母在門外昏倒了，所以我才把她們接到府裡來。等她把病養好後，我就送她們出府去。」頓了頓，繼續解釋。「表妹沒有拉我的手。」

謝蓁總算出聲了。「你想跟她拉手？」

嚴裕對她怒目而視，猛地把她撲倒在羅漢床上，整個身子都疊在她上面，對著她左邊耳朵說話。「我不喜歡跟別人拉手。」

語畢，左手卻往旁邊摸了摸，一把抓住她的手，牢牢地攢在手心裡。

李氏和歐陽儀在六皇子府住了七、八日，每日都有丫鬟送飯煎藥，伺候得面面俱到。她們在外面苦日子過多了，忽然住進這樣舒服的地方，起初是感動受驚，最後住習慣了，竟有些捨不得離開。

李氏的病情用過幾天藥後稍微有點好轉，偶爾下床去院裡走動走動。她前幾年忙碌慣了，如今閒下來，很有些不習慣，便去井裡打水，洗起自己和歐陽儀的衣服來。

此事被歐陽儀看到，一把將她扶起來責怪道：「阿娘！妳做這些幹什麼？大夫不是讓妳少碰點冷水，這都什麼月分了？水這麼涼，妳的身子受得住嗎？」

李氏讓她小聲點。「有什麼好大驚小怪的，以前不也這麼過來的？」

她又氣又急，聲音不由自主地放大。「現在不一樣了，我們找到表哥了！」

她一心以為只要跟嚴裕攀上關係，他就不會棄她們於不顧，無論怎麼樣，她們都不會再過過去那種生活了。

李氏帶著她回屋，她嗓門大，怕她的話讓別人聽見。她從小就這麼個毛病，說話咋咋呼呼，不討人喜歡，如今過去這麼多年，還是一點都沒變。「妳問過裕兒了嗎，他可有告訴妳什麼？」

歐陽儀失望地搖頭。「表哥什麼都沒說。」

這幾天謝蓁來過兩次，嚴裕來得多一些，也就四、五次。每一次都是來探看李氏病情。歐陽儀便乘機問他一些事情，比如他為何轉變身分，為何沒跟舅舅、舅母在一起，又為何會娶謝蓁，然而他什麼都沒說，無論她怎麼問，他都不回答。

歐陽儀不死心，決定去謝蓁那裡探探口風。

瞻月院雖然與長青閣只隔著一條長廊加一條小徑，但佈局卻天差地別。

剛一進入瞻月院，便是一道浮雕鶴鹿同春紋的屏風，屏風後面是一座精美的庭院。庭院寬闊，東邊是一座涼亭，西邊栽種幾株梅樹和桂樹。院裡丫鬟足足十餘人，做事井然有序，她剛進院子，便有人進去通傳，另一人領著她往正室走去。

正室更加精細，兩把椅子放在正中央，一看便知不是普通的木材。歐陽儀的視線在屋裡巡視一遍，入目都是珍貴的玉器，就連條案上隨隨便便擺放的白釉花瓶都是她以前想都不敢想的。百寶嵌花鳥紋曲屏後面應該就是內室，歐陽儀隱約能看到紅色的羅幃和牆上的壁畫，不知裡面又是怎樣的精緻。

她心裡的不滿漸漸湧上來，謝蓁何德何能，能住這麼好的屋子？她和阿娘在外面流落街頭的時候謝蓁就過著這麼好的日子嗎？還不是因為嫁給了她表哥！

丫鬟請她入座，她想了想，毫不客氣地坐在中間主位的黃花梨玫瑰椅上等謝蓁出來。

外面是雙雁伺候，見狀先是一愣，然後提醒她。「表姑娘，妳應該坐這兒。」說罷指了指下方的椅子。

歐陽儀假裝聽不懂，詢問道：「我為何不能坐這兒？」

雙雁直言：「這是我家娘娘的位子。」

她疑惑地指向對面，沒有挪地方的打算。「這裡不是也能坐嗎？」

雙雁許久不出聲，大概知道了這位是什麼樣的人，說好聽點是六皇子的表妹，說白了不就是個普通的平民百姓嗎？有什麼資格在皇子妃這裡拿腔作勢的？雙魚改變了態度，語氣也不那麼客氣了。「這是殿下的位子。」

歐陽儀這才無話可說，但還是不願意挪動。

眼看著謝蓁要從裡面出來，紅眉端著茶水從外面走進來，雙雁直接過去，放在下方的八仙桌上，對她道：「請姑娘坐這裡。」

歐陽儀這才不情不願地站起來，坐到下面去。

雙雁站在她後面，朝屋頂翻了個白眼。這就是六皇子的表妹？昨兒聽人提起，還以為是個什麼樣的姑娘，害她們好奇了好一陣。沒想到今日一見真是開了眼界！儼然是個毫無教養、不知禮數的山野村姑！先不說對方身分比她尊貴多了，就算去別人家做客，哪有一屁股就坐在主位上的？這不是讓人笑話嗎！

雙雁算服了，只盼著謝蓁出來，她不要再做出什麼讓人意外的舉動才好。

約莫一刻鐘後，謝蓁穿戴完畢從裡面出來。天氣稍涼，謝蓁在外面多穿了一件紅織金纏枝牡丹披風，比起昨日那件更加明豔，也更顯富貴。她是完全能撐得住這些衣裳的美人兒，穿上身非但不顯得庸俗，反而更加精細大氣。她梳了一個百合髻，頭頂簪一個寶相花紋貓眼花鈿，髻上用攢絲珠花點綴，耳朵上戴個嵌珠寶花蝶金耳環，端的是穿金戴銀，豔麗無雙。

她盈盈走來，似一盞明燈，照得屋子瞬間亮堂起來。

歐陽儀緊緊盯著她，看著她目不斜視地從眼前走過，坐到主位上，其間連看都沒看自己一眼。

雙雁在後面提醒。「表姑娘，該行禮了。」

歐陽儀卻一動不動。

謝蓁坐定，等紅眉端上茶水她才看向歐陽儀，等了一會兒才說：「表姑娘才住進府裡，不懂得府裡的規矩，今天就算了。」

言下之意，就是以後見到還是要行禮的。

而且歐陽儀聽出了謝蓁的話外之音，她說她是外人，又不懂規矩，所以她不跟自己一般計較。歐陽儀瞪向謝蓁，心裡不服氣，說不出感激的話。

歐陽儀來訪時天色尚早，謝蓁剛剛起床，雙魚說表姑娘來了，她反應了好半天才想起表姑娘是誰。在床上磨蹭了一會兒，她才起床洗漱更衣。

屋裡屋外距離不遠，再加上歐陽儀說話聲音高，是以她在裡面把剛才的對話聽得一清二楚。她當時在裡面，明明該生氣，但是又覺得好笑。這些年不見，歐陽儀的本性真是一點沒變，當初她住在李家，也是這副高高在上的態度，完全沒有寄人籬下的自覺。大抵跟她成長的地方有關，父親過世，母親又懦弱，沒有人教她規矩，是以才養成這樣的性子。

跟她有什麼好計較的？謝蓁心想，根本不值得生氣。

李家搬走後，她們在院子裡吵了起來，歐陽儀說嚴裕是因為討厭她才搬走的，當時她很傷心難過，現在想想，不知道是不是真話。她問過嚴裕，嚴裕說自己沒說過，那麼是歐陽儀騙她嗎？

為何要騙她？謝蓁陷在回憶裡，歪著腦袋想了好一會兒，直到歐陽儀叫她，她才回過神。

歐陽儀看一眼左右，咳嗽一聲說：「我有話單獨對妳說。」

謝蓁不知道她要問什麼，弄得神神秘秘，為了配合她便讓丫鬟們都到外面等候。雙雁不放心，臨走前磨磨蹭蹭，一副想說又不好說的表情。「娘娘……」大概想提醒她別被欺負了。

謝蓁想了想，笑道：「別走遠，萬一我有事想叫妳們呢。」

雙雁哎一聲，跟紅眉肩並肩站在廊下。

丫鬟離開後，歐陽儀才放鬆一些，對謝蓁的態度也隨意了很多。在歐陽儀心裡，謝蓁能有今天的身分全是嚴裕給的。「妳是怎麼找到我表哥的？」

謝蓁收起笑。「是他找到我的。」

「表哥找妳？」她明顯不信，用懷疑的眼光打量謝蓁。「妳在青州，他難道特意回去找妳？」

謝蓁告訴她。「我家不在青州，我們搬到京城來了。」

歐陽儀露出原來如此的表情，但還是不解，一心覺得這門親事有問題。「妳只是青州知府的女兒，表哥是六皇子，他要娶妳，聖上會答應嗎？」

謝蓁若有所思地哦一聲，語無波瀾。「我們的婚事是聖上親自賜婚的。」

語畢，歐陽儀驀然噤聲。她傻了一般，或許是太震驚，連說話都吞吞吐吐。「聖、聖上……怎麼會給妳賜婚？妳不是……妳爹只是個青州知府，哪裡配……」

謝蓁微微斂眸，打斷她的話。「我爹是青州知府，比不上皇孫貴族，但也是個四品官，在職時一心為了青州百姓，兢兢業業，妳在我面前，最好不要這麼說我爹。」

歐陽儀見她臉色不好，總算醒悟到自己現在是住在別人家裡，收斂了一點，不再作聲。

兩人都不說話，屋裡一時安靜得過頭。歐陽儀是太震驚，沒想到他們的婚事是聖上親自賜婚，聖上為何要給他們賜婚？她想問謝蓁，但是看謝蓁臉色不大好，識趣地沒再開口。

坐了一會兒，雙雁從外面走進來，對謝蓁道：「娘娘，國公府來人捎話。」

謝蓁忙坐起來。「人呢？誰來了？」

雙雁領著她往外走。「在堂屋呢，是夫人身邊的陳嬤嬤。」

沒說是什麼事，謝蓁剛要走，想起屋裡還有一個人，便對紅眉道：「一會兒妳親自送表姑娘回去，我先到前面看看。」說罷，頭也不回地走了，只給歐陽儀留下一道背影。

歐陽儀聽到丫鬟說出「國公府」，想了一會兒也想不明白，什麼國公府？又或許是她聽錯了？

第十七章

謝蓁剛走，嚴裕正好散了早朝回來，他聽說前面來人，本想來叫謝蓁一塊兒過去，沒想到謝蓁走了，他站在廊下，卻碰到了準備回去的歐陽儀。

歐陽儀一見到他，遠遠便叫了一聲「表哥」。

嚴裕眉心微擰，等她走到跟前第一個問：「妳來這裡做什麼？」

她不以為意地笑了笑。「我能來做什麼？還不是來跟皇子妃說話的。」雖然嘴上說謝蓁是皇子妃，但她的表情卻沒有一點對皇子妃的尊敬。

嚴裕問後面的紅眉。「謝蓁呢？」

紅眉欠身。「回殿下，娘娘已經去前院了。」

他失望地抿唇，看來他們是在路上錯過了，沒有廢話，轉身就往院外走。歐陽儀跟上他的腳步，在他身邊毫無顧忌地問：「表哥，我聽她說，你們的婚事是聖上親自賜的？」

嚴裕步子很大，她跟得有些吃力，但他卻沒有放慢腳步的意思。

歐陽儀沒聽到他回答，不死心地問了一句。「表哥，到底是不是呀？」

他總算嗯了一聲。

歐陽儀想不通，拽住他的袖子讓他走慢點，他卻直接抬起手臂，抽出自己的衣服，繼續大步走。

「表哥！」她在原地嗔一聲，見他沒反應，直接大聲問道：「聖上為何要給你們賜婚？是不是她纏著你，敗壞了名聲，鬧得人盡皆知，你不得已才娶她的？」

前面的嚴裕猛然定住。

紅眉都聽不下去，皺著眉頭提醒。「表姑娘，妳不能這麼說……」

嚴裕回身，臉色卻黑得嚇人。他目光鋒利，一個字一個字地問道：「妳說什麼？」

歐陽儀被這樣的目光看得心虛，沒來由地感到害怕，氣勢也弱下來。「否則以她的身分，怎麼可能配得上你……」

嚴裕靜靜地看她一會兒，漆黑的眸子只剩下冷漠。「她的身分怎麼了？」

歐陽儀囁聲。「她是知府的女兒……」

嚴裕不喜歡用身分壓人，今天是第二次為了謝蓁這麼做。「她不但是知府的女兒，她還是定國公府的五姑娘。」一說罷，又道：「無論她嫁不嫁給我，都是身分尊貴的玉葉金枝。」

歐陽儀呆住，張了張嘴，說不出話。謝蓁是定國公府的姑娘？這定國公府她雖然沒瞭解過，卻知道但凡帶了「國公」二字的都不是尋常人家，甚至比一般官家地位都高……謝蓁竟是這種出身？為何她從不知道？

嚴裕垂下眼，他這幾個月又長高了點，看人時帶著點睥睨眾生居高臨下的味道。「而且，不是她纏著我。」

歐陽儀抬頭，仍舊沒有從方才的衝擊裡回過神來。

嚴裕薄唇輕啟，移開視線。「是我要娶她，我心儀她、愛慕她。」

這下不只是歐陽儀僵住，連後頭的紅眉都傻眼了。什麼時候聽到六皇子這麼坦白過？他脾氣古怪，最喜歡口是心非，明明表現得把謝蓁愛進骨子裡了，卻還是悶在心裡面，打死都不肯說，今兒個若不是被表姑娘逼急了，估計也不會說出這句話來。

他自己說完都愣半天，抿了抿唇，大概覺得不好意思，踅身也不管歐陽儀，繼續往前院走，然而剛一轉身，就猛地停住。

謝蓁傻愣愣地站在幾步之外，不知道聽了多久，對上他的視線，臉頰騰地泛上紅霞。她覺得熱，心口脹脹的，有什麼東西要溢出來，她慌慌張張地捂住臉，看向一旁的大樹。「我忘了換鞋……我要回去換鞋……」

嚴裕低頭一看，她果真穿著在屋裡穿的絲鞋。他覺得丟人，半天才吐出一個字。

「哦。」

天底下大概沒有比這更丟臉的事，他以前明明說過沒有喜歡的人，才勉強娶她的。這下可好，該怎麼跟她解釋？如果知道她就在後面，他是絕對不會說出那句話的。

嚴裕還在後悔，謝蓁已經匆匆從他身邊走過，回屋換鞋去了。

回到屋裡，雙魚給她換鞋時，她仍舊心不在焉。心口的跳動一直沒慢過，她捂住臉，只露出一雙烏溜溜的大眼睛，不大相信自己的耳朵。「雙魚，妳聽到他剛才說什麼了嗎？」

這一路上她問了好幾次，雙魚不厭其煩地回答。「聽見了，殿下說喜歡您、愛慕您。」

她乾脆連耳朵都紅了，一想到嚴裕剛才一本正經地說這句話的模樣，就覺得耳根子發軟。她揉揉耳朵，羞得埋進大迎枕裡。「我不去前院了，妳去看看，再回來告訴我究竟什麼事。」

她想逃避，怕一出去嚴裕還站在外面，那時他們再對上，該多尷尬啊？她怎麼面對他？想了半天，還是決定不出去了。

雙魚笑了笑，知道她害怕什麼，但是卻樂見其成。「娘娘若是不去，萬一錯過了要緊的事怎麼辦？」

她們做丫鬟的雖然沒資格說什麼，但私底下都是希望她能跟六皇子好好的。前陣子他們關係不和，她們都悄悄捏了一把汗，如今好不容易有轉機，六皇子把話說開了，她若是再躲下去，那就說不過去了。

謝蓁想了想，還在掙扎。「怎麼會錯過……」

雙魚說：「那可不一定，婢子記性不好，或許路上會忘記什麼。」

謝蓁明知她是故意這麼說的，抬起頭瞪了她一眼，被她這麼一攪和，心跳得才不那麼厲害了。「那妳幫我看看……外面還有人嗎？」

雙魚順著她的話走到外面，周圍都看一圈才道：「沒有人，娘娘放心出來吧。」

她磨磨蹭蹭地走出來，院裡除了幾個不明狀況的丫鬟，確實沒什麼人。

謝蓁慢吞吞地走出瞻月院，院外果真沒有人，連歐陽儀都不知去哪兒了。她鬆一口氣，牽起裙襴快步往前院走去，生怕遇見什麼。

陳嬤嬤來是為了她及笄一事，冷氏讓她生日前一天回府，在定國公府行及笄禮。謝蓁聽完陳嬤嬤的話，回應道：「我知道了，到時候會回去的。」頓了下又問：「阿爹阿娘最近好嗎？」

陳嬤嬤頷首。「娘娘放心，一切安好。」

她想起一事，忍不住又問：「阿爹最近還是在家裡嗎？」

陳嬤嬤溫柔一笑，讓她放心。「二爺近來被聖上召進宮裡幾趟，聽二爺與夫人的談話，聖上似乎有重用的意思。娘娘別擔心，夫人說過一切都會好起來的。」

她聽罷，心裡的一塊大石頭總算落了地，笑咪咪地點頭。「嗯！」

陳嬤嬤看著她跟謝蕁長大，如今兩人都出落得亭亭玉立，一個接一個就要嫁出去，心裡還是有頗多感慨。

謝蓁另外問了幾樁家中瑣事，陳嬤嬤一一同她說了，她這才放人回去。末了依依不捨地把人送到門邊，臉上的笑意尚未收回去，一眼就看到門外杵著的人，頓時嚇得僵住臉，剛邁出去的腿默默收了回去。

陳嬤嬤不知發生何事，朝兩人欠身道：「殿下、娘娘，老奴這就告辭了。」

謝蓁勉強一笑。「嬤嬤回吧，我改日再回家看阿爹阿娘。」

陳嬤嬤剛走，謝蓁提著裙子就往屋外走，打算從嚴裕眼皮子底下逃回去。可惜走得太慢，被嚴裕一把攔在廊下。嚴裕俯身逼近，手臂撐在她旁邊的牆上擋住她的去路，他繃著下頷，一眨不眨地盯著她。

謝蓁不敢看他的眼睛，轉身往另一邊跑。

誰知他動作更快，另一隻手撐在她另一邊，把她整個人都圈在懷抱裡。他低頭，尋找她的耳朵，嗓音低啞，語速緩慢。「妳聽見了。」

謝蓁半個身子都軟了，欲哭無淚，想逃開他的掌控，可到哪兒都是他，根本沒地方跑。他咬住她的耳垂，責怪地問：「誰讓妳偷聽的？」

謝蓁偏頭躲避，他就繼續癡纏過來，像找到骨頭的大狗，又咬又啃。她嘴一扁。「我不是偷聽，我不是故意聽見的。」頓了頓，好商好量的語氣。「要不你就當我什麼都沒聽見？」

他拉下臉，裝出凶巴巴的樣子。「聽都聽到了，怎麼裝？」

謝蓁也覺得不大可能，可是那該怎麼辦？她要做出什麼反應嗎？想了半天，頭腦總算清醒過來。「你剛才說的話是真的？」

嚴裕撐在牆上的手臂放下來，改為圈住她的腰肢，兩隻手在她身後緊緊交疊，放在她腰窩往下一點，讓她整個人都緊緊貼著他。「不是假的。」

謝蓁斜眼看他，只能看到他弧度漂亮的下巴，眼珠子骨碌碌地轉。「你以前不是說過……沒有喜歡的人嗎？」

他不吭聲。

謝蓁雙手抵著他的胸膛，這種姿勢太親密，她一下子接受不來。「你那句話也是騙我的？」

他還是不吭聲。

謝蓁哎一聲，看到他這個樣子，反而不那麼害羞了，咬著粉唇上揚。「那你究竟還騙了我什麼？」

他說：「沒了。」

謝蓁才不信，把他說過的話在腦子裡回想了一遍，頭腦靈光一閃。「你真的害怕打雷嗎？」

他明顯僵了僵，不用回答，謝蓁就知道自己猜對了。

她輕輕一哼，沒想到他從那個時候就心懷不軌了，原來害怕打雷只是一個幌子，他想乘機占她便宜。虧她還可憐他，白白讓他抱了那麼久。謝蓁越想越覺得稀罕，明明看起來這麼心高氣傲的人，居然會為了她耍這些小心眼，他心裡究竟怎麼想的？

謝蓁心裡裝了一罐蜜，忽然被人碰倒了，流淌進四肢百骸裡，連聲音都是甜的。「你說了那麼多假話，剛才那句話，是真的嗎？」

不必言說，兩人也知道是指哪句話，可嚴裕嘴巴就像黏了膠，緊緊抿著，不肯回答。

謝蓁眨眨眼。「你不說，我就當假話忘了。」

他急了，一把將她壓在牆上，額頭抵著她的額頭。「不許忘！」她什麼都容易忘，他們幾年沒見，她就把他忘得乾乾淨淨，還有比她更沒良心的嗎？

他嚥了嚥唾沫，聲音乾澀。「是真的。」

丟人就丟人吧，沒面子就沒面子，只要她高興，他就犧牲一回。

院裡的丫鬟們看到他們這樣，早就各自找地方迴避了，如今廊下只有他們兩人，說什麼都可以。

謝蓁眼睛一眨，挨得太近，能看見他眼睛裡的自己。「哦，小玉哥哥喜歡我，那我要不要勉為其難地喜歡他一下？」沒等嚴裕回答，她就自問自答。「還是不要了，小玉哥哥總是騙人，我不喜歡愛說謊的人。」

嚴裕咬了咬牙，低頭一口咬住她上翹的嘴角，貼著她的唇瓣叫了一聲「小混蛋」。

這以後，兩人之間再沒有歐陽儀插足的餘地。

或許是上回受了打擊，歐陽儀閉門不出好幾天。又或許跟李氏的病情有關，李氏身子日益變差，甚至連床都下不來，每日都需要人在跟前伺候、餵藥，滿屋子都是藥味。

有一日她坐在院裡，留蘭在給李氏煎藥，她佯裝不經意地問：「聽說皇子妃是定國公府五姑娘？」

留蘭沒在意，一心觀察藥罐子的火勢。「是啊。」

她定定神，又問：「定國公府是什麼地方？」

說起這個，留蘭便有些滔滔不絕，把當年的定國公謝文廣如何跟著元宗帝出生入死的豐功偉績說了一遍，這是京城廣為流傳的事蹟，百姓津津樂道，是以留蘭知道不足為奇。

歐陽儀聽完，總算明白了謝蓁跟自己的差距，她祖父的祖父跟著先帝打江山，而自己卻連皇宮是什麼模樣都沒見過。

歐陽儀拾起地上一根枯枝，抵在地上，一用力，枯枝從中間折成兩段。啪嗒一聲，就像她胸腔的不甘膨脹到了極致，最後爆炸，把她整個人都吞噬掉。

十一月中，驃騎大將軍仲開過壽，邀請了不少文武官員，其中還包括不少交情好的皇室中人，嚴裕自然也在受邀之列。

驃騎大將軍年過不惑，膝下只有仲尚一個兒子，上頭有五個閨女，是以這一個兒子被妻子和母親寵上了天。當初小小年紀不學好，跟著一群紈袴子弟走街串巷，不幹好事。

小時候仲開不管他，後來長大了，眼看著不管不行，仲開才把他扔進軍營裡歷練。好在這小子也有點本事，當初不學好的時候那些公子哥兒都聽他的話。如今到了軍營，依舊有辦法讓大夥兒都服他。不過短短一年工夫，便憑著自己的本事從無名無分的小卒升到千總，再到守備，讓仲開對這個兒子還是挺滿意的。

當然，若是能改改那一身的臭毛病，娶回來一個媳婦兒就更好了。

仲尚明年及冠，仲開打算這一年裡給他挑好媳婦，弱冠後成親，沒一年就能抱上孫子。是以趁著這次壽宴，大將軍讓夫人在後院也辦了宴，宴請一些命婦或者官家夫人，看看哪家有適齡的姑娘，給兒子配一個，讓他趕緊成家立業，說不定就能改頭換面了。

對於此事，仲尚完全不知情。

請柬送到六皇子府時，丫鬟正猶豫著該不該往裡面送。

最近六皇子和皇子妃膩得厲害，根本沒有他們下人的容身之地。準確地說，應該是六皇子纏皇子妃纏得厲害。殿下一回家就恨不得把皇子妃拴在褲腰帶上，時時刻刻帶著算了，丫鬟們也不知道怎麼回事，自從表姑娘來了以後，殿下和皇子妃的感情似乎變好了。這種好跟以前不一樣，是一種雨過天晴的好。

就比如現在，殿下在書房看書，皇子妃也在裡面，裡面時不時傳來些聲音，她們丫鬟都不好意思進去打擾……

書房裡，謝蓁也不知道怎麼會變成這樣。

嚴裕非要她到書房陪他，她答應了，坐在一邊老老實實地看著書，他忽然把她叫過去，臭著臉問她為什麼一句話都不說。

謝蓁簡直莫名其妙，他不是在看書嗎？她不打擾他他還不滿意了？

嚴裕豈止不滿意，簡直是有很大的落差。她小時候那麼喜歡纏著他，就算他在看書，她也會在窗戶外面甜甜地叫他小玉哥哥，現在她不叫了，他當然不滿意。

他抱著她坐在書案上，下巴抵著她的頭頂，跟自己生悶氣一樣。「誰說妳不能打擾我了？」

謝蓁在他懷裡眨眨眼，懵懵懂懂。「你上回自己說的。」

上次她讓雙魚來給他送飯，他凶神惡煞地把人趕回去了，並且讓雙魚帶話告訴她，不要去打擾他。

嚴裕沈默了一下，自己說的話不得不自己圓回來。「別人不行。」

謝蓁似懂非懂地哦一聲。「我就可以嗎？」

他不吭聲。

謝蓁抓住他的袖子，仰頭想看他的臉，聲音又軟又甜。「小玉哥哥，我可以嗎？」

嚴裕是十幾歲的少年，正值精力旺盛的時候，面對喜歡的姑娘自制力非常不好，尤其謝蓁還這樣跟他說話，他當然受不了。低頭找到她喋喋不休的小嘴，一口含住，一遍又一遍地品嚐她的滋味。

他親起人來不懂得溫柔，有一次把謝蓁的嘴巴咬破了，謝蓁捂著嘴不讓他碰，他就一邊溫柔地安撫她一邊紅著臉叫她「羔羔」，從那以後才知道收斂一點。

吻著吻著，就漸漸失去控制，嚴裕鬆開她的唇，低頭往下，埋在她肩窩重重地喘了幾口氣。「我想……」

謝蓁哆哆嗦嗦，心裡有預感知道他想做什麼，但是很陌生，又很害怕。「你想什麼啊？」

他的手心滾燙，溫度隔著衣料傳進來，讓她不由自主地縮了縮，這一動刺激了他，怕她又逃走，於是忍不住抱緊她，毫無章法地親吻她的肌膚。他不禁想起飯後吃的杏仁豆腐，白白嫩嫩的，捨不得吃太快，只好一口一口慢慢地品嚐。

謝蓁抖如風中落葉，既害怕又不安，尤其被他親到的地方，奇怪得很。她羞怯地推搡他的頭，蚊子一般開口。「小玉哥哥……」

他以為她只是害羞，把她整個身子都圈進懷裡，嗓音沙啞得不像話。「好不好？羔羔，我們圓房好不好？」這是他第一次這麼坦白，大概是真忍不住了，想現在就把她占為己有，一邊說一邊抓著她的手。「我很難受……」

謝蓁想掙脫，偏偏他握得緊，她不能反抗。

嚴裕等了一會兒，等不到她任何反應，禁不住抬頭看她，這一看就愣住了。

她眼淚汪汪地咬著唇，身軀輕顫，抬眸對上他的目光，可憐巴巴地懇求。「等我及笄好不好，小玉哥哥等等我……」

嚴裕頓時湧上前所未有的罪疚感，把她從書案上抱下來，讓她坐在自己腿上。「哭什麼？」

她抽抽噎噎地哭，被他剛才的模樣嚇住了，那麼陌生，根本不是她熟悉的嚴裕。「我害怕……」

嚴裕抱著她安撫。「有什麼好怕的？」

他還想說哪有成親不圓房的，但是考慮到她的情緒，在喉嚨裡轉了一圈，又嚥回肚子裡了，他替她整理好衣服，低頭咬了一口她的耳朵。「再哭我就親妳。」

謝蓁確實被嚇到了，抬起淚眼矇矓的大眼睛，硬生生把眼淚憋了回去，忐忑不安。「不要……」

嚴裕嘆一口氣，是真的拿她沒辦法。

謝蓁抹抹眼淚，好不容易才把情緒緩和過來，拿手在他腿上蹭了蹭。「我覺得好奇怪……」

邊說還邊噘起嘴，要多嫌棄有多嫌棄。

嚴裕一口氣梗在嗓子眼，氣得不輕。「妳小時候也摸過。」

謝蓁睜大眼，不可思議地看向他，脫口而出。「不可能！」

她早忘了他們第一次見面的事，更不記得她曾經對他做過的事……嚴裕咬著牙，一字字逼問。「妳想不認帳？」

謝蓁根本不記得，哪來認不認帳一說。

嚴裕只好摟著她的腰，把那天發生的經過重複了一遍，說到自己尿褲子時頓了頓，最終選擇了隱瞞。「妳當時非要唱歌，我根本不想聽。」

謝蓁斜眼看他。「那你上次為何還非要我唱歌？」

他別過頭。「想聽聽妳是不是還唱得那麼難聽。」

謝蓁哦一聲，揉揉眼睛。「那我以後不給你唱歌了。」

她見他死鴨子嘴硬，情緒慢慢好轉，狡猾地問：「小玉哥哥想聽嗎？」

他繃著。「不想。」

謝蓁從他懷裡鑽出來，笑盈盈地站在他面前，清澈明亮的眼睛看著他。看得他心虛，最終不得不承認。「想。」

謝蓁歪著頭，佯裝不懂。「想什麼啊？」

他瞪她，伸手想把她抓進懷裡，偏偏她躲得快，一眨眼就溜到屏風後面。她悄悄探出半個頭，露出一雙月牙似的眼睛，眼見他想站起來捉她，她迅速地縮回頭，小狐狸一樣跑出屋外，留下嚴裕一個人在書房懊惱。

誰知道沒多久她自己又回來了，手裡拿著將軍府送來的請柬，放到他面前。「驃騎大將軍要過壽，請你過去。」她指了指上面自己的名字。「為什麼我也要去？」

嚴裕絲毫不關心這個，把她拉到懷裡，不高興地問：「剛才為什麼跑了？」

她笑嘻嘻，總是有無數個理由。「我不出去，怎麼知道有人要給你送請柬？」

嚴裕瞪她一眼，忍不住捏了捏她的鼻子。「坐好，不許再出去。」

她哦一聲，自己從裡面搬了張花梨木圈椅放在他旁邊，他在看書，她就在一邊玩自己的。

沒多久，她趴在桌上一動不動，只露出半張精緻的小臉，長睫垂落，不知何時睡著了。

嚴裕撐著下巴看了一會兒，摸摸她滑嫩的側臉，起身把她打橫抱起，抱到裡屋的榻上。

剛把她放下去，她就張開雙臂環住他的脖子，貼在他耳邊輕輕地說——

「小玉哥哥上回唱錯了，應該是『打哪兒走？打河走，河裡有泥鰍』……」

驃騎大將軍過壽，謝蓁本不想去，但是打聽了一下，冷氏和謝蕁也受邀前往，於是立即改變主意，跟嚴裕一起去將軍府賀壽。

仲開邀請了不少人，將軍府門庭若市，到處都是馬車。

謝蓁跟著嚴裕一起走下馬車，把請柬遞給門口的下人，一人領著嚴裕去前堂，另一人領著謝蓁去後院。後院來了不少女眷，謝蓁幾乎都不認識，她只跟將軍夫人和老夫人見了一面，便領著丫鬟坐在一旁的石凳上，等候阿娘跟阿蕁的到來。

將軍夫人姜氏跟冷氏差不多年紀，看起來很隨和，逢人便笑，一點架子都沒有。倒是老夫人顯得嚴肅了一點，不苟言笑，有點不大好相處。

仲將軍和姜氏共生了五個閨女，前四個閨女都出嫁了，還有一個是巾幗英雄，跟著仲開上陣殺敵、衝鋒陷陣，至今沒有男人能降得住她。
仲將軍大壽，幾個女兒都回門了，謝蓁也得以見上一面。姜氏秀美，幾個女兒都長得好，各有千秋，唯獨第五個女兒仲柔遺傳了仲將軍的脾氣不說，連模樣都跟他長得像，一雙眼睛明亮帶著英氣，長眉一挑，活脫脫是個英武的少將軍。謝蓁看到她的第一眼還當自己看到了男人，她穿著胡服又身量修長，真不怪謝蓁誤會。
仲柔來到老夫人和將軍夫人身邊坐下跟她們說話，謝蓁隱約聽到姜氏不滿地問：「我不是給妳準備好了衣服，為何又穿這一身？」
仲柔隨口答：「穿習慣了。」
再後面謝蓁就沒注意聽了，因為她看到冷氏和謝蕁往這邊走來，忙站起來，歡喜地上前迎接。
堂屋中，嚴裕送罷壽禮，仲開親自請他入屋內，留了一個位子。「殿下請坐。」
屋內已有不少官員，見到他紛紛行禮。嚴裕來得還算早，太子和其餘幾位皇子都沒來。仲開在外頭迎客，幾位大臣便把注意力放到他身上，或是聊些雞毛蒜皮的小事，或是談論近日朝中大事，後來見他興致缺缺，也就不再煩擾他。
嚴裕坐在位上，漫不經心地聽著旁邊的大臣談論邊境狀況，偶爾說一、兩句看法，低頭喝自己的茶，沒注意門外進來的兩個人。
仲尚領著高洵走入屋內，兩人換下齊腰甲，身穿常服，倒也不顯得那麼引人注目。
仲尚一一為他介紹在座官員，停到嚴裕跟前，便聽仲尚道：「這是六殿下。」

嚴裕掀眸，看向來人。
高洵穿著黛青錦袍，身高肩闊、器宇軒昂，與仲尚肩並肩站在嚴裕面前，倒顯得有些不卑不亢。
嚴裕認得仲尚，嚴屹在宮中設宴他去過幾次，兩人交情不深，只說過幾句話。目光一轉，落到他身邊的人上，嚴裕默不作聲地端詳他的五官，眸色越來越深，最後皺了一下眉。
仲尚拍拍高洵的肩膀，讓他回神。「傻了？」
高洵對上嚴裕視線的那一瞬便怔住了。他以前跟嚴裕關係好，兩個人從小玩到大，是穿一條褲子長大的兄弟，雖然這友情沒維持多久，但這並不代表他會忘記他的模樣。
高洵愣怔許久，正要開口，忽然想起那天在茶肆謝蕁跟他說過的話。
「阿姊成親了……」
「嫁給六皇子。」
方才仲尚對他說什麼？這位是六殿下？
高洵的手不由自主地握緊，定定地看著面前的人，似要把嚴裕看透一般。仲尚在耳旁說了什麼，他聽不清楚，只看到嚴裕薄唇輕啟，慢吞吞地吐出兩個字。「高洵？」
音落，高洵的瞳孔緊緊一縮。
仲尚在旁挑了挑眉，頗為詫異。「你們認識？」
何止是認識，他們熟悉得不能再熟悉了。當年自己喜歡謝蓁，毫無保留地向他傾訴情愫，當時他很不屑，對此一語不發。後來他一聲不響地走了，是自己陪著謝蓁度過了七、八年，陪著她長大。如今他又一聲不響地回來娶走了謝蓁，說高洵不憤怒是假的。

高洵像在發洩什麼，極其緩慢地問：「你是李裕？」

嚴裕微微垂眸。「放肆。」

用這種態度跟六皇子說話確實是有些沒規矩，然而高洵忍不住，若不是顧忌周圍有人在場，早就衝上去把他揍趴下了。

什麼六皇子？他以為換了個身分自己就不認識了嗎！

仲尚發現兩人之間氣氛不對勁，與嚴裕寒暄兩句，便帶著高洵往外走。兩人站在廊下，仲尚坐在圍欄上，抬眼看他，眼裡明明白白寫著：說吧，老實交代。

高洵一動不動，看似冷靜，眼裡卻一片紊亂，凝聚著狂風驟雨。

他控制不住一拳砸在廊柱上，紅著眼睛道：「那個混帳！」

他一想到裡面坐著的是幼時夥伴就滿腔怒火翻湧。他聽說六皇子今日會到場，想看看對方是何方人物，才會跟仲尚來到將軍府向仲將軍賀壽，沒想到卻看見李裕。他當初離開就是為了入宮當皇子嗎？為何又要娶謝蓁？為何要動他的小仙女？

廊下來來往往不少人，仲尚卻自得其樂地坐著，絲毫不在意旁人的目光，他歪著嘴笑話高洵。「六皇子曾在宮外流落過一段時間，這不是什麼秘事，當年在宮外，你們認識過嗎？」

高洵漸漸冷靜，收手坐在另一邊。「還記得我要找的人嗎？」

仲尚抬抬眉。「記得。」

他掀唇，苦澀地扯出一抹笑。「如今是他的皇子妃了。」

仲尚微愣，聽到這話第一反應不是別的，而是想問，他要找的人不是那隻圓乎乎的小饞貓嗎？

後院謝蓁全然不知高洵到場，她許久不見冷氏，少不得在她跟前撒嬌賣乖。

冷氏點點她的眉心。「都嫁人了，怎麼還這麼纏人？」

謝蓁嘿嘿一笑，開始耍起無賴。「誰說長大就不能纏著阿娘了？」

冷氏看出她心情好，自從她嫁人以後便很少見到她這般真誠的笑臉，忍不住私底下問她是不是跟六皇子有了進展。她想起跟嚴裕親暱的畫面，忍不住紅了臉，嗔道：「阿娘不要老問我這些！」

她們身邊就是將軍夫人姜氏和其他幾位命婦，要是被人聽見了，她以後還要不要做人？

謝蓁悄悄往後面一看，好在姜氏正跟幾人交談，沒有注意她這邊。

她仔細聽了下，姜氏似乎對那幾位夫人的女兒頗有興趣，不斷地打聽她們的生辰八字，意圖再明顯不過。仲將軍和姜氏僅得一個兒子，寶貝疙瘩似的寵著，大抵是寵過了頭，以至於仲尚在外的名聲並不怎麼好，大部分人都不願意把女兒送入火坑。

冷氏兩個女兒一個已經嫁了，另一個還小，於是便沒在姜氏考慮範圍內。

謝蓁四下看一圈，沒看到謝蕁人影，她方才還在這兒，不過一會兒的工夫就不知跑到哪裡去了。

起初謝蓁和冷氏都沒在意，有丫鬟跟著應當不會出什麼事，是以聽到吆喝「有人落水了」時，她們根本沒想到那人會是謝蕁，左右看一圈，不見謝蕁蹤影，謝蓁才慌起來。

如今已入冬，湖水冰涼，掉進去寒冷刺骨，若是時間長一點很有可能斃命。她跟冷氏一起趕到湖邊，人已經沈下去了，不能確定究竟是誰。謝蓁急得淚水在眼眶裡打轉，趴在岸邊不斷地叫：「阿蕁，阿蕁！」

仲柔早在她們來之前就已跳下去救人，好片刻以後才把人從水裡救出來。

那個躺在岸上嬌嬌小小的人，除了謝蕁還會是誰？

冷氏心疼得一顆心都揪起來，顧不得問怎麼回事，忙讓丫鬟脫下衣裳裹在謝蕁身上，抱著她為她取暖。一旁姜氏到底是當家主母，立即讓人準備客房，並送上乾淨衣服為她換上，還不斷地向冷氏賠罪道歉，畢竟是在她家後院出了事，無論如何都是她的過失。

冷氏和謝蓁的心都掛在謝蕁身上，沒時間去想謝蕁為何落水。

謝蕁已經昏迷，無論怎麼叫都沒反應，仲柔擰乾身上的水，從冷氏懷裡接過謝蕁，把她平放在地上，然後按了幾下她的胸腔，她吐出幾口水後才有緩緩醒轉的跡象。

仲柔抱起她，長腿一邁。「我帶她去客房，阿娘先請大夫。」

她比一般姑娘家高，抱起小小的謝蕁毫不費力，一眨眼的工夫就走出好幾步遠。

姜氏回神，吩咐丫鬟趕緊去請大夫，謝蓁和冷氏不放心，一起跟在仲柔身後來到客房。

將軍府的丫鬟做事麻利，很快便把乾淨的衣服拿了過來，給謝蕁和仲柔換上。不多時大夫便來了，捏著謝蕁的腕子給她把脈，慎重道：「先餵她一碗薑湯祛寒，一會兒可能會發熱，我先留下一副藥方，若是發起熱來，便照著藥方上的給她煎藥。」

除此之外，大夫還叮囑她別再受寒，今日所幸被救上來得及時，否則很可能對身體有損，日後調理起來便麻煩了。

送走大夫，謝蓁親自餵謝蕁喝下一碗薑湯祛寒，此時謝蕁已經醒了，就是身體有些燙，迷迷糊糊地不大清楚。「阿姊，我不是故意掉進去的……」

謝蓁摸摸她的額頭，果真開始燙起來，一邊讓丫鬟去照著大夫的方子煎藥，一邊安撫謝蕁。「不是妳的錯，阿蕁好好休息，沒有人怪妳。」

謝蕁抓住她的袖子，心有餘悸地說：「有人推我……」

她很害怕，落入水中的時候真以為自己要死了，湖水冰冷，她被嗆了好幾口水，頭一次體會到什麼叫絕望。好在後來有人摟住她的腰救了她，她想問那個人是誰，但是頭越來越重，意識漸漸不清，人也昏迷了過去。

謝蓁聽到她最後一句話，緊緊握住她的手，不無震驚。當時後院有不少人，她們剛回京城，更沒有得罪過人，究竟是誰對謝蕁下如此毒手？

謝蓁走出屋外，冷氏正在對仲柔道謝。

冷氏至今仍舊臉色發白，不敢想像如果不是仲柔出手救人，謝蕁會怎麼樣……她不是感性的人，更很少哭，如今忍不住紅了眼眶，語氣誠懇。「多謝仲姑娘。」

仲柔忙回以一禮。「不過舉手之勞罷了，夫人無須如此。」

她換回姑娘家的打扮，穿著月白合天藍冰紗小袖衫，配一條蜜合羅裙子、水墨披風，頭上插著水晶簪和碧玉簪，與方才的英姿颯爽截然不同，又是另一種韻味。若說方才謝蓁覺得她異類，目下卻覺得她真是漂亮到了極致。

冷氏要到前面跟謝立青說一聲，讓他準備馬車提前帶謝蕁回家。

客房門口只剩下謝蓁和仲柔，以及另外幾個丫鬟。

雖然冷氏已經謝過了，但謝蓁還是要多說一句。「多謝仲姑娘救了阿蕁，若不是妳，恐怕……」

仲柔看向她。「妳知道她為何落水嗎？」

謝蓁一愣，脫口而出。「妳看到了？」

仲柔正要說話，餘光瞥到不遠處的人影，偏頭看去，只見仲尚與另一人向這邊走來。

仲尚擔心高洵繼續留在前面會跟六皇子打起來，便帶他到後院走走，沒想到路上聽到有人落水的消息，便來到客房看一看。

打眼看去，仲柔面前站著一位穿翠藍小衫、白紗連裙的姑娘，她不似別的姑娘滿頭珠翠，只戴了金絲翡翠簪，側對著他們，肌膚瑩澤照人、粉腮晶瑩，是萬裡挑一的絕色。

尚未走到跟前，高洵便停住腳步，仲尚往前走了兩步，回頭看他。「怎麼不走了？」

他不回答，目光定定地看著前方，仲尚循著看去。

謝蓁注意到兩道視線，一偏頭，正好對上高洵的注視。

算算日子，兩人有近一年不曾見面，去年離開青州的時候謝蓁才剛滿十四，高洵還是爽朗的少年，如今再見，竟有種恍若隔世的錯覺。

高洵比去年黑了不少，大抵是在軍營裡曬的，皮膚是健康的深麥色，身高也比去年高了，昂藏七尺，英武不凡。謝蓁第一眼差點沒認出來，若不是他看她的眼神太熟悉，她還以為是哪個路過的官家子弟。

仲尚和高洵走到跟前，仲尚叫了一聲五姊，然後看向謝蓁，不必人介紹便能猜出她的身分。「這位想必就是六皇子妃了。」

他們來之前聽下人說落水的是謝家七姑娘，此時寸步不離的守在跟前、又跟謝蕁生得有幾分相似的，只能是她的姊姊謝蓁了。思及此，他不著痕跡地拍了拍高洵的肩膀，態度自然地介紹。「這是高洵，父親是青州錄事參軍，與我編入同一支軍營，目下擔任千總一職。」

仲柔是第一次見到高洵，朝他點了點頭。「我弟弟在軍中煩勞你照顧了。」

仲尚聞言，哭笑不得。仲柔不過比他大了一歲，卻處處端著長者的架子，對他管東管西，甚至瞧不起他的能力。以前他帶那些不學無術的公子哥兒回家她從來看都不看一眼，如今他改邪歸正，結交的都是正人君子，她這才對他勉強改觀，只是每逢遇到他帶人回家，都要感謝對方一、兩句，似乎他能有今天的悔悟全是對方的成就。

仲尚早已習慣她的舉動，倒也沒有阻止，只是笑了一下，抱著作壁上觀的態度。

高洵收回神智，搖搖頭道：「仲姑娘言重，平日都是向崇照顧我居多，不敢在仲姑娘面前邀功。」

語畢，眼神不由自主地轉向一邊的謝蓁。

謝蓁已經認出他了，雙眸含笑，如同久別重逢的舊友。「你何時到京城來的？怎麼沒同我說一聲？」

居然先怪起他來了。高洵無可奈何地彎起唇瓣，語氣坦蕩，卻不無責備之意。「妳不聲不響地來了京城，要我如何同妳說？」

謝蓁自知有錯，慚愧地笑了笑。「當時家裡走得匆忙，本想跟你說的，但是你又在軍中，於是只能作罷了。」她沒想到會在京城重逢，既驚又喜。「你自己來的嗎？伯父伯母沒有陪同？」

他頷首。「我自己來的，才到京城不久。」

兩人對話十分熟稔，卻又恪守於禮，沒有任何出格的動作。

仲尚的視線在兩人之間梭巡一遍，不得不心疼起高洵來。他對人家一腔深情，但是人家卻一點也不知情，又或者知情了，卻沒法給予回應。單相思罷了。

仲柔目露疑惑。「你們認識？」

謝蓁點點頭，向她解釋。「我們在青州就認識，小時候家裡常來往，高洵就像哥哥一樣照顧我們。」

那邊高洵聽到她說自己像哥哥，只覺得一股苦澀從心底湧上來，說不出的滋味，比吞了黃連還苦，偏偏又不能反駁，這滋味只能自己品嚐，再苦也只能往下嚥回去。以前她是未出閣的小姑娘，是他一個人精心呵護的花朵，他或許還能心無旁騖地追求她照顧她。如今她嫁了人，成了別人帳中的小嬌妻，他不能再像以前那樣同她走得太近，免得影響她的名聲。

一想到這些，心裡就益發悲苦。他不能說，只能強壓下這些情緒，轉開話題。「我們來時路上聽說阿蕁落水，目下情況如何，還好嗎？」
提起這個，謝蓁的情緒瞬間低落下來，眉心擰起，慢慢搖了兩下頭。「不大好，剛剛發起熱來，才餵她喝完一碗藥，現在又睡著了。」
謝蕁這一回燒得不輕，冬日的湖水那麼冷，根本不是她能承受的，剛被仲柔救上來那陣她一個勁兒地打哆嗦，現在蓋了厚厚幾層被褥才勉強緩和過來。方才謝蓁出來的時候，她臉頰燒得像蘋果，神智不大清楚，偶爾說一、兩句胡話。大夫說如果第二天早上燒還是不退便有可能引發炎症，要好好注意。
高洵見不得她難過，想上前摸摸她的頭安慰她，但是一想現在身分不比以往，他這麼做就有點出格了，忍了忍，剛抬起的手又放了下去。「湖邊很滑嗎？好端端的怎會落水，旁邊可有人在？」
謝蕁昏迷前說過有人推她，謝蓁打算等她醒了以後再問那人是誰，目前人沒找到，她不好多說。「阿蕁最是膽小，平常根本不會往危險的地方去……如今忽然出事，也怪我跟阿娘沒有看好。」說著垂眸，很是自責。
仲柔聽出她話外之意，叫來廊下一個丫鬟道：「妳去後院問一問，當時有誰在湖邊，離謝七姑娘最近。或者誰看到了謝姑娘落水時的場景？若是問出結果，便來跟我說一聲。」
丫鬟應下，轉身去辦。
仲柔方才詢問謝蓁是否知道謝蕁落水的原因，便是覺得其中頗有蹊蹺。因為謝蕁落水的地方並不容易出事，石頭上也沒有青苔，只有一棵柳樹擋著，謝蕁的丫鬟就在幾步之外，豈會眼睜睜地看著她出事？

謝蓁對她道謝，她卻道：「七姑娘在我家中出事，原本就是我們照顧不周，做這些不過分內之事罷了。」

她是見慣了大風大浪的人，面對這點後宅小事處理起來很得心應手。而且渾身有一種沈穩之氣，能讓人覺得放心，似乎什麼事都能交給她做，她總會有辦法解決。

該交代的都交代完後，謝蓁不放心謝蕁一個人在屋裡，便跟幾人說一聲。「我去照顧阿蕁。」她踅身回屋，看向高洵。「我大哥在前面，你可以去找他說說話。」

高洵頷首，腳下卻沒有移動。

屋裡，謝蕁的情況仍舊沒有好轉，她嘴裡說著胡話，一會兒叫救命，一會兒又嗚嗚咽咽地哭。謝蓁看得心疼，上前握住她的手柔聲安撫。「沒事了，阿蕁沒事的。」

冷氏去前院還沒回來，謝蓁便在屋裡陪了她一小會兒，不多時，她才安靜下來。

一會兒冷氏跟謝立青一併從前面趕來，身後還有謝榮，幾人神色都有些凝重。謝立青聽冷氏說完經過，目下情緒已經冷靜下來，跟將軍府的人知會過後便讓嬤嬤揹著謝蕁往外走，立即回府。

他們前腳剛來，嚴裕也從前面過來了。

彼時謝蓁正站在廊下，婆子剛把謝蕁揹在背上，她在後面扶著，對面是仲尚和高洵等人。高洵從小就跟他們家關係好，方才見到冷氏和謝立青顧不得答話，這會兒見謝立青臉色不好，便上來寬慰了他兩句。

謝蓁回頭，謝立青正好在問他怎麼來了京城，高洵如實回答，一抬頭，正好對上謝蓁的注視，回以一笑。謝蓁抿唇，勉強彎了彎嘴角。

嚴裕上前，一把握住她的手，眉毛擰成一個疙瘩。「怎麼回事？」邊說邊不著痕跡地隔開兩人，把謝蓁護在另一邊，不讓他們接觸。

謝蓁便把前因後果說了一遍，包括仲柔下水救了謝蕁。「多虧了仲五姑娘……」她手心冰涼，至今想起來都有些後怕。

不必明說，嚴裕聽出了其中蹊蹺，直覺其中不會這麼簡單，應當是有人故意加害謝蕁，他問謝蓁。「讓人去查過了嗎？」

謝蓁嗯一聲。「仲姑娘讓人去查了，還不知道結果。」後院的女眷尚未散去，真要查起來應該不難……若不是謝蕁昏迷著，現在就能問出來是誰行凶。

謝蕁趴在老嬤嬤肩上總是不老實，大概是受了涼的緣故，一個勁兒地打哆嗦，偏偏嘴裡還咕咕噥噥地說：「我想喝紅棗香米湯……」

這一聲不大，幾步之外的仲尚卻聽清了，他走在前面送客，聽到這句話不免好笑……說她是小饞貓，沒想到還真饞，都什麼時候了還不忘記吃。

他剛這麼想，停頓了下，正好嬤嬤揹著謝蕁從他面前路過，小姑娘忽然睜開眼睛，迷迷糊糊的，眼神很迷茫。她看到他，他本以為她就是個普通的嬌氣小姑娘，沒想到她居然無聲地掉下一滴淚，她不想讓冷氏和謝蓁看到就轉頭面向他，在嬷嬷背上蹭了蹭。小臉燒得通紅，一定很不好受，但是她從頭到尾除了說一句想喝香米湯外，再也沒說別的話。

她哭過以後的長睫毛濕漉漉的，掀起又放下，其間大概看了他一眼，但是根本沒過腦子，轉眼就把他忘了。

第十八章

一行人來到將軍府門口，嬤嬤先把謝蕁放進馬車裡，謝蓁不放心，想跟著一塊兒回國公府。

那邊高洵把謝立青送到馬車旁邊，謝立青對他印象不錯，再加上他隻身一人來京城，身為長輩自然要多關照他一點，便邀請他到家中。「阿蕁今日出了意外，我還沒來得及同你說上幾句話，你同我一塊兒回去，等阿蕁病好之後我再好好招待你。」

仲將軍過壽，軍中准許他們出來三日，高洵想了想，應下。「那就叨擾伯父了。」

謝蓁跟嚴裕商量了下，跟他說自己就回去一天，等謝蕁病好了再回六皇子府。嚴裕答應了，忽然不知為何改變主意，翻身上馬，把謝蓁也抱上去。「我跟妳一起回去。」

到底還是不放心，自從高洵出現後，嚴裕就一直處於戒備狀態。

他清楚記得高洵小時候有多喜歡謝蓁，後來他離開，那幾年都是高洵陪著她，他不知道他們的感情發展到了什麼程度，也不想知道。

他把謝蓁抱到馬上，一抬手替她戴上帷帽，慢悠悠地跟在國公府的馬車後面不快不慢地前行。謝蓁不知道他此舉何意，只覺得自己坐在馬背上很不舒服，她很少騎馬，以前哥哥帶她學過幾次，每次都磨得她兩條腿生疼，後來就再也沒騎過。

她緊緊地抓住嚴裕的手臂，下意識看向國公府的馬車。「我想坐馬車……」

嚴裕把她圈在懷裡，兩手握著轠繩，不高興地問：「跟我一起騎馬不好嗎？」

她扁扁嘴，不舒服地換了換姿勢。「我想照顧阿蕁。」

他說：「有岳母和丫鬟照顧她。」

前面謝立青和謝榮分別騎馬走在馬車兩側，高洵走在謝立青旁邊，兩人偶爾說上一、兩句。不知怎麼，高洵忽然回頭看了他們一眼，目光沒有多停留，只輕輕一笑便轉過頭去。

嚴裕不由自主地把謝蓁摟得更緊一些，薄唇抿成一條線，眼睛看著前方，心思卻早已飄遠。「高洵跟妳說了什麼？」

路上有風，不斷地吹起謝蓁臉前的透紗，她一邊要穩住自己的身體，一邊要防止輕紗被吹起來，根本沒留意他話裡的醋味。「沒說什麼……就問他什麼時候來京城的……他當初跟我說要去從軍，我還當他是一時興起，沒想到如今竟做得有模有樣了。」

嚴裕輕輕哼一聲，目光落在前方的人身上。「他還跟妳說了什麼？」

謝蓁來不及捂住輕紗，一陣風來，吹得她露出個尖尖滑滑的下巴，她忙用手捂住，嬌聲道：「你別問了……我帽子快掉了。」

嚴裕低頭一看，她兩隻手扶著帷帽就沒法穩住身體，正繃得緊緊的坐在他身前，生怕隨時都會掉下去。他幫她扶正帷帽，側身替她擋住大部分風，繼續糾纏剛才那個話題。

「他還跟妳說了什麼？」

這是他心頭的一根刺，若是不問清楚，恐怕會越扎越深，到最後拔都拔不出來。

謝蓁歪著腦袋想了一會兒。「我忘了。」

都是些瑣碎的話題，要麼是問謝蕁的情況，要麼是問她最近如何……說起來，高洵好像沒提過她嫁人的話題，他不知道她嫁人了嗎？若是知道她嫁給嚴裕，應該會驚訝才對吧？怎麼兩人剛才見面就跟不認識對方一樣。

謝蓁想不通，於是扯著嚴裕的袖子仰頭問：「高洵認出你了嗎？」

嚴裕正在氣她那句「我忘了」，聽到此言嗯一聲，不禁想，他跟小時候沒什麼變化，也就她會沒心沒肺地忘了他，旁人看到他，哪個不是一眼就認出來了？

她本想問他們為何不搭理對方，忽然想起一件事，抿唇一笑，笑聲從帷帽底下傳出來，嬌軟又動聽。「我知道高洵為何不理你了。」

他垂眸，帶著點傲慢。「為何？」

謝蓁的聲音被風吹散，柔聲細語伴隨著清風灌進他的耳朵裡。「你剛剛搬走時，高洵很生氣，曾經跟我說日後再見到你必定要揍你一頓才解氣。」

嚴裕噤聲，唯有這點他永遠無法反駁。

謝蓁故意問：「他揍你了嗎？」

嚴裕臉一黑。「他敢！」

說話間，人已來到定國公府門口，他把她從馬車上扶下來，還沒來得及多說一句話，她就迫不及待地跑到謝蕁身邊，向冷氏詢問謝蕁的情況。

府裡早已請好了大夫，幾個嬤嬤小心翼翼地把謝蕁抱回玉堂院，大夫寸步不離地在旁邊候著，一會兒用濕巾子給她祛熱，一會兒煎藥餵她喝下去。謝蓁心疼妹妹，在旁邊守了大半晚上，若不是嚴裕擔心她身子撐不住，半夜把她提溜回自己屋裡，估計她要坐上一整晚。

一直到天微亮，謝蕁才有退燒的跡象。

謝蕁這次生病驚動了不少人，早上定國公和老太太都來看了一次，定國公見她已經沒什麼大礙才稍稍放心。老太太倒是沒什麼表情，自從上回嚴裕當著下人的面懲戒許氏和吳氏後，她對二房的態度一直不冷不熱的。既因為六皇子的身分不敢拿捏他們，又看他們十分不順眼。正因為如此，許氏和吳氏都沒過來，唯有四夫人來慰問了幾句，沒說幾句話就離開了。

謝蓁倒樂得清靜，見謝蕁醒了，親自餵她喝完一碗藥，又拿絹帕給她擦了擦嘴。

謝蕁身體仍舊很虛弱，靠在迎枕上咂咂嘴，滿嘴都是苦味，可憐巴巴地跟她說：「阿姊餵我吃蜜棗。」

謝蓁把早就準備好的蜜餞塞她嘴裡，摸摸她的額頭，總算不燙得嚇人了。「感覺好些了嗎？」

謝蕁點點頭，或許是生病的緣故，水汪汪的大眼失去光彩，顯出幾分虛弱。「我昨天燒得厲害嗎？我好像聽見阿娘哭了。」

昨晚她高燒不退，冷氏確實嚇得不輕，在一旁急得掉淚，冷氏陪了她一宿，今天早上才回正房瞇一會兒。本以為她沒有意識，沒想到卻都還記得。

謝蓁讓人把香米湯端上來。「妳燒得淨說胡話，阿娘能不哭嗎？」

她有點愧疚，小聲地問：「我說什麼胡話了？」

謝蓁翹起嘴角，故意打趣她。「妳說想喝香米湯，這不一大早就趕緊讓人把湯端來了。」說著舀了一勺餵到她嘴邊。

謝蕁啊嗚一口吃下，露出心滿意足的笑。「每次我一生病，阿姊就對我特別好。」

謝蓁忍不住嗔她。「我平常對妳不好？」

她又吃一口，撐得一邊腮幫子鼓鼓的，這時候倒懂得討好她，十分真誠地回答：「都好。」

謝蓁餵她吃完整碗粥，她才勉強恢復一點精神。

謝蓁把碗遞給丫鬟，丫鬟收拾好退了下去，屋裡只剩下她們姊妹兩人。謝蓁問起昨天落水的事。「妳說有人推妳，妳看清那個人的模樣了嗎？」

經過一晚，謝蕁的頭腦清醒不少，不再如昨日那般混混沌沌，她回想了一下當時的場景。「看清了。」

當時她並不在岸邊，她看到有個姑娘差點掉進水裡她才過去幫忙的。但是那個姑娘自己站穩了腳步，她卻被身後路過的丫鬟撞了一下，她腳下一滑，撲通掉進水裡。掉入水中的那一刻，她往岸上看了一眼，那是個極其普通的丫鬟，不知是誰家的丫鬟，撞完後連看都沒敢看她一眼就匆匆離開了。謝蕁記得她的模樣，勉強稱得上清秀，身形不高。

謝蕁把這些跟謝蓁說了後，謝蓁思忖片刻，問了個風馬牛不相及的問題。「那個要落水的姑娘，當時身邊有沒有丫鬟？」

「好像有？」她記不清了。

謝蓁覺得古怪，若有丫鬟的話，主子落水必定第一時間伸手搭救，根本輪不到謝蕁幫忙。若沒有就更奇怪，前來將軍府賀壽的人哪個不是有頭有臉的人家，身邊會沒有丫鬟跟著？

她問謝蕁。「妳記得那是誰家的姑娘嗎？」

謝蕁苦思冥想。「我聽別人叫她林姑娘。」

昨日在場的人中，姓林的姑娘並不多，謝蓁只知道青州巡撫林睿的兩個女兒林畫屏和林錦屏，莫非與她們兩個有關？

安頓好謝蕁，謝蓁從屋裡出來，冷氏仍在睡，外頭只有謝榮和嚴裕兩個人。

謝蓁把謝蕁的話複述了一遍，不安地看向謝榮。「哥哥，我覺得阿蕁落水與林姑娘脫不了干係……但是她為何要害阿蕁？阿蕁同她有過節嗎？」

謝榮聽罷，微微擰起眉心。謝蕁與林姑娘確實沒有過節，但是牽扯到林家，便不得不多想……

嚴裕在一旁聽罷，把她帶到跟前，一語中的。「不是謝蕁與林姑娘有過節，而是岳父跟巡撫大人林睿有過節。」

林睿曾經誣陷謝立青勾結突厥人，一心想要毀掉謝立青的官路，前不久嚴裕剛證明了謝立青的清白，林睿便因為涉嫌貪污被人參了一本。嚴屹把這事交給太子去辦，事情尚未查出結果。嚴裕與太子是一派，而謝立青又是嚴裕的老丈人，林睿想必以為是謝立青從中作梗，對他懷恨在心，在家說了謝立青的壞話，被女兒聽去後，才有了昨日謝蕁落水的一幕。

林睿是大皇子的人，大皇子與太子不和，這是眾人心照不宣的事實。只是可憐了謝蕁，平白無故被林家姑娘恨上，還因此大病一場。

謝蕁在床上躺了一整天，總算恢復精神，可以下床了。

明明才病一天，她卻好像整個人都瘦了，下巴尖尖的，不如以前圓潤。冷氏讓廚房為她熬煮了滋補的海參烏雞湯，她一個人喝得乾乾淨淨，哪怕是在病中，胃口也好得出奇。

謝蓁總算放下心來，打算今晚留下過夜，等謝蕁好了再回六皇子府。

晚上一家人在堂屋用膳，定國公和老太太坐在上位，只有二房和四房的人來了，大夫人和三夫人藉口稱病，沒有過來一起用飯。這倒也不奇怪，她們上回被嚴裕的侍衛掌嘴，面子裡子都沒了，哪裡還願意出現在她們面前？

高洵也在場，謝立青把他留了下來，盤算後日謝榮帶著謝蕁去將軍府道謝，順道把他一塊兒帶去，他可以跟仲尚一起回軍營，高洵盛情難卻，只好答應下來。

或許因為謝蕁大病初癒，謝立青心情不錯，便說起他們小時候的趣事來。他們在青州有不少回憶，真要說起來，三天三夜也說不完，謝立青笑著道：「高洵成日來我們家中，有一日旁人問起，還當你是我的小兒子……」說罷哈哈一笑，脫口而出。「原本我也以為你會跟……」

話未說完，被冷氏冷冷地瞪了一眼，立即噤聲。

謝立青掩唇咳嗽，故作淡定地把後半句話接上。「我以為你會跟榮兒一樣走上仕途，未料想你只對軍營有興趣。」

高洵坐在謝榮旁邊，另一邊是嚴裕，他微微一笑，斂眸道：「當初以為這是條捷徑，沒想到卻走錯了路，如今想反悔都來不及了。」

他話裡有話，旁人聽不明白，但身邊的嚴裕卻意味不明地看他一眼，眉心微蹙，轉頭給謝蓁挾了一筷子菜。「多吃些菜。」

謝蓁看著碗裡綠油油的青菜，想挑出去，但是又不好當著眾人的面。「我……」

高洵循著看去，下意識道：「阿蓁不喜歡吃龍鬚菜。」

音落，便見嚴裕的臉色沈了沈。

席上靜了片刻，還是謝立青反應得快，笑著打圓場道：「還是高洵記性好，同我們吃過幾頓飯便把每個人的喜好都記住了，你還記得我不能吃什麼嗎？」

高洵回過神，勉強牽了牽唇角笑道：「伯父不能吃辛辣食物，一吃身上便會起疹。」

謝立青頗欣慰。「你記得沒錯。」

說起這個，他便不得不提一下當年的糗事。冷氏偏愛甜辣味的菜，謝立青剛娶她那陣，為了配合她的口味勉強吃了一段時間，結果就是渾身的疹子下不去，被定國公知道以後，非但沒有同情他，反而狠狠地嘲笑了一頓，當時冷氏被他弄得好氣又好笑，直罵他是傻子。

他年輕時為了她確實做過不少傻事，不過甘之如飴。

被他這麼一攪和，飯桌上的氣氛頓時融洽不少，大夥兒都忘了剛才那一段小插曲。唯有嚴裕從頭到尾繃著一張臉，謝蓁坐在他身邊，只覺得氣氛都不對勁了，她看著碗裡的龍鬚菜，心裡糾結究竟是吃還是不吃……

嚴裕看她一眼，大概猜到她在糾結什麼，一聲不響地把菜從她碗裡挾回來，面無表情地自己吃了，好在飯桌上沒人注意他們，否則謝蓁肯定會不好意思。

她臉紅紅的。「你為什麼吃我的菜？」

嚴裕輕輕哼一聲。「妳不是不喜歡吃嗎？」

兩人對話聲音小，不想讓別人聽見，是以謝蓁往他那邊湊了湊，不知情的看過去，只會以為是小夫妻倆說悄悄話，別有一番情趣。她自己沒察覺，但是嚴裕卻很喜歡，臉色稍微有所緩和。

高洵的視線落在兩人身上，他們態度親暱自然，一如多年前那樣，沒有旁人的容身之地。

這頓飯大抵是他吃得最痛苦的一頓，飯菜到嘴裡變得索然無味，時間過得緩慢，不知何時才是盡頭。總算吃完一頓飯，他起身向定國公和謝立青告辭準備回客房，好巧不巧的是，客房的方向跟玉堂院在同一個方向，要回屋，必須跟謝蓁和嚴裕同行。

謝立青和謝榮留在堂屋，有話跟定國公商談，冷氏要去後院看謝蕁的藥煎好沒有，是以回玉堂院的路上，只有他們三人。

嚴裕與謝蓁走在前面，到了抄手遊廊，他忽然握住她的手。

高洵走在兩人身後，看到這一幕眼神黯了黯，掀唇喚道：「阿裕。」

嚴裕腳步未停，好半天才應一聲。「何事？」

他以為他要問什麼高深莫測的問題，沒想到他居然說：「你還是我認識的阿裕嗎？」

嚴裕驀地停住，回身看他。「什麼意思？」

高洵從旁人口中得知他如今不叫李裕，而是跟隨嚴屹改姓嚴，嚴裕。他變得陌生了許多，跟小時候判若兩人，只有在面對謝蓁的時候才會露出一些孩子氣。

後面跟著兩個丫鬟，見他們氣氛不對勁，站在後面低著頭，大氣都不敢喘一聲。

高洵輕笑。「你當初走時一聲不響，如今換了個身分再回來，難道不打算解釋解釋嗎？」

嚴裕看向別處，態度很隨意。「沒什麼好解釋的。」

擱在以前，謝蓁肯定會跟別人一樣覺得他傲慢無禮，可是她知道了他當初離開的原因，如今居然有些理解他了。這事無論放在誰身上，都是一個無法觸碰的傷疤，多年養育之恩的父母被人殺害，他被陌生人接回宮中，一下子成了當今六皇子，在宮中如履薄冰，不知吃了多少苦頭。這原本就不是一言兩語能說得清楚的，更何況他的脾氣又古怪得要命，當初若不是他告訴她，她是怎麼都想不到這其中有多少變故的。

高洵憤怒又無奈，上前攥住他的衣領，一句話飽含多種深意。「你當真把我當過兄弟嗎？」

高洵比嚴裕大了快兩歲，身高也比他高了半個頭，再加上他高大偉岸，兩人要真打起來，嚴裕肯定是吃虧的那個。

謝蓁有點著急，脫口而出。「高洵哥哥，不要打他！」

她一邊說一邊拉開嚴裕，其間不得不推了高洵兩下，她把嚴裕護在身後，一如小時候那樣，小小的身軀似乎真的能替他遮風擋雨。「他……他是皇子，你打了他要進大牢的。」

嚴裕本來很感動，聽到這句話不禁恨得牙癢癢，伸出手臂把她撈進自己懷裡。「妳究竟是在關心誰？」

謝蓁看到高洵眼裡一閃而過的受傷，沒來得及說話，便聽他道：「阿蓁，當時他不告而別的時候，我說要揍他幾拳，妳還記得自己說過什麼嗎？」

謝蓁認真地想了想。「不記得了。」

高洵只得告訴她。「妳說過會在一邊看著。」

嚴裕擰了擰眉心。

他又問：「如今妳還能心如止水地在一旁看著嗎？」

謝蓁答不出這個問題，她肯定做不到了，不僅是因為她嫁給了嚴裕，而是因為他們都不是小孩子了，沒道理再為小時候那些矛盾糾纏不休。可是她又說不出口，怕傷了高洵的心，只好沈默不語地站在嚴裕跟前躲避他的視線。

高洵或許明白了什麼，無奈牽起一抹笑。「妳以為我真會打他？」

謝蓁不明所以地抬眸，他臉上說不清什麼表情，既像笑又像哭，最終什麼也沒說，從他們兩人身邊越過，往客房的方向走去。

回屋以後，謝蓁的情緒一直不大高漲，甚至有點低落，丫鬟端來的飯後茶點她一口都沒動，也沒有去看謝蕁，一個人雙手托腮看著窗戶，不知在想什麼。
嚴裕站在她身後，表情不好地問：「妳剛才叫高洵什麼？」
謝蓁眨眨眼，不明所以地問：「高洵哥哥？」
他果然還是介意這個，兩隻手臂撐在她身邊，咬住她的耳垂說：「我記得妳以前叫他高洵。」
她沒聞到空氣裡的醋味，還在傻乎乎地說：「他比我大兩歲呢……阿娘說我應該叫他哥哥。」
冷氏雖然說過她，但她依然很少叫高洵為高洵哥哥，方才那一聲是太著急了，腦子還沒反應過來，嘴巴就已經叫出聲。
嚴裕抿抿唇，想說什麼，最終沒有開口。
總不能要求她以後只叫他哥哥？那謝榮怎麼辦？
他自己挺矛盾的，生了一肚子悶氣，偏偏不能跟她說，只能自己一個人慢慢消化。
晚上那頓飯是在自己屋子裡吃的，嚴裕讓人準備了幾十道菜，葷素各十五道，一張桌子擺不完，旁邊還放了兩張小方桌。謝蓁走過去一看，差點被這陣勢嚇到了，扭頭問他：「你要設宴嗎？這麼多菜，我們兩個怎麼吃得完？」
嚴裕讓她不用管，坐下吃就是，她惶惶不安地坐下，總覺得事有蹊蹺。
誰知道一頓飯下來根本不用她動筷子，他每一樣都給她挾一點，然後問她好不好吃。她若是答好吃，他便讓人記下來，若是答不好吃，便讓人把那道菜撤下去。每樣菜吃一點，足足三十道菜，謝蓁被他餵得飽飽的，總算明白了他的意圖。

她恍然大悟，長長地哦了一聲，似笑非笑地看著他。「小玉哥哥想知道我喜歡吃什麼，為何不直接問我？」

他故作淡定，從下人手裡接過記錄她口味的那張紙，疊起來，揣進袖子裡。「不用問也能知道。」

高洵都不用問，他為何要問？總有一天，他要比高洵瞭解她還多。

雖然謝蕁是在將軍府出事的，但畢竟仲柔救了她一命，於情於理都該上門道謝。

謝蕁能下床後第二日，冷氏便帶著她和幾個丫鬟去了將軍府。

高洵明日要跟仲尚一塊兒回軍營，便順道一路同行。

謝蓁與嚴裕原本是要回六皇子府的，但是謝蓁中途改了主意，想查清楚究竟是誰想害謝蕁，也跟著去了。

到了將軍府，仲將軍和將軍夫人親自在堂屋迎接，姜氏心懷愧疚，慰問了謝蕁好幾聲，仍舊十分過意不去。姜氏讓仲柔領著她和謝蓁去了後院，自己和冷氏稍後就到，把堂屋留給幾個男人說話。

冬日的後院實在有些冷，八角亭四周都有簾子遮擋，另外還架了兩個爐子，這才勉強暖和一些。丫鬟端上來幾樣糕點，謝蕁生病這幾天冷氏不讓她亂吃東西，是以她看到點心後饞得不行，捏起一塊豆沙餡的山藥糕咬了一口，滿嘴都是香甜，忍不住又咬了一口。

謝蓁看見她埋頭吃東西的樣子忍不住想笑。「要是讓阿娘知道，一定饒不了妳。」
她專心致志地把裡面的豆沙吸完了，這才意識到事情的嚴重性，拿起一塊點心放到謝蓁面前，好言好語地懇求。「阿姊別告訴阿娘……」
居然還懂得賄賂。
謝蓁不接，就著她的手咬了一口，彎起唇瓣看對面的仲柔。「這裡可不只我一個人看到。」
仲柔原本在看戲，忽然被點名，咳嗽了一下轉過頭去。
謝蕁聽出了話中之意，索性把一整碟點心都推到她面前，長睫毛忽閃忽閃。「仲柔姊姊也吃。」
對一個把吃放在第一位的姑娘，這大抵是她最盛情的邀請了。
謝蕁對那天的事有點印象，她雖然昏迷了，但是仍舊記得有人把她從水裡救出來，事後謝蓁告訴她是仲柔救了她，她就一直對仲柔心懷感激。奈何仲柔跟尋常的姑娘不一樣，身上透著一種英氣，讓人不大敢靠近，謝蕁是鼓起了很大的勇氣才說出那句話的。
好在仲柔沒有表面上看起來那麼難相處，她拿了一塊點心，體貼道：「妳吃吧。」
「嗯嗯嗯。」謝蕁綻開笑意，連連點頭。於是就真的沒了顧忌，自己一個人坐著默默啃起點心來，時不時往謝蓁和仲柔碟子裡放一塊，讓她們兩個也吃。
謝蓁擔心她一下子吃太多對胃不好，忍不住提醒。「妳少吃一些，一會兒肚子都撐圓了，阿娘會發現的。」

她聞言，趕忙停住，低頭看自己平坦的小肚子，見沒有凸起來才放心。趁著她吃點心的工夫，謝蓁向仲柔詢問：「不知仲姊姊調查得如何，當時有人看到了嗎？」

仲柔搖頭，娓娓道來。「前天妳們離開以後，丫鬟便來跟我說了，七姑娘落水的位置正好在一棵柳樹後面，沒多少人在意，是以並未有人看到。」

如今湖裡的荷花早就敗了，只剩下一面湖，一般姑娘家都不願意到湖邊去，要麼在亭子裡吟詩作對，要麼在院中走走，彼時站在湖邊的，只有寥寥數人。

謝蓁問仲柔有哪些人，她便一一說完，其中果然包括林巡撫家的二姑娘林畫屏。

謝蓁久不出聲，仲柔問道：「妳有頭緒？」

說是頭緒，不過是個猜測罷了，畢竟沒有確鑿的證據。謝蓁把謝蕁醒來後的話說與她聽，前因後果理一遍，不難懷疑到林畫屏頭上。「只不過沒人看見……總不能空口白牙就認定是她，除非能找到那個丫鬟，否則我們只能吃下這一個啞巴虧。」

仲柔聞言，看向謝蕁。「妳還記得那丫鬟的長相嗎？」

謝蕁放下玫瑰糕，輕輕點了下頭。「記得。」

「若是再見到，妳能認出她嗎？」

她仰起小臉，回想了一下那人的相貌，肯定地點頭。「能。」

仲柔想了想道：「後日我與阿弟要去林家一趟，妳若是身體養好了，便同我一塊兒去看看吧。」

林家跟將軍府來往不算密切，不過是因為上回林睿求仲將軍辦事，又差人送了不少東西。彼時仲將軍不在府裡，姜氏不明情況，便替他收下了，事後被仲開知道大發雷霆，一定要讓人送回去，這件事自然而然就落到仲柔與仲尚頭上。

他們把謝蕁帶去並非不可，只是謝蓁蹙眉，不大放心。「阿蕁恐怕一眼就會被人認出來，此舉恐怕行不通吧……」

仲柔也考慮到這個問題，露出遲疑。「可以讓七姑娘扮成丫鬟與我同行，只不過我身邊很少帶丫鬟。」她出門一般都帶小廝。

這邊還沒商量出一個結果，那邊便有人提著食盒從遠處走來，端看那長腿闊步、偉岸身形，便知是仲尚無疑。

謝家的人來之前，仲尚便被仲柔指派去街上買點心了，還點名要八寶齋的棗泥拉糕和玫瑰蓮蓉糕。八寶齋距離將軍府有好幾條街，一來一去便要花去幾刻鐘，偏偏仲柔不愛使喚下人，偏要叫他去。仲尚把點心買來以後，原本可以讓丫鬟送去，食盒尚未交到丫鬟手中，他鬼使神差地自己過來了，一眼便看到仲柔和兩位姑娘坐在亭子裡。

他大步上前，目光不由自主地往旁邊斜了斜。

謝蕁坐在仲柔手邊，腦袋微微垂著，不知是在想事情還是睡著了，仲尚故意把食盒往她面前放了放，歪著嘴笑。「阿姊，棗泥拉糕好吃嗎？」

她聽到聲音，果真抬起頭來，像隻受驚的小老鼠。

她睜著圓溜溜的眼睛，兩頰的肉消瘦了些，皮膚勝雪，白白嫩嫩的，讓人一眼就想到上元節吃的元宵，不知道咬她一口，會不會也又甜又糯。

謝蕁還記得他，上回就是他帶她去見高洵的，還差點搶走她從八寶齋買的點心，只是沒想到他居然是將軍府的人。

仲柔沒回答，讓他放下點心就離開。「阿爹在堂屋，你過去看看吧。」

他頷首，腳下卻沒有動，反而把紫檀食盒的蓋子拿開，端出裡面一碟碟點心，有藕粉桂花糖糕，棗泥拉糕和玫瑰蓮蓉糕，每一樣都做得精緻，香甜氣味撲鼻而入，誘人食慾。

每端一樣，便故意在謝蕁面前停頓片刻。他垂眸，果見她眼巴巴地盯著他的手，想吃又不敢吃的模樣可愛到了極致，他原本只想逗逗她，沒想到一下子上了癮，竟有些收不住手。

仲柔深深地看他一眼，倒也沒說什麼。

仲尚從未見過這麼貪吃的姑娘，大部分女人都是矜持的，尤其是在飯桌上，挾一、兩筷子就說飽了，用帕子沾沾嘴無論如何都不肯再吃。即便吃，也吃得緩慢克制，更沒見誰對吃如此執著過。他看一眼謝蕁，話卻是對仲柔說的。「買點心時掌櫃同我說，涼了便不好吃了，阿姊趁熱吃吧。」

說罷放下最後一碟三層玉帶糕，轉身往回走。

沒走多遠，便聽一個小小的聲音問：「阿姊，我能吃嗎？」

謝蓁兩手托腮，似乎很無奈。「我說不能，妳會聽我的嗎？」

她輕輕一笑，帶著點小姑娘特有的嬌憨，聲音輕飄飄地傳進他耳朵裡，讓他不由自主地想起那天她在嬤嬤背上哭泣的模樣。

在將軍府逗留沒多久，仲將軍和姜氏準備留人用飯，冷氏和謝立青盛情難卻，正要答應下來，門外便有人急慌慌地通傳，說是六皇子府的下人求見。

謝蓁不知府上出了什麼狀況，不好讓人直接進來，便跟嚴裕一起到門口查看。門外的人竟然是趙管事，一見他們出來，忙迎了上來。

趙管事一把年紀急得腦門都是汗，嚴裕和謝蓁都不在府裡，他原本先到定國公府找人，被告知他們來了將軍府，這才著急忙慌地又趕來將軍府。如今總算見到人，如同找到了主心骨一般。「殿下、娘娘，快隨老奴回府看看吧！」

趙管事是個穩重的人，平常不會這樣大驚小怪，一定是有什麼要緊事才會如此慌亂。謝蓁心中一跳，有種不大好的預感。「怎麼了？」

管事便把事情經過說了一遍。

原來今兒一早長青閣的丫鬟來找他，說李氏的狀況不大好，想讓趙管事請一名大夫為她診斷診斷。因為謝蓁和嚴裕今日回府，趙管事忙著打理瞻月院，便沒有顧得上這事，等到想起來時已是晌午，他讓丫鬟去問李氏的情況，沒想到李氏已是進氣多出氣少了。

他立即讓人去請大夫，大夫看過之後只搖頭，說一聲無能為力，讓府上準備後事。

管事不敢耽擱，忙過來找六皇子。

嚴裕聽罷，意外地沒有絲毫情緒起伏，舉步往外走。「現在如何？」

管事搖頭道：「約莫只剩一口氣了。」

嚴裕先走上馬車，把手遞給謝蓁，拉她上來時才發現她小手冰涼。他以為她害怕府上死人，頓了頓，他不會安慰人，只會說一句。「沒事的。」

其實謝蓁怕的從來不是這件事。

六皇子府的馬車離開後，高洵才從將軍府門後出來，他在門邊站了片刻，最終從馬廄牽出一匹馬，翻身而上，追了上去。

回到六皇子府已是一炷香後，車夫趕得急，硬生生縮短了一半時間。

下馬車後，管事領著嚴裕和謝蓁匆匆往長青閣去。「殿下和娘娘隨老奴來。」

他們走入院子不久，便有一人騎馬緊隨而至，堪堪停在府門口。

高洵下馬，隨手攔住一個下人問道：「我與六皇子是舊識，路上偶然遇見，尚未說兩句話他便匆匆走了，敢問府上是否出了何事？」

下人是看守大門的閽者，兩手揣進袖子裡，把他上下打量一遍，見他不像說謊，才道：「確實出事了。」

府上平白無故住進來一對母女，六皇子並沒有隱瞞她倆的身分，下人都知道她們是六皇子流落民間時的姑母和表妹，只不過大夥兒都不怎麼待見她們就是了，來府上蹭吃蹭喝不說，還對他們頤指氣使、吆來喝去。服侍人雖說是他們下人的本分，但那表姑娘委實太不客氣了一些，儼然把自己當成了六皇子府的主子。

要知道這六皇子府的主子，只有六皇子和皇子妃兩人。

下人們都暗暗議論她，猜測她跟李氏究竟打什麼主意，要在這府上住多久？要真打算常住，皇子妃忍受得了嗎？

高洵猜得不錯，牽著馬來到跟前。「出了何事？」

下人瞅一眼院內，用手虛掩著嘴，小聲地說：「前陣子府裡來了一對母女，據說是殿下的姑母和表妹。如今那位姑奶奶恐怕不行了，管事這才把殿下請回來商量後事的。」

姑母？表妹？難道是他以為的那樣？

高洵蹙起眉頭，故意問道：「怎麼沒聽過哪個公主如此落魄……」

下人露出一個「你有所不知」的眼神，大抵是在心裡憋久了，隨便逮著一個人便能說上好久。「殿下曾流落民間一段時間，這對母女就是那時候的親戚……這不，看咱們殿下身分尊貴了，眼巴巴地上門來認親嗎？」說罷，露出一個輕蔑的表情。「要我說，她們可真好意思……殿下同她們非親非故，救了她們一命已是慈悲……」

那邊下人還在喋喋不休，高洵卻已陷入恍惚。

下人口中的這對母女十有八九是李氏和歐陽儀。他對這兩人有些印象，蓋因歐陽儀飛揚跋扈的性子讓人記憶深刻，彼時她住在李府，分明是寄人籬下，卻一點不知收斂，鬧得嚴裕對她厭煩得很，沒想到時隔多年，還是一點都沒有變化。

高洵頷首，深深看了門內一眼。「你方才說，姑奶奶快不行了？」

下人嘴快，一會兒的工夫全抖露了出去。「可不嗎，大清早在院裡摔了一跤，正好摔在井沿上，這會兒已經快不行了。」

高洵瞭解前因後果，朝下人抱了抱拳。「多謝小哥解惑，我改日再來拜訪。」說罷牽著馬便往一邊走。

下人把他拉住，不放心地叮囑。「你可千萬別說出去……」

他笑笑。「自然。」

然而轉過身，笑意立即收了回去，他牽馬離去，一步步走得極其緩慢。

剛走近長青閣，便聽見裡頭傳來哭聲，哭聲悲慟，幾近聲嘶力竭，聽得人心頭一震。

嚴裕和謝蓁走入院內，院子裡站了兩個丫鬟，頗有些手足無措，見到二人回來，如同見到主心骨一般迎了上來，留蘭急急道：「殿下、娘娘，姑奶奶要不行了！」

嚴裕一面往屋裡走一面問道：「請大夫看了嗎？」

留蘭點頭不迭。「請了，大夫說是病入膏肓，回天乏術了。」

剛一入屋，濃重的藥味撲面而來，還伴隨著一些不大好聞的味道，嗆得兩人皺緊了眉頭。

留蘭面色如常地解釋。「姑奶奶這兩日下不了床，吃喝都是在床上解決的……」

自從嚴裕和謝蓁回定國公府後，李氏的病情就越來越嚴重，肚子整夜整夜地疼，有時甚至會嘔出血來，大夫看後全都束手無策，紛紛搖頭。

她被病痛折磨了兩天，今日一早醒來覺得神清目明，精神也足，便親自到井邊打水洗臉，未料想腳步不穩，一腳踩空，頭重重地撞到井邊的石頭上，再也沒能起來。歐陽儀寸步不離地守在她身邊，哭了整整一天，嗓子都哭啞了，原本只剩下低低的嗚咽聲，聽到丫鬟說六皇子和皇子妃來了，哭聲又漸漸大起來。

房內光線昏暗，歐陽儀守在李氏床頭，抱著她不住地叫阿娘。「妳別離開我……阿娘……」

床上李氏瘦骨嶙峋，短短幾天沒想到只剩下一把骨頭，模樣嚇人。她半睜著眼睛，還剩下一口氣，似是察覺到有人進來，慢吞吞地轉了轉眼珠子朝嚴裕看去。

謝蓁甫進來被李氏的模樣嚇了一跳，她從未見過將死之人，停在幾步之外，不敢靠近。

嚴裕上前，喚了一聲。「姑母。」語畢微頓，想再說點什麼，然而想了想，實在沒有什麼好說的。

歐陽儀聽到聲音轉頭，臉上掛滿淚痕，哭得一雙眼睛腫如核桃。「表哥……」這一聲悽愴悲苦，哀婉久絕。

嚴裕面無表情地看向李氏，李氏奄奄一息，居然還知道是他，張口叫了聲「裕兒」。

他斂眸。「阿娘……阿娘快不行了……」

「我讓人去請大夫。」

說罷真喚了香蘭過來，正要開口，便聽李氏搖頭道：「沒用的……我的身子我自己清楚，怕是活到頭了，不必給你添麻煩了……」

他偏頭，面對生離死別，即便是從來不親的親人，居然也有一點點動搖。

李氏向來懦弱，這一輩子都活在夫家的陰影下，卑微慣了，無論跟誰說話都習慣低聲下氣。她這種個性的人，偏偏生了一個歐陽儀這樣飛揚跋扈的閨女，以她的性子是絕對管不住歐陽儀的，也只能採取放任態度。然而越放任，歐陽儀便越無人管教，她將要死時，才醒悟自己似乎做錯了什麼，留下閨女一人在世，她不放心。

李氏伸手，艱難地抓住嚴裕的袖子，氣息微弱道：「我唯一放心不下的，就是阿儀……」

她每說一句話便要喘幾次，一句話說得極其緩慢：「我死後，你能否替我照顧她一陣，讓她留在府裡……你若是不嫌棄，讓她做妾也好……我……我就……」

嚴裕身子一僵，擰眉看她。

她睜大眼睛，想必到了窮途末路。「裕兒，能不能……」

嚴裕薄唇緊抿，沒有說話。

李氏流淚。「姑母求你……」

可惜他始終不鬆口。

下一瞬，李氏睜著眼沒了氣息，手裡還緊緊抓著他的袖子。

「阿娘！」歐陽儀撲上去，失聲痛哭。

丫鬟遞來剪子，嚴裕剪掉半截袖子，轉頭一看，屋裡早已不見謝蓁的身影。

他神情一亂，正要出去，卻被歐陽儀叫住。「表哥，阿娘死了……她死了，我怎麼辦……」

嚴裕想起李氏臨終前的囑託，心中一煩，冷聲道：「我會為妳找好夫家。」

她見他要走，快一步擋在他面前，淚水漣漣。「阿娘把我交給你，她尚未入土，你便要把我嫁給別人嗎？」

嚴裕停步，冷眸睨她。「那妳想嫁給誰？」

她擦擦眼淚，別開頭居然帶了點羞赧。「阿娘讓我給你做妾……我聽她的話。」

他咬牙，毫無商量的餘地。「不可能！」

說罷拂袖將人揮開，大步往外走，對門口的趙管事道：「姑奶奶的後事交給你打理，就葬在青要山山腰，與李家的人葬在一起。」

管事應下，正要問棺材選用什麼木材，抬頭便見他已走開好遠。

嚴裕沿路往回走，回瞻月院的路只有這一條，然而他追了一路，始終沒看到謝蓁的身影。就連回到瞻月院，院裡也沒有她。他問丫鬟她在哪裡，丫鬟皆是一臉茫然。「娘娘尚未回來。」

他心急如焚，轉身便往外走，府裡裡外都找了一遍，始終不見皇子妃人影。

下人不知謝蓁去了哪裡，只知道六皇子瘋了一樣，臉色難看，大有掘地三尺也要把人找出來的氣勢，下人不敢馬虎，天色漸漸暗了，便提著燈籠在後院尋找。

守門的僕從說並未見到皇子妃出府，那就應該還在府裡才是，府裡雖大，可皇子妃經常活動的地方就那麼幾處，能去哪兒呢？

趙管事著急道：「娘娘可千萬別做什麼傻事……」

音落，被嚴裕一個眼風掃來，立時噤聲。

嚴裕忽然想起一個地方，心裡驟然燃起希望，奪過下人手裡的燈籠，拋下一句「別跟來」，快步往一條小路上走。趙管事不放心，和兩個下人跟在他後面。

他越走越快，穿過一條鵝卵石小路，停在一處小院門前。夜幕四合，看不清院子匾額寫的什麼字，只見六皇子大步走進院內，很快掩沒在夜色中。

趙管事停在院外，不知該不該進去，末了道：「在外頭等等吧。」

其餘兩人忙應是。

嚴裕走入院內，打著燈籠照了一圈，四周都很安靜，不像有人的樣子。他不死心，從花架下走向秋千，就著燈籠昏黃的光線，勉強看到秋千上坐著一人。她兩手輕輕握著繩子，或許是早看到他過來，但就是沒有出聲，也沒有叫他，只歪頭靜靜地看著他。烏黑杏眼明亮生輝，比天上的星空還要璀璨。

嚴裕好似重新活了過來，被她看得心都軟成一片，把燈籠放在地上，慢慢走到她跟前。

「謝蓁。」

他一步步走近，她仰起頭來。

「嗯？」她拖著長腔，在月色下更加醉人。

嚴裕還沒失去，便體會到失而復得的欣喜，彎腰一把將她抱進懷裡。「誰讓妳亂跑的？」

語氣責備，雙臂卻摟得越來越緊，面對她時，他總是容易患得患失，早晚有一天要被她折磨成瘋子。

謝蓁想從他懷裡掙脫，然而越掙扎，他就抱得越緊，她覺得骨頭都快被他捏碎了，不舒服地唔了一聲。「我只是想來這裡坐坐。」

他嗓音顫抖。「為何不跟我說一聲？」

方才找不到她的慌亂仍在，心跳劇烈，半天都沒緩和過來。

謝蓁眨眨眼，語氣平靜。「你要忙著聽姑奶奶說話，她快死了，我不好意思打擾你們。」

嚴裕僵住。「她的話……」

謝蓁嗯一聲。「我都聽見了，她要你納歐陽儀做妾……」

不等她說完，他就急著解釋。「我不會納妾。」

她是因為聽到這句話所以才出來的嗎？他方才找她的時候就想好了，他不會納歐陽儀做妾，他會給她找一個好夫家，讓她嫁過去，也算是給李氏一個交代。但要讓他收她那是絕對不可能的，除了謝蓁，他誰都不想要。

謝蓁歪頭。「李氏臨終把歐陽儀託付給你，你能不要嗎？」

他慢慢蹲下來，抱住她的腰。「不要。」

謝蓁靜了靜。「為什麼不要？」

他埋在她肚子上，不說話。

「小玉哥哥？」

他終於開口，聲音有點悶。「我只想要妳。」

第十九章

李氏的靈柩在靈堂停了三天後，被皇子府的下人抬去青要山葬了。

出殯那日歐陽儀趴在棺木上哭得昏天暗地，若不是被丫鬟強行拉開，還不知要哭到什麼時候。

青要山葬著嚴裕的養父母李息清和宋氏，當嚴裕被接回宮不久，便讓人去尋找兩人的屍體。彼時他們在山上遇害，屍身被人找到的時候已經只剩下兩具骸骨，若不是憑著周圍的衣物，根本辨識不出他們的身分。

葬完李氏後，嚴裕帶著謝蓁走下馬車，往前方兩座墓前走去。

墳墓簡陋，只是兩個拱起的小土堆，墳前豎了一塊墓碑，分別寫著「顯考李公諱息清大人之靈」和「顯妣宋氏老孺人之靈」。

他從趙管事手裡接過一壺酒，各自倒了三杯，分別淋在兩人的墳頭。「阿爹、阿娘，恕孩兒不孝，許久才來看你們一次。」

他牽著謝蓁的手，把她帶到兩人墓前。「我今日帶了謝蓁一起來。」

謝蓁怔怔，看著面前兩座墓，張了張口，叫不出「宋姨」兩個字。儘管嚴裕跟她說過，但是她仍舊沒法接受，明明回憶裡活生生的人，忽然間以另一種方式出現在她面前，她看著看著，忽然覺得眼眶酸澀。印象中宋姨是那麼溫柔親切的人，為什麼說沒就沒了？

嚴裕站在她身邊，給自己也倒了一杯酒，仰頭一飲而盡，借著酒勁說：「我們成親了。」

他把剩下的酒全灑在李息清墓前，頓了頓說：「你們放心……我會好好待她的。」

謝蓁偏頭，還沒看清他臉上的表情，他就拽著她往後走。「話說完了，走吧。」

謝蓁不得不跟上他的步伐。「我還沒跟宋姨說話呢……」

他大步走在前面，以她的角度，只能看到一張冷漠的側臉。

他薄唇輕啟。「不用說也行。」說著，帶她走向停在路邊的馬車。

謝蓁走得踉踉蹌蹌，跟不上他的腳步，索性掙開他的手自己走。她回頭看了看遠處的兩座墳墓，不遠處還有一個新蓋的土堆，孤零零地立在半山腰。

生前無論多麼光榮的人，死後都逃不過一抔黃土。

她感慨完，一扭頭發現嚴裕站在原地盯著她，不禁一愣。「你看什麼？」

他沒說話，抓住她的手就走上馬車。府上辦白事，一路沒有帶多少丫鬟，馬車外面除了車夫只剩下趙管事，趙管事的臉色有些微妙，看到他們欲言又止，最終也沒說什麼。

嚴裕扶著謝蓁上馬車，一掀開簾子看到裡面的人，不悅地皺了下眉。「妳怎麼在這裡？」

馬車裡不是別人，正是一身斬衰（注）的歐陽儀。

歐陽儀坐在裡面等候多時，聽到這聲質問非但沒有心虛，反而回答得理直氣壯：「馬車只有這一輛，不在這裡，那我該在哪裡？」

來時路上她跟著李氏的靈柩一路走到青要山，目下回府自然不能再走回去了。是以她不須人說，自動自發地坐上謝蓁和嚴裕的馬車，趙管事勸了兩句勸不動，只好放棄了。

嚴裕帶著謝蓁坐進馬車，對她道：「後面不是還有一輛嗎？」

她大驚小怪。「那是丫鬟坐的馬車！」

要不是她臉上還有淚痕，就憑著這嗓門，也一點都不像剛死了至親的人。

嚴裕擰眉，下意識看了眼身邊的謝蓁，但見她神色平常，稍微有點放下心來，也就不再跟歐陽儀計較。

馬車轆轆前行，行駛在山間小路上，慢悠悠地往山腳下駛去。

馬車裡，謝蓁坐在窗簾旁邊，偶爾被風吹起的簾子擋住了嚴裕的視線，他想坐近一些，然而對面歐陽儀的視線直勾勾地看著他們，看得他沒來由地心煩意亂。馬車外的陽光穿透進來，灑在地板上，形成一圈圈斑駁的光暈，隨著馬車的行走而晃動，馬車繞到另一條小路上，光線傾斜，大部分落在謝蓁身上，她靜靜地坐在一旁，眼瞼微垂，像是睡著了。陽光打在她臉上，散發著瑩潤的光，照得她整個人彷佛透明一般，不說話，隨時都會離去。

嚴裕驀地抓住她的手，另一隻手扶著她的頭放到自己肩上，見她微微動了下，他問道：「妳累了嗎？」

她閉著眼，輕輕地嗯一聲。他說：「累了就歇會兒，靠在我肩上。」

謝蓁沒再出聲，或許是睡著了，長睫毛懶洋洋地垂下來，擋住了那雙顧盼生輝的烏瞳。

注：斬衰，喪服，用最粗的生麻布製作，下襬不縫邊，毫不修飾以盡哀痛。

嚴裕小心翼翼地扶著她，為了讓她枕得舒服，不得不微微彎下腰，一動不動，這個姿勢足足維持了半個時辰。

歐陽儀在對面看著，心中五味陳雜，說不清什麼滋味。她從沒見過表哥對誰如此容忍過，無論是小時候還是現在，她一直以為他對誰都板著臉，天生冷漠驕傲，誰都看不上眼。原來他不是對誰都看不上眼，他只是看不上她而已。

他面對謝蓁時，哪有一絲絲冷淡？他簡直把謝蓁當成了易碎的寶貝。

可是為什麼？歐陽儀想不明白，為什麼他會愛上謝蓁？明明小時候是謝蓁纏著他，他對待謝蓁跟對待她一樣，他不是不喜歡被人纏著嗎？謝蓁有哪裡不同？

歐陽儀看著對面兩人看了一路，始終想不通這個問題。馬車停在六皇子府門口，嚴裕把謝蓁叫醒，兩人一起走下馬車，留下她一個人在車內。

歐陽儀呆坐片刻才下來，她站在府邸門口，阿娘沒了，如今她只剩下嚴裕一個親人。

謝蓁纏了他這麼多年，他最終對謝蓁心動了。如果她一直跟著他，他會不會也對她心動？

李氏剛走後幾日，雖然她不是六皇子的親姑母，但嚴裕也跟著服了幾天喪。七日之後，闔府上下脫掉喪服，又過回以前的日子。

李氏是歐陽儀生母，她仍舊要為李氏守孝，穿著素衣，頭上不戴任何珠翠，連吃飯都以清淡為主。

在嚴裕沒給她找到好歸宿之前，她一直都住在長青閣，本以為她會就此安分一些，沒想到依舊是個閒不住的性子，三不五時便要來瞻月院一趟，若是嚴裕在家便纏著嚴裕，若是嚴裕不在，便攪得謝蓁不能安寧。嚴裕在家還好，她多少有些害怕他，不敢太放肆，頂多他去哪裡她就跟到哪裡，大言不慚地問他何時把她收房。可嚴裕若不在，她對謝蓁便沒有那麼守規矩了，有時說的話連丫鬟都聽不下去。

今日，她趁著嚴裕不在，又來到謝蓁房中。

她坐在外頭等候，剛喝了兩口茶，謝蓁便從內室出來，她一抬頭，正好覷到謝蓁頭上的鴛鴦珍珠雙翠翹，白晃晃的珍珠又圓又潤，一看便知要價不菲，她有些眼紅，語氣酸溜溜地道：「皇子妃娘娘頭上的簪子真好看，估計值不少錢吧？」

謝蓁沒回答這個問題。「表姑娘過來，有事嗎？」

歐陽儀反問：「沒事就不能來同妳說話？」

謝蓁直言：「我今日要出門，沒工夫同妳說話。」說罷讓雙魚、雙雁準備好東西便往外面走，順便對杵在門口的紅眉、檀眉道：「送表姑娘回去。」

兩人剛應是，歐陽儀便站起來不滿道：「妳在我面前端什麼架子？妳以為嫁給表哥就能目中無人了嗎？」

謝蓁停步，回頭看她。「妳再說一遍？」

謝蓁要出門是真的，她要回國公府一趟，根本沒空跟歐陽儀周旋。謝蕁今日要扮成小廝跟仲柔一起去林巡撫府上，這是下下策，如果不是仲柔再三承諾不會有事，她絕對不會同意謝蕁跟去。她擔心途中出現變故，便想趁著謝蕁走之前過去看看。

她原本心情就不好，如今被歐陽儀一激，更加不痛快了。

歐陽儀以為戳到她的軟肋，眉毛上揚，頗有些洋洋得意。「我說的不對？妳現在的榮寵難道不是表哥給的？若是沒有他，妳能穿上這身好衣裳，戴這麼好的簪子嗎？」

「妳說這個？」謝蓁指指頭上的雙翠翹，看向雙魚。「我有些記不清了，妳告訴我，這簪子怎麼來的？」

雙魚欠身道：「娘娘，這簪子是國公爺在您十三歲生辰時，命人特意打造，送去青州的。」

她哦一聲。「不是六皇子送的？」

雙魚又道：「不是。」

她點點頭，看向對面的歐陽儀。「表姑娘想必弄錯了，我妝奩盒子裡還有不少這樣的首飾，全是家中帶來的，與六皇子沒有關係。我櫃子裡也有不少衣裳，是出嫁前阿娘找人做的。」她說罷微微一笑，十分善解人意。「倒是表姑娘，當真不需要我接濟嗎？」

說罷上下看了她一眼，明明唇邊含著嬌軟的笑，但卻讓人覺得那麼可惡。

歐陽儀穿得確實不怎麼樣，這已經是她最好的衣服了，月白纏枝蓮紋褙子和短衫挑線裙子。李氏死後，她就只有幾身素色衣服，每天都洗，顏色早已掉得不成樣子。

如今被謝蓁毫不留情地指出來，登時惱羞成怒。「妳、妳欺人太甚！」

謝蓁偏頭一笑，眼裡的笑既狡猾又得意，故意氣她。「我就是欺負妳，妳能拿我怎麼樣？」

說罷不等她反應，轉身就走了，留下歐陽儀在原地氣得咬牙切齒。

定國公府門口停著一輛翠蓋朱纓的華車，謝蓁到時，謝蕁剛好從門口走出。她去巡撫府是瞞著冷氏的，若是讓冷氏知道她要扮成小廝去林家，一定說什麼都不會同意。哪有姑娘家這麼大膽的，若是被人發現，還要不要名聲了？

謝蕁也怕，但是一想到林家可能要害自己家，也就壯著膽子騙了冷氏一回，說要到將軍府作客。若能藉此找到一些證據，說不定還能幫阿爹一把。

她跟謝蓁一起坐上將軍府的馬車，仲柔在馬車裡，讓人拿出早已準備好的衣服。

謝蕁展開一看，是一件小廝的青色長衫，她拿到身上比了比，大小尺寸還算合適，看來是仲柔特意讓人給她做的。她年紀小，又生得細皮嫩肉，扮成小廝比一般的人都白嫩，乍一看還真有點不像。

她在馬車裡換好衣服，扶著頭上的帽子，淚水在眼眶裡打轉。「阿姊……我，我有點怕……」

謝蓁頓時就不忍心了，阿蕁要是出了意外怎麼辦？

她掏出絹帕替她擦了擦眼淚，轉頭問仲柔。「仲姊姊，還有別的辦法嗎？阿蕁最膽小了，她從沒去過林家，萬一被人發現身分，惹出什麼事怎麼辦？」

仲柔與謝蕁正好相反，她膽大果斷，認為有問題就要解決，就算前面鋪了一條荊棘路也要走過去。她這回看到謝蕁哭，才恍悟有些方面可能沒考慮周全，讓這個嬌生慣養的小姑娘心生畏懼。「是我疏忽了，妳到時就跟在我身後，不會有任何問題的。若實在害怕，妳就躲在馬車裡，我試著把林姑娘的丫鬟叫出來，妳在馬車裡偷偷看一眼，別出來就行。」

謝蕁這才放心，紅著眼睛點了點頭。

眼看著馬車就要出發，謝蓁不放心地問：「仲姊姊，妳們何時回來？我好在府裡等著，免得讓阿娘起疑。」

仲柔算算時間，讓她放心。「不會超過兩個時辰，我會儘快回來。」

謝蓁這才從馬車走下來，頻頻回頭，馬車外還停著幾匹馬，全是將軍府的人。

仲尚早已等候多時，天冷，他穿著玄青菖蒲紋杭綢直裰，腰綬玉珮，外面又罩了一件黑色繡金紋披風，筆直地站在馬車旁邊，像一株山間松柏，挺拔入雲。他準備出發，翻身上馬，往馬車裡看了一眼。「阿姊，走不走？」

仲柔掀起簾子，對他道：「出發。」

這一掀，他正好看到坐在仲柔身邊的小白臉。忍不住一笑，沖淡了眉宇間的嚴肅，平添三分不正經。「阿姊，這是妳何時買的小廝？我怎麼從沒見過？」

謝蕁朝他看去，抿了抿粉唇，往裡面挪了挪，努力縮小自己的存在感。

仲柔把人護到身後，或許知道自己弟弟是什麼德行，不想讓幼小的謝蕁受他殘害。「走你的路。」

他不以為意地笑笑，收回視線，專心致志地騎馬。

謝蓁前腳剛走，謝蓁後腳就回來了。

冷氏聽丫鬟稟告時著實吃驚了一下，謝蓁沒有提前說一聲，怎麼突然就回來了？該不是同六皇子鬧了矛盾？

她這麼想著，謝蓁已經走入玉堂院，來到廳堂了。

冷氏正坐在羅漢床上繡花，聞言忙收起針線笸籮，坐起來把人迎進屋裡。什麼話都沒說，先是把人前後看一遍，然後才問道：「怎麼忽然回來了？就妳一個人嗎？六皇子呢？」

謝蓁配合地跟著她轉了一圈，不答反問：「阿娘看什麼？難道擔心我挨打嗎？」

真是個不識好歹的小兔家！冷氏嗔她一眼。「不要嬉皮笑臉。」

她忙收起笑意，端端正正地站在冷氏對面，眼珠子骨碌碌地轉，古靈精怪的模樣瞧得人又愛又恨。

冷氏若不是擔心她何至於這麼緊張？然而看她的樣子，又不像跟六皇子鬧過矛盾，冷氏帶著她坐到羅漢床上，稍微放鬆一點。「羔羔，妳告訴阿娘，究竟為什麼回來了？」

謝蓁彎唇，笑盈盈地說：「我想阿娘，自然就回來了。」

不怪冷氏大驚小怪，實在是放心不下她。前幾天高洵來府上，嚴裕和他之間的關係劍拔弩張，旁人不清楚，冷氏可是看得真真切切。嚴裕是男人，更是一位皇子，但凡他對謝蓁有一點在乎，就不能忍受身邊有人覬覦自己媳婦。

偏偏高洵放不下謝蓁，儘管極力克制，仍舊無法掩飾心裡的情意。

那時候她真怕嚴裕跟謝蓁之間有罅隙，謝蓁跟嚴裕離開後，她一直心神不寧，如今沒幾天謝蓁就回來了，她能不擔心、能不多想嗎？

她不放心地又問一遍。「不是同六皇子鬧矛盾？」

謝蓁踢掉繡鞋，坐在對面看她繡的富貴牡丹，心不在焉地說：「沒鬧什麼矛盾……我昨天跟他說過要回來的，他答應了。」

冷氏這才鬆一口氣，讓丫鬟端上茶水，捏捏她的手道：「日後不許再這樣嚇我。」

她嘻嘻一笑，得了便宜還賣乖。「分明是阿娘不禁嚇。」

丫鬟端上她喜愛喝的杏仁茶，她捧著抿一口，還是家裡的味道好喝。冷氏怕冷，屋裡已經生起火爐，她坐了一會兒便覺得熱，於是脫掉外面的褙子，只穿著翠藍縐紗衫，白春羅灑線連裙在屋裡走動。

冷氏告訴她。「阿蕁被仲姑娘接去將軍府了，一時半會兒回不來。」

她當然知道，還是她親眼看著謝蕁走的。謝蓁假裝不知，露出遺憾。「哥哥和阿爹呢？」

冷氏說：「他們一早便入宮了。」

謝蓁哦一聲，把院裡的人都問了一遍，就是不說自己的事。冷氏原本耐心也不算差，沒想到還是比不過她，硬生生被她弄得著急起來，把人帶到跟前。「妳老實同我說，是不是出什麼事了？」

謝蓁眨眨眼。「阿娘怎麼知道？」

冷氏點了下她的額頭，力道不輕不重。「妳是我生的，我能不瞭解妳嗎？」她被訓了一頓，卻笑著彎起眼睛。「阿娘是神人，我什麼都瞞不住。」

果真是出事了，冷氏心中咯噔，一邊替她擔心，一邊又恨這鬼丫頭守口如瓶。若是一般的事，肯定不用自己問她就老實交代了，能讓她這麼難開口的，不是沒事，就是大事。

果不其然，聽謝蓁說完前因後果，冷氏靜靜坐了片刻，說不出話。

謝蓁枕在她腿上，仰著臉問她。「阿娘，我不想讓她留在府裡，更不想看見她，我是不是很壞？」

冷氏低頭看她，忍不住捏捏她的鼻子。「妳說呢？」

她睜著水汪汪的大眼，有些迷茫和懵懂。「那我就當壞人好了。」

冷氏忍俊不禁，笑完以後，不得不正視這個問題。「此事妳不好出面，還是要交給六皇子解決……稍微有點偏差，妳就會被冠上善妒的惡名。」

姑娘家一旦被冠上「善妒」二字，那可不是開玩笑的，不單是她一個人的名聲不好，就連家裡的姊妹都會受到牽連。

謝蓁明白其中的利害，謹記冷氏的話。「可她對我出言不敬。」

冷氏問道：「如何不敬？」

謝蓁向她娓娓道來，末了皺皺鼻子。「如果不是嚴裕收留她，她哪來的資格住在皇子府？一點都不識抬舉！」腮幫子氣得鼓鼓的，十足像個孩子。

冷氏嘆息。「我的話可能有些不好聽，妳聽個意思就行了。」

她睜大眼。「什麼話？」

「若是街上有一條大狗衝妳叫喚，妳會對牠叫回去嗎？」

她想像了一下那場景，搖搖頭。「當然不會，我又不是狗。」

冷氏笑著看她。「同樣的意思，妳說歐陽儀沒有禮數，她對妳出言不敬，妳若是與她爭執不休，豈不是把自己擺在跟她一樣的位置上？」

謝蓁有點懂了，從冷氏腿上坐起來。「那她日後再招惹我呢？」

「妳是皇子妃，又是定國公府的姑娘，總要拿出該有的架子，讓她不敢再在妳面前放肆。」

她歪著腦袋，對一件事耿耿於懷。「萬一她一直住在皇子府怎麼辦？」

這是最主要的問題，也是冷氏不能忽視的。

冷氏讓她如實回答。「李氏求六皇子把歐陽儀收房，六皇子可曾答應她了？」

她搖頭。「沒有。」

那天在春花塢，嚴裕曾經篤定地說不會納歐陽儀為妾，她相信他，所以這幾天都沒有為難他。

冷氏又問：「那他是什麼態度？」

謝蓁眼神飄忽。「他說他不會納妾。」

那還有什麼好擔心的？六皇子能給她這樣的承諾，足以證明他對她的真心，冷氏寬慰一笑，握著她的手道：「阿娘知道妳為難，不過這件事妳不好出面，只能交給六皇子處理。妳若是不高興，使些小手段也無不可。」

謝蓁似懂非懂。「什麼小手段？」

可是冷氏卻不肯再說，這是他們小夫妻磨合的機會，她說得多了反而不好，不如讓他們自己參悟。

午時之前，仲柔把謝蕁平安送回定國公府，冷氏在屋裡睡覺，謝蓁一人出來迎接。

謝蕁從馬車下來時仍舊穿著小廝衣服，唯一不同的是臉上抹了一層灰，原本白嫩嫩的小臉頓時變得灰頭土臉的，與剛去時判若兩人。

謝蓁下意識看向仲柔，仲柔向她賠罪。「都怪我和阿弟……不過皇子妃放心，林家並未認出七姑娘。」

除了臉上有點灰，謝蕁確實看起來一切都好，一雙亮晶晶的眼睛嵌在灰突突的臉上越發顯得明亮。她來到謝蓁身邊，似乎在故意躲避什麼。「阿姊，我們快回去吧，我好累。」

謝蓁頷首，把仲柔一道請入府中。「仲姊姊也進來坐會兒吧。」

她們今日去巡撫府，結果如何還不知道，把人請進府裡問一問，順道還可以留下一起用飯。

仲柔沒有拒絕，與謝蓁、謝蕁一起進門，走到一半回頭對仲尚道：「你先回家吧，跟爹娘說我晚點回去。」

仲尚騎在馬上俯瞰她們三人，最後目光往謝蕁身上一落，很快又收回去，挑眉笑道：

「好。」然後勒馬轉身離去。

回到玉堂院，謝蕁趁著冷氏睡覺的工夫連忙洗乾淨臉上的灰土，換回乾淨衣裳，心有餘悸道：「阿娘真沒發現嗎？」

謝蓁搖頭，拿巾子擦掉她臉上的水珠。「妳的臉究竟怎麼回事？」

她們在內室，仲柔在廳堂坐著，是以兩姊妹說話才會無所顧忌。

謝蕁扁扁嘴，老實交代。「我們剛到巡撫府門口，仲尚哥哥說我的臉太白了，會被人看出破綻，就用路邊的土塗到我臉上，他說這樣才可以。」

謝蓁反覆地問：「真沒出事？」

謝蕁撥浪鼓似的搖頭，謝蓁不大相信，帶著她往外走，分別坐在圈椅中。

謝蓁又向仲柔詢問了一遍，得知真沒出事才放心。「那阿蕁見到林姑娘的丫鬟了嗎？是不是那天推妳入水的人？」

謝蕁說見到了。「她是林二姑娘的大丫鬟。」

彼時她跟在仲柔身後來到巡撫府，沒想到正趕上林家姑娘出門。她沒有下馬車，仲柔在外面同她們說話，她就悄悄在馬車裡觀察，果然見到了那天故意撞她的丫鬟。雖然那個丫鬟換了身衣裳打扮，但眉毛眼睛都跟她印象中的一模一樣，她聽丫鬟叫一個穿油綠裙子的女子「二姑娘」，才知道她是林二姑娘的丫鬟。

所以她不是失足落水……而是林家真要害她。

她當時在馬車裡手腳冰涼，仲柔見她臉色不好，便沒讓她進府，讓她在門口等候。她聽話地坐在馬車裡，等了半個時辰，仲柔脫不開身，是仲尚先從府裡出來的。

謝蓁咬牙，氣得拿不穩茶杯。「這林家……真是無恥！官場上的事，竟拿一個姑娘撒氣……」

仲柔頷首，頗為贊同。「確實令人不齒。」

然而她們雖然知道是林家所為，卻又沒有確鑿的證據，一時半會兒還真動不了他們。

林家最近處在風口浪尖上，朝中上下都盯著他們，皇上讓人徹查林睿貪污一事，林家人人自危，估計要不了多久闔府上下便要有一場災難。

誰教林睿做官時不懂收斂，處處樹敵，以至於到了今日地步，竟沒有一人幫他。就連昔日拉攏他的大皇子此時也對他不聞不問，林家囂張不了多久了。

送走仲柔，謝蓁想了一下，林畫屏推謝蕁入水這一事，無論如何都不能甘休的。遲早有一日，她要替阿蕁討回來。

冷氏醒後，謝蓁在定國公府逗留片刻，見天色不早，才踏上返程的馬車。

她回到皇子府時已是黃昏，霞光染紅了半邊天，照得門前兩座石獅子散發著瑩瑩橘紅色。

走回瞻月院，她聽到院裡有哭訴聲，停在院子門口聽了一會兒，不難聽出是歐陽儀的聲音，她抬頭看看院子的匾額——瞻月院。

她沒進錯院子啊？這歐陽儀還真把這裡當自己家了？

謝蓁微微抿唇，走進院子，一眼便看到坐在廊下的兩人。

廊下擺了一張朱漆小几，嚴裕正好面對著她，他旁邊是嚶嚶哭泣的歐陽儀。嚴裕臉色不大好，跟她說了句什麼，她哭聲更甚，擦擦眼淚站起來就往外跑。路過謝蓁身邊，扭頭看她，腳步不停地跑遠了。

天氣越來越冷，地上凝了一層寒霜，嚴裕原本在廊下溫酒，順便等謝蓁回來，沒想到等來了歐陽儀。他聽得不耐煩，冷聲把歐陽儀打發走了，一抬眼就看到謝蓁站在影壁旁。他站起來，撞翻了桌上的酒壺。「妳何時回來的？」

謝蓁往屋裡走。「剛剛。」

他跟上去，問道：「為何這麼晚才回來？」

屋裡比外面暖和，謝蓁脫下妝花褙子，用丫鬟端上的熱茶暖了暖手。「跟阿娘多說了會兒話。」

他頷首，見她神色平常，不知該不該解釋剛才那一幕。「我……」

謝蓁抬眸。「嗯？」

他踟躕半晌，偏頭道：「我也不知她為何會過來。」

謝蓁長長地哦一聲，意外地好說話。「那你跟她說了什麼？」

嚴裕莫名有些心虛，正色道：「沒說什麼。」

謝蓁便沒有多問，她不想總為歐陽儀浪費心思。

去內室換身輕便衣服，她到銅盂前淨手，一轉頭見嚴裕還在椅子上坐著，想了想，便把今天謝蕁去巡撫府看到的一幕跟他說了。「林家大抵恨上了我們家，林二姑娘要為她爹出氣，便對阿蕁起了歹念。」

嚴裕肅容，嘲諷冷笑。「林家現在自身難保，竟然還有害別人的心思？」

謝蓁拿巾子擦擦手，想說歐陽儀現在寄人籬下，不是也有與她對抗的心思？然而也只是想想，最終沒說。她故意笑著問：「萬一她們還要害我怎麼辦？」

嚴裕冷眸。「她們敢！」

謝蓁看他一眼，吐了吐舌頭。

他錯開她的視線，冷冰冰地說：「有什麼事我會替妳解決的。」

孰料謝蓁一點反應也沒有，只平靜地哦了一聲，便從他面前走過，一點也沒有表現感動。

他握住她的手，硬聲問：「妳不相信？」

謝蓁瞇起眼睛。「信呀。」

他抿起薄唇，乾巴巴地問：「那妳怎麼沒反應？」

她睜著眼睛說瞎話。「我太感動了，不知道該說什麼好。」

嚴裕瞪她，她彎起眼睛笑，毫無預兆地低頭，在他臉上吧唧親了一口，聲音甜得像蜜。「謝謝小玉哥哥。」

他俊臉一紅，還是不滿意，握緊她的手把她撈進懷裡，低頭找到她的唇瓣，好好嚐了一回。

京城下了第一場雪。

謝蓁醒來只覺得比平常都冷，沒想到走到窗戶前一看，院子裡銀裝素裹，白茫茫一片，連屋頂上都積滿了雪。她哇了一聲，連衣服都顧不得披，興致勃勃地到院子裡踩雪。「好大的雪！」

雙魚見到，忙從屋裡拿了一件大紅織金斗篷給她披上。「娘娘當心著涼！」

她心情很好，一下踩出好幾個腳印，站在樹底下回眸淺笑，眉彎新月，粉雕玉琢，那一瞬間，還真讓人誤以為仙子落入了凡塵，來到這俗世間。可惜嚴裕不在，他天未亮就走了，聽說是去太子府與嚴韜謀事。

謝蓁突然來了興致，讓雙魚準備一個小罐子，她要到後院的梅園採雪。用枝頭上最乾淨的雪煮茶，煮出來的茶濃香四溢、韻味無窮。

她剛走出院子，小臉露出久違的笑，然而這笑還沒維持多久，看到對面走來的人後，慢慢收了回去。

歐陽儀似乎變了個人，穿著白綾襖和縐紗裙，外面裹著一件牙白繡寶相花紋披風，不再總穿著那件洗得泛白的褙子。不僅如此，她頭上還戴著珠花，更奪目是髻上插的金絲翠葉珠花簪子，一看便價值不菲。

謝蓁停步。

歐陽儀像是有備而來，滿臉含笑停在謝蓁面前，欠身行了個禮。「皇子妃娘娘要去哪兒？」

謝蓁繞過她繼續往前走。「我去哪裡，是妳能隨意過問的？」

她不依不饒地跟上來。「我不是關心一下妳嗎！」

謝蓁含笑。「我有阿爹阿娘關心，還有殿下關心，哪裡輪得到妳？」

歐陽儀氣噎，好不容易忍住了，故意走在她面前，金絲翠葉在陽光底下晃得人眼花。「哎，妳就沒發現我有什麼不同？」

謝蓁懶得理她，繼續往前走。

她在後面道：「這是表哥讓人給我新做的衣裳，連這簪子也是他送的，妳看好看嗎？我覺得顏色有點素了，不過沒關係，我還在為阿娘守孝……」

她在耳邊吵得心煩，謝蓁終於停步，粉唇彎起一抹笑，上上下下將她打量一眼。「是挺好看。」

歐陽儀露出得意，豈料下一瞬，謝蓁就笑著對她說：「妳信不信妳再囉嗦，我就讓人把妳這身衣服脫下來？」

歐陽儀臉色一白，看謝蓁的臉色，似乎真會這麼做。更何況這是六皇子府，她是皇子妃，要做什麼不行？「妳……」

謝蓁收回笑，不再看她，踅身往梅園的方向去，好心情被破壞殆盡，然而還是賭著一口氣，收集了半罐子雪，這才從梅園出來。

她小臉凍得紅紅，一張口便呼出一口白霧。

雙魚一路跟著她，方才在梅園裡半句話都不敢說，想勸她早些回去，但是看她那個固執勁兒，想必誰的話都不聽。於是只得默默地陪著她，等她氣消了才跟著她回來。

回到瞻月院，謝蓁放下小罐子，讓雙魚、雙雁去屋裡收拾東西。

雙魚驚道：「娘娘，為、為何要收拾東西？」

她語無波瀾，執著道：「回家。」

她是氣消了，但也更堅定了心中的想法。與其整日看著歐陽儀不痛快，倒不如回定國公府住一陣子，嚴裕愛怎麼處置她就怎麼處置她，愛送什麼衣服送什麼衣服。

謝蓁不管他了，隨他高興。

聽到她說要回家，雙魚、雙雁心臟都要跳出來了。這可不是鬧著玩的，若是六皇子回來沒看到人，她們這些丫鬟能有好果子吃嗎？皇子妃要回娘家，還專挑六皇子不在的時候，她們說什麼也得攔住了……

雙魚、雙雁一個極力勸阻謝蓁，一個給她倒茶消氣。偏偏她是一根筋，決定了事就不會輕易更改。她採雪的時候就想得很透澈，阿娘說她不應該插手此事，凡事都交給嚴裕處理，可是嚴裕遲遲不處理，那她就不等他了。她先回家，何時他把歐陽儀處理好了她再回來。

想好以後，她更加堅定了心裡的想法，卻見雙魚、雙雁沒有要行動的意思。「妳們究竟是誰的丫鬟？」

兩人齊齊低頭。「是娘娘的。」

她又問：「聽誰的話？」

兩人搶著答：「您的。」

她一皺眉。「那我讓妳們收拾東西，妳們還站在這兒做什麼？」

於是兩人不敢再有任何異議，回屋收拾東西去了。

謝蓁坐在八仙椅上，面前是她早上剛收集的半罐子雪，原本想今日在廊下煮茶的，目下也沒了那心情。她坐了一會兒，想起歐陽儀今早的打扮，叫來門外的紅眉。「妳去長青閣問問，表姑娘的衣服首飾真是六皇子送的嗎？」

紅眉應下，轉身就去辦了。不多時去而復返，低眉順眼道：「娘娘，婢子問了長青閣的留蘭、香蘭……確實是殿下的意思。」

謝蓁頷首，想了想。「上回六皇子送我的金累絲翡翠髮簪在嗎？」

紅眉說在。「您一直沒戴過，就放在妝奩裡呢。」

她讓紅眉拿出來，托腮道：「妳去送給表姑娘，就說是我的一片心意。六皇子都送她東西了，我總不能不表表心意。」

紅眉露出為難之色。「可……那是殿下送您的……」

她抬眉，總是有一大堆的歪理。「他既然送我了，那就是我的。我要送誰他管得著嗎？妳就送給歐陽儀，讓她戴著，最好天天戴。」

紅眉說不過她，只好苦著臉去屋裡取東西了。

那根簪子她一次都沒戴過，是嚴裕有一次向她賠罪的時候送她的，他當時心意不誠，只把這簪子放到她面前，別的話一句沒有。謝蓁心裡也有氣，於是就一直沒戴，一放就放到現在，如果不是看到歐陽儀頭上的簪子，她也不會想起來。

紅眉捧著一只檀木盒從屋裡出來，猶豫不決地看了她一眼，見她沒有反悔的意思，這才慢吞吞地去了長青閣。

沒片刻，雙魚、雙雁收拾好行李，但不敢收拾太多，只帶了兩天的衣服和幾樣常用的首飾。

兩人還想勸她一勸，可是見她心意已決，便識趣地住了嘴。

謝蓁已經讓檀眉準備好馬車，她領著幾人往外走，來到門口時，嚴裕仍未回來。石階上積了厚厚一層雪，她踩上去，鬆鬆軟軟的，一路來到馬車旁，踩著黃木凳走上馬車。她放下簾子，沒再多看一眼，便讓車夫啟程。

第二十章

她這次回去只帶了雙魚、雙雁兩個丫鬟，紅眉和檀眉被留在皇子府，惶恐不安地等著六皇子回來。

方才紅眉受謝蓁命令，把金累絲簪子送去給歐陽儀，她一開始擔心有詐，不放心地摸摸看看許久，見沒什麼古怪以後才放心地收了下去。

歐陽儀問她。「皇子妃為何要送我東西？」

紅眉腦子轉得快，好聽的話信口拈來。「我家娘娘見表姑娘穿今日這身衣裳，覺得這簪子與您很般配，這才特意差婢子送來的。」

奉承的話人人都愛聽，何況歐陽儀是真心喜歡這簪子，當即就讓留蘭給她簪在頭上。「妳把我頭上這支換下來，戴上這支試試。」

留蘭取下她頭上的金絲翠葉簪，換上紅眉拿來的金累絲翡翠簪子，笑著道：「確實更襯一些。」

她走到鏡子前照了照，滿意地左看右看，金累絲襯托著中間的翡翠芙蓉，確實精妙又細緻。「替我謝謝妳家娘娘了。」

紅眉實在不懂娘娘為何要把這麼好的東西送人，違心地說了幾句好話便從長青閣出來了。直到回到瞻月院，她還是有些忿忿不平，那簪子戴在表姑娘頭上一點也不好看，那明明是六皇子給娘娘買的，為何要送給她？

等等，六皇子買的？紅眉似乎有些明白娘娘的意圖了……

紅眉與檀眉不安地守著院子，約莫酉時一刻左右才聽說六皇子回來了。兩人霍地從石階上坐起來，妳看看我、我看看妳，誰也不知道該怎麼辦。

檀眉簡直要哭。「要不先跪下認錯吧……」

紅眉琢磨這方法可行，她們沒攔住皇子妃，讓皇子妃跑了，確實是大錯，若是六皇子怪罪下來，打死都有可能。

還沒想出個說辭，嚴裕已經從門口進來了。下午飄飄揚揚下起小雪，他披著黑裘斗篷，肩上落了幾片雪花，從她二人身前走過，直直走入廳堂。

嚴裕解下斗篷，環顧屋子一圈，總覺得有些安靜，問兩人。「皇子妃呢？」

紅眉拉著檀眉撲通一聲跪在地上，一邊哆嗦一邊求饒。「殿下恕罪……」

嚴裕眉心一跳，有種不好的預感，連聲音都冷了下來。「恕什麼罪？說清楚。」

兩人連頭都不敢抬。「娘娘、娘娘回國公府了……」

音落，屋裡靜了靜。半晌無聲，紅眉和檀眉連哭都不敢哭了，只覺得從腳底下冒出一股涼氣，冷得她們渾身哆嗦。

嚴裕冷冰冰地問：「何時回來？」

紅眉搖頭。「婢子也不知道……娘娘走時，帶走了好幾身衣裳……」

此話一出，無異於給嚴裕一個重擊。他眉峰低壓，不明白為何早上出門還好好的，傍晚一回來人就不見了。「她為何要回國公府？何時走的？」

紅眉道：「晌午走的，目下已有兩、三個時辰了……婢子也不知娘娘為何要走，只知道娘娘早晨去梅園採雪，路上碰見表姑娘，回來後情緒便不對勁了……」

他凝眸，沈聲問：「她們說了什麼？」

紅眉搖頭。「婢子也不知。」

他看一眼這廳堂，感覺沒有她以後看哪裡都不順眼，沒來由地怒火中燒。「什麼都不知，要妳們何用？」他舉步走出堂屋，下命令道：「所有人都跪在院子裡，皇子妃何時回來，妳們何時再起來！」

紅眉、檀眉心中一駭，這天寒地凍的，地上都是雪，若是這麼跪幾個時辰，那雙腿豈不廢了？可是嚴裕聽不進去她們的懇求，寒著臉走出瞻月院，到長青閣去。

長青閣裡，歐陽儀戴著謝蓁送的簪子捨不得摘下來，披著斗篷在院裡走了一圈又一圈。

聽說謝蓁早上去梅園採雪，她也學著拿了一個陶罐子，踮著腳尖在收集院裡桐樹枝上的皚皚白雪。她仰著頭，一不留神被樹上掉下的雪花砸到臉上，吃了一嘴雪，雪花落進領子裡，凍得她不由得打了個哆嗦。

她剛抹掉臉上的雪，偏頭瞥見門口進來一個身影，她看清是嚴裕，歡喜地叫了聲表哥，迎上前。「你怎麼來了？我剛收了一些雪，我給你煮茶喝吧？」說著把陶罐捧到他面前，滿臉堆笑。

嚴裕卻沒心情，一眼就看到她頭上戴的簪子，原本就陰沈的臉頓時又冷冽了三分，直勾勾地盯著她的頭。「這簪子妳是從哪兒來的？」

歐陽儀以為他在誇她，抬手摸了摸，笑問：「好看嗎？襯不襯我這身衣服？」

他咬著牙，一字一字。「我問妳從哪兒來的。」

她這才意識到他臉色不對勁，不知為何，竟不敢說是謝蓁送的……她嚥了嚥唾沫，在他面前始終不敢撒謊。「是謝蓁送的……她說這支簪子襯我這身衣裳，所以就讓丫鬟送給我了。」

話說完，嚴裕的臉色實在不能用好看來形容。

他看了看她的打扮，似乎明白了什麼。「妳穿這身去見她？」

歐陽儀點點頭。「有何不可？這是你送的衣裳，我不能穿嗎？」

他問得沒頭沒腦。「妳跟她說這是我送妳的？」

她沒說什麼，但是表情明顯默認了。

嚴裕怒火翻滾，眼神冰冷如刀子，每一句話都透著警告。「我不是說過，不許在她面前亂說話？」

歐陽儀不服氣，偏要跟他爭執。「這原本就是你送我的，為何不能說？」

嚴裕揚手，臉色難看至極，她以為他要打她，下意識閉上眼睛，孰料他只是拔掉她頭上的簪子，緊緊地握在手裡，似要將它捏碎。「這些東西都算在妳的嫁妝之內，日後妳嫁給別人，與我再無關係。」他下頷緊繃，每一句話都說得冷厲。「還有這簪子……不是妳該戴的。在妳出嫁之前，便一直住在長青閣內，不許再踏出院子半步。」

說罷轉身走出院內，留下兩個侍從看著門口。「看好門，若有丁點疏漏，我唯你們是問。」

兩人忙應下。

歐陽儀哪裡料到變故來得如此快，想追出去找嚴裕要個說法，卻被門口的侍從攔住。

侍從面無表情道：「表姑娘請回去。」

她不死心，千方百計要鑽出來，然而兩個侍從受過嚴裕囑託，萬萬不敢馬虎，更不敢憐香惜玉。其中一個被她鬧得煩了，抬手把她揮出老遠，趁她摔在地上沒爬起來時，砰地一聲把長青閣的門關上，讓另一人去找來一把鎖鎖上，任憑她在裡面如何鬧騰，就是不肯開門。

嚴裕大概瞭解事情緣由，片刻不容耽誤，讓管事去馬廄牽來一匹馬，他翻身上馬，冒著細雪便往定國公府的方向趕。

天已擦黑，管事原本想勸他明日再去，然而勸不動，他怕去得越晚謝蓁對他誤會越深，迫不及待地想見到她。他想問她為何要把簪子送給歐陽儀，更想對她解釋……解釋什麼呢？解釋歐陽儀的首飾和衣服都跟他沒關係，是管事一手操辦的，如果她不喜歡歐陽儀，他就讓歐陽儀嫁出去，再也不讓她受委屈。

他醒悟得太晚，她還會不會原諒他？

謝蓁坐上馬車離開不久，身後的胡同便有人騎馬走出來，緩緩跟在她身後。

馬上的人一身石青錦緞長袍，身軀挺拔，正是高洵。

自從李氏死後，他就一直覺得六皇子府要出事，偶爾得空便來附近轉一轉。大抵是他一身正氣，不像歹人，門口的下人竟沒有懷疑過他。今日軍中無事，他便和仲尚一起出來，仲尚回家辦他父親交代的事，他便又來到六皇子府最近的這條街上，沒想到真能遇見謝蓁。

謝蓁一臉漠然從府裡出來，身後的丫鬟還帶了兩個包袱，她踏上馬車，馬車往定國公府的方向駛去，一看便非同尋常。高洵不放心，沒等她走多久便跟了上去，怕被人發現，所以保持一定距離慢吞吞地跟在後面。

馬車走了一段路，來到一條街上，這條街人並不多，兩旁多是住宅，路上只有三三兩兩的行人。

剛穿過一條拱橋，街上的人多了一些，謝蓁乘坐的那匹馬卻忽然不受控制，嘶鳴一聲橫衝直撞起來，往人群裡衝去，街上行人受到驚嚇，紛紛往兩旁逃去。

馬車撞翻了路旁的菜攤，失控的馬卻仍舊沒停下，接著往另一個方向撞去，車廂東倒西歪，隔得遠遠的都能聽到裡面的驚呼聲。

高洵一駭，忙握緊韁繩衝上前去。

那匹馬像是忽然受了什麼刺激，一邊嘶叫一邊亂衝亂撞，高洵快馬加鞭趕到馬車前面，顧不得危險，伸手便要去抓馬的韁繩，然而那匹馬前蹄亂動，險些踩到他身上。

情急之下，他只好奪過路邊賣糖人的扁擔，從側面擊中馬的前蹄，馬受重擊，身子向前倒去，這才慢慢安靜下來。

他顧不得許多，忙跳上馬車掀開車簾，看向裡面的人。「阿蓁？」

車廂裡兩個丫鬟惶恐不安地看向他，她們把謝蓁護在中間，大抵是受到驚嚇，身子抖得很厲害。

謝蓁抬頭，小臉煞白，看到他的那一刻頗為震驚。「高洵？你怎麼在這兒？」

他沒法解釋，只好扯謊道：「我在路上看到馬車失控，便上前搭救，這才認出了是六皇子府的馬車。」

她露出感激，虛弱地笑了笑。「謝謝你。」

高洵看出她的不對勁，她額頭冒汗，手一直扶著左腳腳踝，他脫口而出。「妳的腳怎麼了？」

雙魚替她解釋，言語裡都是擔憂。「方才馬車撞到牆上，我家娘娘不慎扭傷了腳。」

高洵立即緊張起來，說著就要走進馬車。「我帶妳去看大夫！」

畢竟男女有別，謝蓁搖頭拒絕。「不用……雙魚、雙雁陪我去就行了。」

他的心思被揭穿，眼裡閃過一絲狼狽。「路邊有醫館，我陪妳過去……這事不能馬虎，萬一沒處理好，可能會落下一輩子的毛病。」

謝蓁實在疼得厲害，便沒有再拒絕。

雙魚、雙雁扶著她過去，高洵便在後面默默地跟著，不遠不近。到了醫館，大夫說不大嚴重，回去用冷水敷兩晚上，再熱敷三日，另外開了藥膏讓謝蓁每日塗抹，這幾天儘量少下床走動。

回去時，高洵用自己的馬拉著車廂，把她們送回了定國公府。

那匹失控的馬不能再用，高洵想了想，馬不可能無緣無故地發瘋，恐怕有人在背後搗鬼，於是便隨手叫住街上一個壯丁，給了他一些錢，讓他把馬送回六皇子府。

快到定國公府時，高洵坐在外面，猶豫再三問道：「怎麼就妳一個人回國公府，阿裕呢？」

馬車裡靜了靜，半晌才傳出謝蓁的聲音。「我不想跟他一起回來。」

高洵輕笑。「吵架了？」

或許是小時候的友誼比較深厚，謝蓁並沒有瞞他，她和嚴裕之間的事，只能用吵架兩個字概括了。其實並沒有吵架，只是她一個人生悶氣而已。

到了定國公府門口，謝蓁請高洵進去坐坐，他說不了，一會兒還要回軍營。

謝蓁進去以後，他不厭其煩地叮囑。「小心妳的腳，大夫說了別下床走動。」

謝蓁只好再點點頭。

回到玉堂院，冷氏見到她被人扶著進來嚇了一跳，顧不得問她為何回來，忙把她扶到裡面羅漢床上。謝蓁雖然嫁人了，但到底還是沒及笄的孩子，什麼都不說，撲在冷氏懷裡掉了兩顆眼淚，紅著眼睛說：「我不想回去了。」

冷氏問她原因，她說討厭歐陽儀。

冷氏問她：「那妳這樣回來就高興了嗎？」

她搖搖頭，誠實地說：「不高興。」

冷氏摸摸她的頭，她不懂，身為母親的就一步步開導她。「妳凡事不同殿下說，他又是個悶葫蘆，兩人湊在一塊兒，連對方為何生氣都不知道，這算哪門子吵架？妳這樣回來了，只讓別人高興而已。」

她悶悶地問：「那我怎麼辦？」

冷氏讓丫鬟準備半盆冷水，雙魚上前褪下她的鞋襪，把她的左腳浸到冷水裡。她冷得渾身一哆嗦，咬著牙齒拚命忍住了。

「妳若是不想回去，就留下來住幾天，阿娘對外宣稱身子不舒服，妳是回來看我的。」冷氏細心地想好了一切。

她感動地叫了聲「阿娘」，冷氏輕輕地捏了下她的鼻子。「小麻煩精！」

謝蓁嘿嘿一笑，心情這才有所好轉。

左腳冷敷以後，扭傷的腳踝才不至於腫得那麼厲害，只是瘀血仍舊不散。雙魚拿了藥膏替她輕輕地抹在傷處，她又疼又想躲，最後被冷氏恐嚇一句「小心日後成了瘸子」，才老老實實地不敢再動。

上完藥後，她坐在羅漢床上想起那匹失控的馬，她跟高洵想的一樣，認為有人在背後動手腳，但究竟是誰一時半會兒還真猜不出來。

今天受到驚嚇，外面天氣又冷，她坐沒多久便睏意襲來，打了個哈欠，懶得再挪動地方，直接在羅漢床睡下了。雙魚拿來毯子替她蓋上，屋裡又燒著火爐，不多時，她便昏昏沈沈地睡去。

中間謝蓁得知她回來興沖沖地跑了過來，見她在睡覺，便一個人坐在邊上玩自己的，等她醒來。

嚴裕剛一出門，便遇到一個壯漢拉著一匹馬過來。

壯漢說是他府上的馬，他讓管事過來查看，確實是馬廄裡養的馬無疑，而且是謝蓁今天出門用的那匹，怎麼會在這裡？

細問以後，才知道這匹馬路上失去控制，在街上橫衝直撞，瘋了一樣，還撞翻了不少攤販，好在沒有人受傷。

嚴裕聞言，眼睛一紅，抓住他的手臂。「馬車裡的人呢？」

壯漢說道：「被一個年輕人救了，應該沒什麼大礙。」

嚴裕警惕。「被誰救了？」

「這我就不知道了，只知道他讓我把馬送過來……」壯漢說到一半，突然想起。「他說他姓高！」

嚴裕靜默，許久不語，然後翻身上馬，交代管事。「去查這匹馬被誰動過手腳，但凡跟牠有過接觸的，一個都不許放過！」

管事連連應下，還想說什麼，他卻已經騎馬走遠了。

嚴裕騎得飛快，冷風在耳畔呼嘯而過，雪花颳在臉上，涼意一直蔓延到四肢百骸。他不知道高洵為何會出現，更不知道他是怎麼救了謝蓁，不敢往深處想，一想便要發瘋，只知道要快點趕到定國公府，看看謝蓁有沒有受傷。

一人一馬停在定國公府門口，路上跑得太快，馬剛到門口就臥在地上不肯再動。嚴裕沒工夫管牠，把韁繩交給下人，腳下生風一般直接往玉堂院走去。

此時天色已晚，夜色籠罩在府邸上空，下人得知六皇子到來，慌慌張張地去稟告定國公。

嚴裕來到玉堂院，問院裡灑掃的丫鬟。「謝蓁回來了嗎？」

丫鬟受驚，磕磕巴巴地答：「回、回來了……五姑娘……」

他沒聽完，直接往堂屋走去，正好冷氏從屋裡出來，見到他也不意外。

嚴裕張口叫了聲岳母，莫名有些緊張。「我找謝蓁。」

冷氏沒有讓開，而是笑了笑道：「羔羔在裡面睡著了。」

他下意識往屋裡看去，可惜被屏風擋住了一切，看也看不到。

冷氏知他著急，但還是有些話要對他說。「讓她再睡一會兒，你隨我到偏房來一趟，我跟你說兩句話。」

或許是因為小時候就認識冷氏，再加上她是謝蓁的母親，愛屋及烏，他對冷氏一直很尊敬。目下雖然著急見到謝蓁，但卻還是跟著她來到了偏室，走的時候頻頻回頭，生怕謝蓁醒來似的。

偏室有一張矮几，地上鋪著氍毹，冷氏和嚴裕分別坐在兩側。屋子裡暖融融的，丫鬟端上茶水，嚴裕來時灌了一肚子冷風，這才覺得喉嚨乾渴，端起茶杯來不及細品，一飲而盡。

冷氏等他喝完，揮退屋裡的丫鬟，說道：「這話有些不敬，殿下若是聽了不高興就告訴我，我便不說了。」

嚴裕斂眸。「您說。」

冷氏想了想，笑道：「雖然你現在是六皇子，但在我心裡，依然是以前那個性格彆扭的裕兒。」她不知道他為何變了身分，但是打心眼裡還是把他當成了後輩，是以才會邀請他坐在這裡，開誠佈公地談話。

嚴裕不解渴，自己又倒了一杯茶。

冷氏直接問：「你知道羔羔今日為何回來嗎？」

他停住，斂眸道：「是我考慮得不周到，讓她受了委屈。」知道自己錯在哪裡，那就還不算太笨。冷氏笑了笑，她不是喜歡拐彎抹角的人，說話開門見山。「那你告訴我，你對我家羔羔有情意嗎？」

他剛喝下一口水，全嗆進喉嚨裡，咳得滿臉通紅。

好不容易止住了，他假裝用袖子擦臉，順道擋住通紅的臉頰，點了一下頭。「有。」

要是沒有，何必這麼急切地趕回來找她？

雖說他早已在謝蓁面前說漏了嘴，但是讓他在長輩面前坦白還是有些艱難的。

聽到他這麼說，冷氏反而放心了，遞給他一條帕子讓他擦擦臉。「我知道你不擅長表達……小時候是羔羔纏著你，你大概被她纏得很煩吧。」

他胡亂抹了一下臉，不好意思地說：「不煩。」

要讓他坦白還真是不容易……

冷氏噗哧一笑，滿臉都是慈愛。「羔羔小時候是真喜歡你，我可從沒見她對誰這麼執著過。當時她常常念叨要找小玉哥哥，把榮兒都忘到一邊了，為此榮兒一直都不大待見你。」

嚴裕抿唇。「我知道。」

她想起了什麼，不無緬懷。「當年你離開時，她傷心難過了許久。我們到李家拜訪，院裡已經人去樓空，當時羔羔在院裡遇見了你的表妹，兩人在院裡吵了一架，回來以後她哭得更厲害了，你知道她為何哭嗎？」

嚴裕微怔，不知道還有這件事。「為何？」

冷氏道：「歐陽儀說你之所以搬走，是因為討厭羔羔。」她笑了笑，補充道：「還是最討厭她。」

嚴裕總算知道她當初為何問他「討不討厭她」，原來他不知道的時候，歐陽儀曾經這樣騙過她，他著急解釋：「我不……」

冷氏打斷他的話。「你一聲不響地走了，她又受了這打擊，我和老爺都擔心她緩不過來。好在當時高洵天天來陪她，她才慢慢好轉。」

嚴裕不吭聲。

「後來回到京城，你成了身分尊貴的六皇子，她大概對你心存畏懼，又被你稀裡糊塗地娶回了家。」冷氏溫和一笑，看向他。「或許是因為這樣，她才對你有所防備，總是熱情不起來吧。」

嚴裕被戳中痛處，慢慢地嗯了一聲。

冷氏微笑。「你們兩個都不誠實，若是能再坦誠一些……或許會比現在好很多。」她見嚴裕不說話，偏頭看了看外面的天色，已經不早了，想必謝蓁也快醒來，她站起身道：「羔羔是最好哄的，你多跟她說幾句好話，對她體貼一些，她的氣就會消了。」

末了，冷氏走出偏室。嚴裕沒走，在裡面多坐了一會兒，腦子裡過了一遍冷氏對他說的話，有如醍醐灌頂，一切都清明起來。

嚴裕進屋時，謝蓁剛醒，正坐在床邊跟謝蕁說話，她笑語嫣然，兩頰有淺淺的梨渦，笑容很甜。

他這才恍悟，她這些天都沒對他這麼笑過，如果他早發現就好了，發現她心裡的不痛快，發現她不喜歡歐陽儀，就不會讓她一個人承受這些委屈。

姊妹倆坐在羅漢床上翻花繩，一人坐在一邊，謝蓁的左腳受傷了，便在腳踏上墊了一個小枕頭，讓她踩在上面。謝蕁撐著兩隻手，謝蓁苦思冥想一陣，小心翼翼地勾起兩旁的繩子，架出一個拱橋的形狀。

再來謝蕁不會了，謝蓁笑盈盈地說：「阿蕁好笨，我上回教過妳的……」話沒說完，一抬頭看到門外站著的嚴裕，笑意停在臉上，她慢慢收了回去。

謝蕁回頭，脆聲聲地叫了聲。「姊夫。」

嚴裕上前，停在兩人面前，因為謝蕁在，表現得比較克制，目光落到她只穿著羅襪的腳上，再回到她臉上。「妳……」妳了半天，笨拙地問出一句。「妳的腳疼不疼？」

謝蓁仰頭看他。「你怎麼來了？」

她不問還好，一問他又要氣急，臉色都變得不好。「妳回來了，我能不過來嗎？妳居然……」

一扭頭，見謝蕁還沒走，後半句話只好硬生生地吞回肚子裡。

謝蓁眨眨眼。「我居然怎麼？」

礙於謝蕁在場，很多話都不方便說，好在冷氏及時過來，藉口外面下雪把謝蕁叫走了。走前謝蕁還有點依依不捨。「我想跟阿姊玩繩子……」

冷氏敲敲她的腦門，說了一聲「小笨蛋」。

再說什麼，謝蓁已經聽不到了，因為冷氏和謝蕁已經走遠，嚴裕坐在一旁的紫檀繡墩上，把她的腳放到腿上。「還疼嗎？」

謝蓁沒理他，把繩子收起來放到一邊。

誰知道嚴裕居然毫無預兆地脫掉她的襪子，要查看她的傷勢。

她的腳被他握在手裡，如果不是扭傷了，謝蓁真想踢他，可是她現在怕疼，連動都不敢動。「你放開我！」

白皙精緻的小腳像玉蓮，不安地動了動，他的拇指按住她的腳心，認真查看她腫起的腳踝。「聽說馬車路上出事了？」

謝蓁怕癢，他略顯粗糙的拇指按在她腳心，她忍得眼眶都紅了才不至於笑出來。「不要你管！」

他卻沒有放開她，垂眸問道：「不要我管，那要誰管？高洵嗎？」

她咬牙。「放開我！」

再這樣下去，小羊羔恐怕真會發怒，再也不理他了。他適可而止，重新替她穿上襪子，可是又忍不住心裡的那股醋意，她坐在羅漢床上，他仰頭看著她。「妳怎麼會遇到高洵？他救了妳？」

她眼眶紅紅的，低頭揉了揉，扭頭不看他。

他有點可憐巴巴。「羔羔……」

謝蓁還是不看他，他往前坐了坐，握住她放在床上的手。「你們說了什麼？」

謝蓁抿唇。「沒說什麼。」

他不信，高洵那小子的態度司馬昭之心路人皆知，他們單獨相處，又是在他和她吵架的時候……想問，但是又不敢再問。冷氏讓他坦誠一些，為了她，他不介意拉下臉。

他慢慢分開她的手，與她十指相扣。「妳這些天不高興？」

她說沒有，卻滿臉都寫著「對，我不高興」。

她要掙開他的手，他緊緊握住，不讓她掙脫。他說：「我不知道……我如果知道妳不喜歡歐陽儀，就不會讓她住進來的。」

謝蓁這才看他。

他喉嚨發緊，一對上她的眼睛，就不由自主地緊張。「對不起……」

他的道歉很不熟練，可是為了她，什麼都值得。

謝蓁抿起粉唇，有點感動，臉上卻沒表現出來。「可是你已經讓她住進來了。」

他說：「我會把她安頓出去，不讓妳看見。」

她哦一聲，沒再說什麼。

他著急地問：「妳原諒我嗎？」

「沒有。」

他站起來，情緒不自覺地激動起來。「為什麼？」

謝蓁被他吼得愣了一下，粉唇一點點抿起來，指著門口對他說：「你出去。」

他後知後覺，反應過來後露出後悔，站在原地怎麼都不肯走。他恍然大悟，急急解釋：「她的衣服不是我送的，簪子也不是，是管事一手準備的，同我一點關係也沒有。改日她嫁出去，那就是她的嫁妝。」

兩人在屋裡說了好半天，眼看著天全黑了，這是冷氏的房間，冷氏為了給他倆騰地方，一直跟謝蕁坐在偏室。

時間不早了，冷氏讓丫鬟收拾好謝蓁以前住的房間，讓他們兩個暫時住過去。

謝蓁腿腳不便，原本該婆子揹著，嚴裕卻說不用，他親自把謝蓁揹了回去。廊下燈光昏昧，雙魚、雙雁在前面打著燈籠，他揹著她一步步走回房間。

嚴裕同她解釋了半天，也不知道她聽進去沒有，目下揹著她往回走，心裡一陣陣忐忑。

他醞釀許久，問她。「明天跟我回去好嗎？」

謝蓁趴在他背上。「不好。」

他把她往上提了提，對她毫無辦法，又不敢大聲說話。「為什麼，妳還在生氣？」

她說：「嗯。」

背上揹著她，前所未有的踏實，他只覺得這段路不夠長，如果能一直走下去就好了。院裡明月高懸，照在兩人的身上，拖出一條長長的影子，慢慢往前走去。

快到謝蓁房間的時候，他叫她。「謝蓁。」

她不應。

他又叫。「羔羔？」

她總算搭理他了。「什麼事？」

他說：「我不討厭妳……我喜歡妳。」

月色迷濛，看不清他的臉。若是能看到，應該會發現他的臉比晚霞還紅。

「別生氣了好嗎？」

謝蓁在他肩上蹭了蹭。「不好。」

謝蓁以腳傷為由，在國公府住了三天。這三天裡，嚴裕也一直沒走，跟她擠在她的小屋子裡，有時白天他外出辦事，天黑之前便回來陪她。

定國公為此納悶了好大一陣，一開始以為是他小夫妻倆鬧矛盾，然而來看過一趟卻又不大像。

彼時嚴裕正揹著謝蓁在院子裡走，京城剛下過一場大雪，院裡積了厚厚一層雪，足以掩沒人的腳背。謝蓁說想看雪，他就揹著她出來看雪，這怎麼看都不像是吵架的樣子啊？

定國公原本想上前跟六皇子說說話，然而看看兩人的溫存勁兒，似乎沒有他插足的餘地，也就識趣地離開了。

其實謝蓁是在屋裡太悶了才想出來走走，她自己腿腳不方便，原本想讓雙魚推個椅子，沒想到嚴裕居然主動揹她。他要揹她，她當然不會拒絕，順理成章地趴在他的肩頭上，讓他走到院子裡。

這幾天謝蓁最熟悉的大抵就是他的後背，她不方便去的地方，他都會揹著她去。以至於謝蓁現在已經能十分自然地攬著他的肩膀，指揮他去左還是去右。

她指著一棵銀杉樹。「我要去那裡！」

嚴裕沒有二話，揹著她走到樹底下。

樹枝上積了不少雪，不時還會撲簌簌落下幾片雪花。謝蓁和嚴裕站在樹底下，她直起身子探了探，正好能搆到最低的樹枝，於是忍不住打起壞主意，讓嚴裕往後一點，再往後一點。

嚴裕問她。「妳要做什麼？」

她笑容狡猾，等他站穩以後，搖了搖頭頂的樹枝，向後一仰，積雪全部撲簌簌掉到嚴裕脖子上。

他一涼，旋即怒道：「謝蓁！」

謝蓁笑出聲來，眼睛彎彎好像月牙。「你身上白白的，好像我今天早上吃的糯米糰子……」

她還好意思笑？嚴裕回頭瞪她，然而一對上她滿眼的笑意，頓時什麼氣都撒不出來了，抿緊薄唇，輕輕地哼了一聲。

算了，只要她高興，怎麼樣都行吧。

這兩天她一直冷著他，無論他做什麼她都不鬆口，今天好不容易心情好一點，露出燦燦笑靨，雖然可惡了點，不過他不跟她一般計較。

謝蓁用手拍掉他脖子上的雪，繼續摟住他，跟什麼事都沒發生一樣。

嚴裕繞著院子走了半圈，問她。「還想去哪裡？」

她歪著腦袋，若有所思。

天色漸漸不早，玉堂院的下人主子都起來了，從廊下路過的時候難免會看到他們兩個。

謝蕁來找謝蓁，屋裡沒看見就到院子裡找。遠遠地叫了聲阿姊，正要跑過去，被冷氏從後面拽住了。「妳過去做什麼？」

她回頭，見是阿娘。「我找阿姊去後院看雪。」

冷氏點點她的額頭。「妳阿姊在跟姊夫說話，妳可別去打擾。」

她似懂非懂，難過地問：「阿姊嫁人了，就不能跟我玩了嗎？」

這小笨蛋，冷氏好笑地說：「誰說不行？只不過現在不行而已，妳要去後院看雪，阿娘陪妳一塊兒去吧。」

謝立青入宮去了，嚴屹準備把修建邊境幾座城鎮的重任交給他，與他同行的還有一位皇子，他主要是去輔佐皇子的工作。至於是任命大皇子還是六皇子……嚴屹正在權衡當中，恐怕再不久便有結果。

約莫來年開春就要出發，謝立青要帶著謝榮一起去，將這事跟冷氏說了以後，冷氏沒有反對，多出去見見世面，磨礪磨礪，對謝榮來說不是壞事。只是這一去恐怕就是一、兩年，冷氏早早地準備了兩人春夏秋冬的衣服，還有其他盤纏細軟，處處都打點得細心。

謝立青取笑她。「東西都準備好了，妳就這麼巴不得我走？」

冷氏睨他一眼，故意問道：「我讓你現在走，你捨得走嗎？」

他說不捨得，摟著她的腰。「捨不得，有妳在這兒，我當然捨不得。」

冷氏雖然三十好幾，但仍舊腰身纖細，身段窈窕，如同雙十妙齡少婦。兩人是老夫老妻了，卻感情深厚，若不是這次仕途機會難得，謝立青委實捨不得離開她們母女。

冷氏是面冷心熱的人，她嘴上雖然不說，但對他的情意卻體現在每一處細節裡。在他低潮的時候，從來不責怪他，把他周圍的一切打理得井井有條，無言地支持他鼓勵他，她對三個孩子也都教育有方，有些道理他參不透，她卻比他看得更透澈。謝立青常常感慨，得妻如此，此生還有什麼好遺憾的？

這麼一想，更加捨不得離開，好在還剩下兩個月時間，他有機會與她慢慢話別。

天冷，不適宜在外面逗留太長時間。嚴裕頂著一院下人的目光，揹著謝蓁走了兩圈，便回到屋裡去了。

屋裡火爐燒得暖意融融，謝蓁懷裡揣著一個手爐，臉頰被凍得紅通通的，雙眼含著笑意。

嚴裕解下兩人的斗篷掛到一邊，借著她心情好的機會，再一次問：「妳打算何時跟我回家？」

謝蓁仰頭問他。「這裡不是我家嗎？」

他抿唇。「這是國公府，不是我們家。」頓了頓又說道：「皇子府才是我們家。」

她說：「歐陽儀住在裡面，我不想回去。」

嚴裕坐在繡墩上，把她的左腳放在腿上，脫下她的鞋襪。她的腳每天都要上藥，早晚各一回，一開始是丫鬟幫忙，有一次謝蓁被她們弄疼了，他從此便親力親為。他看了看，見已經好得差不多，估計明天就能下地了，倒了一些藥膏在手心，輕輕地塗抹在她細嫩的腳踝上。「妳跟我回去，我讓她搬出去。」

謝蓁的腳被他抓在手裡，很癢，她忍不住想動，但是越動他就握得越緊，最後忍不住抗議。「別撓我……」

她的眼睛像月牙，嘴巴卻噘起來。「那她以後想回來怎麼辦？她住在外面，你常去看她？」

嚴裕頓了頓，語氣堅定。「不去。」

謝蓁見他抹好藥了，便把腳縮回來，自己慢吞吞地揉了兩下才套上襪子。每當她的腳在他手裡，她總覺得很不安全……

他想了半天。「我讓趙管事找一個好人家，把她嫁過去。」不過歐陽儀仍在孝期內，暫時不能嫁人，嚴裕便先叫來吳澤，在別處為她選一座宅子，讓她先搬過去。

吳澤這兩天都跟著他留在國公府，聞言便出去辦了。沒過半個時辰，他去而復返。

嚴裕問他宅子選好了嗎，他說沒有，卻帶來了另一個消息。「府裡來人，說那匹馬失控的原因查到了。」

嚴裕站起來，走到廊下。「詳細說。」

吳澤便一五一十地道來，前天皇子妃出事以後，管事便讓人把去過馬廄的名單全列了出來。也沒幾個人，馬廄裡養馬的人就那幾個，每一個都仔細盤問過，誰都沒有嫌疑。然而有一個人的行蹤卻比較古怪，那人既不是馬廄的人，工作範圍也不在這附近，卻在謝蓁準備回國公府的時候出入過馬廄一次。

此人正是前陣子被趙管事吩咐去洗恭桶的晴霞。

自從晴霞被降為下等丫鬟後一直對謝蓁懷恨在心，她等候這個機會大概很久了，才會往馬的飼料裡加入能使馬精神失常的藥物。管事找到她時，她死活都不肯承認，最後管事讓人打了她二十板子，並威脅她若是不老實交代，便將她打死為止，她才哭哭啼啼地承認了。

嚴裕聽罷，寒聲問道：「人呢？」

吳澤回稟：「如今被關在柴房裡。殿下要如何處置她？」

嚴裕拂袖回屋，留下冷冷的二字。「杖斃。」

吳澤怔了怔，回去跟趙管事傳話。

趙管事幾乎每天都差人詢問嚴裕何時回去，然而嚴裕自己都不知道，他何時說服了謝蓁，何時再回吧。

吳澤帶話回去，趙管事領著人去柴房把晴霞從裡面帶出來。短短幾個月，她就跟當初乾淨秀麗的丫鬟判若兩人，一身髒污不說，頭髮蓬亂，身上還有上回被打的傷。如今被人帶出去按在板子上，她聽到趙管事無情地吩咐兩旁的人。「殿下說了，杖斃，你二人看著打吧。」

說罷退到一旁，不再管她死活。

晴霞有如五雷轟頂，呆愣半晌，待板子落到身上才覺得惶恐，不斷地哀求。「趙管事，婢子錯了……求您饒了婢子一命……」

可惜這事卻由不得趙管事作主，謀害皇子妃是大罪，殿下沒折磨她，直接賜她一死已經算是便宜她了。原先她不老實，犯過一次錯，本以為在後院能安分一些，沒想到她心腸狠毒，竟想對皇子妃不利，自己斷送了自己的命，怨不得別人。

第二十一章

嚴裕告訴謝蓁對馬動手腳的人找到了，她問是誰，他說：「一個叫晴霞的丫鬟。」

謝蓁想了一會兒才想起晴霞是誰。「那她現在呢？」

他說：「死了。」

謝蓁大概猜到怎麼回事，也就沒有細問。

她的腳今天請大夫看過，大夫說能下地走動了，就是需得小心一些別再拐到。她下床走了兩圈，許久沒走路，走得很慢。

傍晚她原本想去冷氏房裡坐坐，但是嚴裕卻說帶她出府。她不是很想出去，外面天冷，又快天黑了，她問道：「出去幹什麼啊？」

偏偏他不肯告訴她，只說：「出去妳便知道了。」

弄得神神秘秘，謝蓁搖搖頭拒絕。「我不想出去，我想去找阿娘說說話。」

嚴裕勸不動她，最後沒有辦法，索性直接把她抱到馬車上，強行帶出府去了。上了車，嚴裕堵在車廂口，任憑她如何掙扎就是不讓她出去。「你！」

最後他困住她的四肢，把她抱在懷裡說：「我帶妳去看個東西。」

她這才老實一些。「看什麼？」

他咳嗽一聲，移開視線。「到了妳就知道了。」

又是這句話！謝蓁忿忿，被他弄得有些好奇，也就不反抗了，想知道他究竟要帶她看什麼。

馬車在街道中間停下，前面是夜市，燈火通明，有不少路人，馬車不方便行走，他們便下車步行。嚴裕握著她的手，考慮到她腳傷初癒，便沒有走得很快。後面跟了吳澤和吳濱兩人，不遠不近地護著他們的安全。

謝蓁出來得倉促，沒有戴帷帽，好在天黑，旁人也不會把目光放到她身上。

嚴裕一直帶著她往前走，夜市上沒有多少人，天氣寒冷，大部分百姓都回家睡覺了，少部分才出來走動。

走沒多久，謝蓁停了下來，夜空下睜著一雙燦若晨星的眸子，對他說：「我走累了……」

她的腳傷剛好，確實不適合走太多路。然而這是外面，不是國公府，也不是玉堂院，他不能說揹她就揹她，要是被人看見，估計皇子的尊嚴都沒了。

他什麼都沒說，在她面前蹲下身，語氣縱容。「上來吧。」

謝蓁彎腰爬上他的後背，身子一騰空，被他揹了起來，這樣一來，路邊不少人的目光都落到他們身上。可他卻始終走得很平穩，彷彿感受不到別人的目光，面色如常地繼續往前走。

謝蓁摟著他的脖子，看他的臉控訴的說：「我以前讓你揹我，你都不揹。」

她是指小時候，這姑娘小心眼，對她好的時候她不記得，對她不好的她卻記得一清二楚。

嚴裕抿唇，直視前方。「那時候妳比我高。」

她想了想，好像真是，可是現在他比她高，還高了一個頭不止。

謝蓁問他。「你累不累？」

他停下，把她往上提了提，扭頭看她，然後轉過頭去不說話。謝蓁還以為他怎麼了，誰知道他好半晌才說：「妳親我一下我就不累了。」

「不要！」這是在大街上，誰要親他！

他卻不生氣，斂眸微微一笑。燈光下他表情柔和，五官俊美，原本他就長得好看，卻因為常年冷著一張臉，給人一種冷厲的感覺。如今他展顏一笑，倒是把路過的幾位姑娘看呆了。

他揹著她穿過鬧市，又走過一座石橋，最後停在湖畔邊。湖畔停著不少畫舫，畫舫精美，斷斷續續地傳來悅耳的絲竹聲。離他們最近的一艘畫舫上走下來幾個人，其中有幾個官場上的熟面孔，他們中間簇擁著一個人，寶藍杭綢寶相花紋直裰，紆青佩紫，一身貴氣。

那人看到他們，好似驚訝了一下，走到他們跟前，叫道：「六弟。」

嚴裕把謝蓁放下來，微微側身擋住她。「大哥。」

此人正是大皇子嚴韞，不同於太子的溫潤氣質，他像一隻目光鋒利的狼，看起來極不容易相處。他視線滑過嚴裕的肩頭，笑著問道：「這位莫非是六弟妹？」

謝蓁沒見過他，被他看到剛才那一幕覺得有點丟人，低著頭跟著叫了聲大哥。

嚴韞彷彿發現了什麼有趣的玩意兒，耐人尋味地打量了他們一遍，哈哈一笑。「六弟與六弟妹真是……頗有情趣。」

嚴裕僵硬地轉移話題。「大哥怎會在此？」

嚴韞指指後面的一干大臣。「幾個老頭兒非要拉著我來喝酒，我閒來無事，便跟他們過來了。」說罷再笑。「沒想會遇到六弟，也算意外收穫。」

嚴裕不語。

嚴韞很懂得看情勢，沒有打擾他們，識趣地告辭。「我先走了，不打擾你們。」

自從嚴韜被立為儲君後，大皇子便很少出現，旁人以為他老實本分，其實不過在養精蓄銳罷了。

一行人離開後，許久，嚴裕才帶她走向另一邊的畫舫。畫舫上有幾個下人站在一旁伺候，畫舫漸漸駛出岸邊，往湖畔中央划去。

嚴裕帶著她走到船頭，謝蓁抓住他的袖子。「剛才那是大皇子？」

他輕輕一應。

「我還沒見過……」她喃喃自語。

站在船頭遙望岸邊，遠處星星點點的燈火像天上的星辰，點綴了無邊的黑夜。

謝蓁看著岸邊。「你帶我來這裡，就是為了看這個？」

他站在她身後，叫她的小名。「羔羔。」

她回頭，恰在此時，對面岸上發出砰的一聲，火光綻放，在他的頭頂綻開一朵絢爛的火花。她還沒回神，接二連三的煙火已在天空燃了起來，一瞬間火樹銀花，照亮了夜空，整個湖面亮如白晝。

她怔怔，耳邊全是煙花爆炸的聲音，砰砰砰，看得她眼花撩亂。

嚴裕走到她跟前，彎腰抱住她，低低地說：「跟我回家吧。」

好半晌，謝蓁才在他懷裡出聲。「這是……你弄的？」

他輕輕地嗯一聲。

她想了半天，居然問：「誰教你的？」

在她的認知裡，嚴裕絕對不可能做這些……太可怕了！他什麼時候開竅的？

果不其然，他鬆開她，扶住她的肩膀沈默片刻。「吳澤說姑娘家都喜歡這些。」

哦……所以這是吳澤的功勞。

遠處的五顏六色的煙火還在放個不停，一朵接著一朵，不斷交替。動靜驚動了兩岸的路人和百姓，不少人駐足觀看，仰頭既驚喜又納悶，今兒又不是什麼節日，怎麼會有人放煙火？

挨家挨戶推開窗戶，帶著孩子觀看湖畔上空的煙花。一瞬間整條街道都明亮起來，伴隨著孩童的驚呼聲，比平常熱鬧了好幾倍。

謝蓁沒工夫理他，鑽出他的懷抱，站在畫舫船頭跟著大家一起欣賞。

她的臉上乍明乍暗，唇邊含著軟乎乎的笑意，眼睛明亮，似乎承載了滿天的星輝。嚴裕站在她身後，沒有看天上，反而不錯眼地看著她，看得整顆心都柔軟起來。

他掃興得很，非要又問：「跟我回家好不好？」

謝蓁假裝聽不懂，歪著頭說：「好啊，正好天色晚了，再不回去阿娘會擔心的。」

誰跟她說回國公府了！

嚴裕直直地看著她，眼神裡居然有那麼點哀怨的意思，他乾巴巴地說：「不是那個家。」

「那是哪個家？」

湖岸的煙火總算結束了，兩岸路人意猶未盡地離去。夜空重又恢復黑暗，只剩下一彎明月高高地掛在天上，習慣了明亮，猛地暗下來，竟有些看不清周圍的環境。謝蓁看不清他的臉，只能聽見他說：「回我們的家。」

她背過身去，故意拖著長腔哦一聲。「不回。」

嚴裕氣急敗壞，怎麼這樣了還不回？吳澤不是說姑娘家看到這些，無論什麼要求她都會答應嗎？是這招沒用，還是她跟別的姑娘不一樣？

他沒有時間多想，當務之急是先把她帶回去再說，想起剛才遇到的大皇子，他心中一亂……恰逢船夫把船駛回岸邊，謝蓁從岸上跳下去，他三兩步追上去。「那妳還要在國公府住多久？」

岸邊樹下站著兩個人，一個是吳澤一個是吳濱，方才的煙火就是他倆的傑作。

目下看到六皇子和皇子妃下來，吳澤興高采烈地朝嚴裕望去，沒想到竟被他冷冷地瞪了一眼，吳澤丈二金剛摸不著頭腦，怎麼殿下瞧著心情不好？莫非這招沒效？

確實沒效，回去的路上，謝蓁始終不鬆口，嚴裕用眼神把吳澤凌遲了一遍。

一直到坐上馬車，謝蓁才說：「我想等及笄完再回去。」

她是年底生日，距離她及笄還剩下大半個月，難道這其間一直住在國公府？

嚴裕不大願意，畢竟不是自己府裡，做什麼都不方便，還有一個謝蕁總是來找謝蓁，相比之下還是回自己府裡好。然而謝蓁既然這麼說，便是作好決定了，他再不願意也不能改變。

謝蓁以冷氏身體不適她回來照顧為由，在國公府住了近一個月。

這其間六皇子時常出入國公府，即便有心人想傳閒話也沒什麼可說的。再加上一個月後謝蓁就及笄了，留在國公府更是情理之中。

笄禮那日，謝蓁早早便被叫了起來。家中女性長輩都來到祠堂，老太太和幾位夫人齊坐一堂，冷氏為謝蓁行笄禮。衣服一件件加在她身上，她朝著幾位長輩跪拜以後，又跟著冷氏去席上，向府裡宴請的夫人行禮見面，折騰大半天才結束。

她到今天總算滿十五。

回到玉堂院自己的廂房，謝蓁正準備讓雙魚給自己脫下繁冗的衣服，嚴裕已從宮裡火速趕了回來，他匆匆進屋，一眼看到站在窗邊的謝蓁，驀然停下。

謝蓁穿著墨綠色暗地繡金牡丹大袖衫，腰上纏著綢帶，掐得腰肢盈盈一握。她頭梳鬟髻，繁瑣的髮飾堆疊在頭上，縝髮如雲，更襯得那張小臉玉一樣白淨無瑕。隨著他進屋，外面的風吹進屋裡，吹起她腰上的玉珮環珮叮咚作響。

她回頭朝他看來，有點詫異。「你怎麼回來了？」

今早出門的時候他說聖上召見他有急事，她還以為要商量到夜晚才回來，沒想到天還沒黑他就回來了。

嚴裕一步步走到她跟前，讓兩旁的丫鬟都下去，大概是被外頭的冷風灌進了喉嚨裡，他嗓音啞得不像話。「妳的笄禮行完了？」

謝蓁點點頭。「外面還有賓客沒散，不過阿娘說我可以不去，我想在屋裡休息一會兒。」

他有點惶惶然，一眨不眨地看著她，整個人都不大對勁。

謝蓁被他看得奇怪，扭頭問道：「怎麼了？」

他卻把她帶到床邊，床頭放著雙魚剛才拿進來的衣服，是她要換的常服。

他扶著她站好，一本正經地問：「剛才笄禮我不在，是誰給妳穿衣服的？」

謝蓁不明所以。「阿娘。」

他嗯了嗯，臉上閃過一絲不自在，手心滾燙。「那我替妳換衣服。」說著，用咳嗽掩飾自己的尷尬。

謝蓁有點懵，這跟阿娘給她穿衣服有什麼關係？他可真能編！然而剛出神了一下，他的手就已經放在她的腰上，替她解開了腰上綢帶。

她想阻止，急急地伸手阻攔。「不……」

她手放在他的肩膀上，他抬頭看了她一眼，那眼神跟他平常有很大的不同，漆黑、帶著攝魂奪魄的吸引力，謝蓁霎時僵住，被這雙眼睛看得失神。

嚴裕趁著這個機會脫下她的墨綠大袖衫，露出裡面的深衣，再是襦裙、內襯，他一件件脫下去，動作輕柔又小心，像親手剝開一朵含苞欲放的花苞，第一個看到她掩藏在花瓣裡的美麗。

眼看著再剝她裡面就只剩一件大紅繡富貴花開的肚兜了，謝蓁死活不讓他再脫。「我自己來，你出去……」

嚴裕當沒聽到，把她按在自己腿上，直接將她剝得乾淨。

好在屋裡沒有丫鬟，否則謝蓁真要羞死在這裡。儘管如此，光天化日下的她還是沒臉見人，拚命往嚴裕懷裡鑽，聲音都帶著哭腔。「你無恥！」

床榻對面就是窗子，難保證不會有下人在窗下行走，嚴裕索性抱著她上了床，抬手把兩旁的帷幔放下去。帷幔擋住了外面的光線，四周霎時變得昏昧，謝蓁想用被子把自己裹起來，但是他不讓，強硬地束箍她的四肢，讓她整個身軀都貼著他。

她正要繼續掙扎，他卻在她耳邊說：「羔羔……」

謝蓁身上只剩下一件肚兜和一條綢褲，他卻衣冠整齊，讓她覺得很不公平。

她恨恨地一口咬在他的手臂上，氣鼓鼓地說：「不要叫我。」

他沒有抽離手臂，被她咬疼了也不喊一聲，語氣帶著濃濃的愁思。「父皇讓我開春去邊關。」

他今日入宮，嚴屹便是告訴他這件事。大小鄔姜兩座城池需要重建，經過上次一役，城內沒有能主事的人，城主赫連震棄城而逃，置城中數萬百姓於不顧。大靖擊退西夷人後，嚴屹讓人捉拿赫連震，最終在城外幾百里外的一座小廟將他拿下，並賜他一死。如此一來，城內無主，重建一事更加遙遙無期。據聞鄔姜如今滿目瘡痍，百姓過得並不算好，是以重建這兩座城市變得迫在眉睫，嚴屹最終決定派遣嚴裕和謝立青前往邊關，重用謝立青。

這對謝立青來說是好事，但對嚴裕來說……就不那麼好了。

嚴屹不讓大皇子嚴韞去，卻讓他去，只會讓嚴韞察覺到危機感，激化嚴韞與太子的矛盾。說不定大皇子還會因此背水一戰，到那時候，朝中勢必要發生大動盪。

嚴裕是太子這邊的人，太子若是有事，他也不會好過。而且……這一去少則一、兩年，多則三、五載，他跟謝蓁剛成親，怎麼捨得分開那麼久？可惜嚴屹不懂得他的苦惱，讓他二月就出發，刻不容緩。

所以他今天回來，才會不大對勁。

謝蓁坐在他懷裡消化了半天，睜著眼睛不知道該說什麼。她對這些事不瞭解，但是聽冷氏提起過，阿爹和哥哥也要去邊關，明年開春就動身，阿娘早早地就準備好了他們的衣服，聽說要去很久，那裡氣候水土都跟京城有很大差別，不知道他們能不能適應得過來。

嚴裕緊緊抱著她，頭枕在她的肩膀上，許久沒出聲，不能不去，卻又捨不得她。

許久才又叫她。「羔羔？」

謝蓁：「啊？」

他埋在她的頸窩。「抱抱我。」

謝蓁愣了一下，總覺得他最近很喜歡跟她撒嬌……本來這個要求不過分，但是謝蓁現在衣衫不整，她遲疑了下，伸手抱住他的腰，往他懷裡鑽。「抱抱你你就能不走了嗎？」

他一僵。「妳不希望我走？」

謝蓁酥頰微紅，搖了搖頭。「我沒這麼說。」

她的聲音軟軟的，身體也軟軟的，嚴裕的心跟著軟得一塌糊塗。他低頭堵住她粉嫩的唇瓣，迫切地品嚐她嘴裡的滋味。她每一處都是甜的，讓他怎麼嚐都不夠。

她不是臉皮薄的姑娘，卻被他親得滿臉通紅，忍不住嚶嚀。「別咬我的舌頭……」

可惜抗議的話沒說完，就被他吞了下去。

行過笄禮，總算可以回六皇子府，嚴裕向冷氏和謝立青辭別，帶著謝蓁回家。

她在國公府住了將近一個月，來時沒拿多少東西，離開的時候卻多帶了兩個箱籠，全是她這些日子新添的衣裳首飾。冷氏另外給她安排了兩個嬤嬤，分別是王嬤嬤和桂嬤嬤，王嬤嬤是服侍冷氏多年的老嬤嬤，幫助冷氏打理後院，井井有條。

冷氏覺得謝蓁年紀太小，遇到些事不知如何處理，這時候兩個嬤嬤就可以在她身邊出主意，比如上次晴霞的事和這次歐陽儀的事，若是有嬤嬤在身邊，她就不至於這麼孤立無援。

謝蓁歡歡喜喜地接受了。

回到六皇子府，馬車一直停在瞻月院門口。

一個月沒回來，院裡的下人都到外面來迎接，紅眉和檀眉剛看到謝蓁眼睛就紅了。謝蓁回國公府以後，他們被嚴裕懲罰跪在院子裡，沒有允許誰都不許起來，當時天寒地凍的，有幾個身子弱的沒跪多久就倒下了。還是謝蓁細心，知道嚴裕會懲罰他們，當天就讓嚴裕把他們都放了，他們這才逃過一劫。

謝蓁不在的這些日子，他們把院裡打掃得乾乾淨淨，一點也沒看出多日不曾住人的樣子。

謝蓁讓人把她的東西拿下去，進門前往後面看了一眼，偏頭問道：「歐陽儀還住在那裡？」

嚴裕說：「吳澤已經在城西找好院子，她說要收拾東西，後日就搬過去。」

收拾東西哪用得著那麼多天？不過是想拖延時間罷了。

這陣子三不五時就能聽見長青閣傳來的哭聲，府裡的下人都不願經過那裡，聽久了心煩，漸漸地連往裡面送食材都懶得過去了。原本是一日送一次食材的，後來就漸漸變成兩天或者三天一次，下人見管事沒說什麼，就更加懶惰了，以至於沒幾日歐陽儀就瘦了一大圈。

如今嚴裕給她在外面找好房子，她應該感恩才是，沒想到卻一點也不領情。

歐陽儀出府的那一日，雪還沒化，她不情不願地看著下人把她的東西搬上馬車。長青閣有不少花瓶玉器，她一個都捨不得，居然想全部搬到城外的院子去。

謝蓁站在不遠處，等下人把東西都搬上去以後，才說了聲慢著，讓王嬤嬤拿著帳冊去長青閣盤查。王嬤嬤領著紅眉、檀眉兩個丫鬟去了，不多時去而復返，恭恭敬敬地說：「娘娘，屋裡少了兩個汝窯四喜落地花瓶，兩個漆金楠木盒子、一方端硯……」

林林總總的東西加起來，足足有二、三十樣，歐陽儀的臉都青了。

謝蓁斂眸一笑，再看向歐陽儀時就多了兩分嚴厲。「表姑娘是打算把長青閣搬空嗎？」

歐陽儀站在馬車旁邊，握緊了手中的帕子。她跟李氏住進來的時候一貧如洗，只有幾件換洗的衣裳。後來李氏去了，李氏的東西也跟著入土，這長青閣裡更是沒有她什麼東西。要真說屬於她的，也只有管事讓人做的那幾身衣裳……可要讓她就這麼走了，她如何甘心？

這用金銀堆砌起來的屋子，裡面每一樣東西她都捨不得，原本只想著悄悄帶走幾樣，嚴裕是皇子，應該不會跟她計較那麼多，可誰想到謝蓁會中途冒出來阻止她。

她不死心地掙扎。「表哥都沒說什麼……」

謝蓁問她。「誰是妳的表哥？」

歐陽儀急紅了眼。「自然是六皇子。」倒還真說得理直氣壯。

謝蓁瞇起眼睛笑，笑容乖巧，說出的話卻很殘忍。「妳是李裕的表妹，不是嚴裕的表妹。」

話說完，就對王嬤嬤道：「去把馬車上的東西都搬下來，府裡登記在冊的都留下，屬於歐陽儀的讓她帶走。」

王嬤嬤和桂嬤嬤應聲而去，這兩個嬤嬤雖然才來沒幾天，但因為是謝蓁身邊的紅人，又年紀較長，還會做事，府裡的下人很快就對她們服服帖帖。沒多久，下人重新把東西搬下來，陪同王嬤嬤和桂嬤嬤一一清點。

東西分成兩邊，一邊是長青閣的，一邊是歐陽儀的。屬於歐陽儀的東西只有一個小包袱，裡面裝著幾件衣裳首飾，還有管事奉嚴裕之命準備的兩箱嫁妝。

歐陽儀眼看著自己的東西只剩下一小半，瞪向謝蓁。「妳……」

謝蓁卻不理會她，讓雙魚拿出準備好的契書。「這些嫁妝妳可以帶走，這是六皇子還李家最後的恩情。不過妳得簽下這張契書，嫁人以後，從此妳與六皇子再無半點關係。」

其實如果不簽契書也沒什麼大問題，原本歐陽儀就不是嚴裕正正經經的表妹，只要他們不理她自然沒什麼辦法，但簽下契書便能省去許多麻煩。

歐陽儀不可思議地看著她，下意識搖頭。「怎麼會沒關係？我是……」

謝蓁不等她說完。「那妳就把嫁妝留下。我是妳表嫂，妳母親不在了，以後妳要嫁什麼樣的人我替妳作主。」

歐陽儀睜大眼。

那更不行了！誰知道謝蓁會把自己嫁給什麼樣的人？萬一半臉麻子半臉褶子還品行不端，那她怎麼辦？歐陽儀咬碎了牙，只好接過謝蓁手裡的契書，滿肚子氣憤地簽下自己的名字，然後蓋了個手印。

謝蓁看也不看，讓王嬤嬤收起來，王嬤嬤收好以後問眾人。「都看見了嗎？」

這裡是大門與二門必經的道路，在這裡發生的事，不出半天便能傳遍全府。

下人們齊齊點頭，王嬤嬤也點點頭。「既然看見了，就下去做自己的事吧。」

如此一來，歐陽儀哪怕以後再回皇子府估計也不會有人插手管她了。歐陽儀打落牙齒和血呑，氣急敗壞地上了馬車，帶著兩箱嫁妝去往城南院子。

送走歐陽儀，謝蓁只覺得整個府裡都清淨了，她讓人把長青閣的東西放回去，院子裡裡外外都打掃一遍，把歐陽儀居住的痕跡全清理乾淨才甘休。

嚴裕從宮裡回來的時候她正指揮下人把歐陽儀用過的桌椅板凳都扔了，換上新的桌子椅子，她站在長青閣院子裡，連頤指氣使的模樣都那麼可愛。

留蘭抱著歐陽儀用過的被褥、枕頭走出來，問她：「娘娘，這些東西還留著嗎？」

她義正辭嚴地反問：「留著過年啊？」

一轉頭，看見嚴裕正意味深長地看著她，她臉一紅，三兩步跑到他面前。「我把歐陽儀用過的東西都扔了，你生不生氣？」

他垂眸，一點也不覺得奇怪。「為何要生氣？」

她說：「因為重新買東西要花很多錢。」

那守財奴一般的小模樣，讓人看了就覺得好笑。嚴裕不顧下人在場，捏捏她的臉。「我看起來很窮嗎？」

她嘻嘻一笑，捂著臉後退一步。「不窮。」

小混蛋。嚴裕盯著她，忽然上前握住她的手，把她從長青閣帶出去。走在回瞻月院的路上，他說：「以後府裡的財產都歸妳管，妳想買什麼就買什麼。」

謝蓁歪頭看他，故意笑著問：「這麼好啊？」

他無奈地回頭瞪她一眼，大概是覺得她不上心。「我平常對妳很不好嗎？」

她想都沒想就點頭。「當然不好，可差了。」

尤其是她剛嫁進來的那陣，她現在想想都覺得自己很委屈。當時她只覺得自己入了狼窩，沒有一點逃跑的餘地，連說話都沒底氣，那個時候她就像受氣的小媳婦。也不知道怎麼就好起來了……反正自從她回了一次家，他們的關係就變了。

嚴裕想反駁，然而想了一想，似乎真是那麼回事。

他走在前面，理虧地哦一聲，後面還說了一句什麼，謝蓁沒聽清，追著他問他說了什麼，可他卻怎麼都不肯再說第二遍。

任憑謝蓁怎麼說，他自當守口如瓶。

走著走著路上忽然下起雪來，今年冬天似乎總是下雪，瑞雪兆豐年，來年莊稼地裡必定要有好收成。嚴裕回屋給她拿了件斗篷，替她披在身上，沒讓下人跟著，帶著她往後院走去。

後院湖面結了厚厚一層冰，站在湖心亭看景，滿目都是白色，能一覽府裡的大部分風光。

謝蓁穿戴著白色鑲狐狸毛斗篷，凍得鼻子紅紅的。「你帶我來這裡幹什麼？」

走過長長的九曲橋，他和她站在亭子裡，亭子裡提前準備好火爐，還有一壺溫好的酒。他帶著她坐下，把桌上的手爐放她懷裡。「不幹什麼。」

只是忽然想和她單獨待著，想來想去，只有這裡最適合。

謝蓁奇怪地看他一眼，雖然懷疑，但也沒說什麼。見桌上只有酒，就給兩人分別倒了一杯。「這是什麼酒？」

「陳年紹興。」

嚴裕剛說完她就要喝，但這姑娘大概忘了自己酒量很差，一杯合巹酒就能把她喝醉，他實在不對她抱什麼期望。原本想阻止，但是看她一臉躍躍欲試，想著反正只有他們兩人，她想喝就喝吧，大不了喝醉了他把她抱回去，於是就縱容她喝了半杯。

溫酒下肚，整個人都暖和不少。謝蓁酒勁上來，勉強還存了一點意識，抱著手爐歪著頭念念叨叨。「馬上就過年了……」

以前過年都是在青州跟父母一起過，今年來京城，原本是要跟定國公一大家子人過的，但是她嫁給了嚴裕，便要入宮去參加家宴。

嚴裕托著下巴，欣賞她搖搖晃晃的呆樣子。「過年妳想要什麼禮物？」

她一陣頭暈，看什麼都是重影的，勉強撐起精神想了想，腦子裡只剩下一個念頭。「風箏……」話剛說完，就一頭倒進嚴裕懷裡。

他伸手接住她，低頭看向她紅彤彤的雙頰，忍不住用手指刮了刮，旋即彎起薄唇，勾出個曇花一現的笑容。「妳也忒沒要求了。」

過年這麼難得的機會，他本想給她準備一份厚禮，誰知道她只想要一個風箏。

遠處瓊花晶瑩，霧凇沆碭，雪花一瓣瓣從天上飄下來，勾勒出銀裝素裹的琉璃世界。近處他擁著她，用斗篷把她裹得嚴嚴實實，俊臉含笑，沖淡了眉梢的冷峻，最後一低頭，含住她的雙唇。

剛才她問他說了什麼，其實不是什麼大不了的話。

她不是說他以前對她不好嗎？那他以後對她好就行了。

不出幾日，便傳出歐陽儀跟人有染的消息，嚴裕命管事處理，等歐陽儀的孝期一過便將她嫁出去。

過年這天，嚴屹在麟德殿置辦家宴。宴上沒邀請多餘的官員，只邀請了皇家子嗣。謝蓁得以見到從前沒見過的幾位皇子，還有他們的皇子妃和各宮妃嬪。家宴沒有外人，嚴屹似乎心情很好，忍不住跟太子和幾位皇子多喝了幾杯。謝蓁坐在嚴裕身邊，右手邊是七皇子，七皇子沒有娶妻，為人倒是很熱情，一個勁兒地叫她六嫂。

有人來給謝蓁敬酒都被嚴裕擋了回去，有些實在擋不住的，他索性直接替她喝了。大皇子見狀忍不住笑話。「平時看老六冷冰冰的，沒想到這麼護短。」

他倒也沒反駁。

用過家宴，嚴屹領著眾人去太液池湖畔看煙火，天邊驟亮，火樹銀花。大抵是看過嚴裕為她準備的煙火，謝蓁看這些反而沒有多少熱情，但心情還是很好。

接下來沒有在宮外建府的留下來陪嚴屹守歲，在宮外建了府邸的，嚴屹也不勉強，想回去就回去吧。嚴裕當然選擇回去，沒跟嚴屹客氣，帶著謝蓁就出宮回自己家。

回去的路上，謝蓁不解地問：「你為什麼不讓我喝酒？」

其實她在宮裡就想問了，只不過一直找不著適當的機會。她覺得自己喝一、兩杯應該沒什麼，但是嚴裕卻連碰都不讓她碰。

嚴裕一晚上被幾位皇子灌了不少酒，渾身都是酒味，他閉著眼睛說：「妳會喝醉。」

謝蓁不信。「我從沒喝醉過！」

那是因為她喝醉的時候從來不記得吧？

嚴裕睜開眼看她，眼裡蘊笑，大抵是他剛剛喝過酒的緣故，眼裡沒有平時的冷漠和凜冽，只剩下纏綿柔情。

謝蓁被這樣的眼神看得滿臉通紅，頓時偃旗息鼓，向後坐了坐，不甘心地說了句。「好吧。」

回到皇子府，吳澤把他扶下馬車。

來到瞻月院門口，他揮手讓吳澤下去，勉強穩了穩神智，帶著謝蓁往廳堂走去。

在國公府時，謝蓁一開始不讓嚴裕跟她同榻而眠，讓他自己睡外面羅漢床上，他總是半夜爬到她床上，一覺睡到天亮，趕都趕不走。後來回來皇子府，他自然而然地不肯再讓她睡側室，把她放在側室的枕頭拿了過來，逼著她跟自己睡一張床。

謝蓁一開始是抱著視死如歸的態度，睡就睡吧，反正都拖了這麼久了，再拖也拖不下去。

可是嚴裕卻沒有像她想的那樣，他跟她睡在一起，只是晚上抱著她，沒有做出什麼別的舉動，謝蓁一邊納悶，一邊又有點慶幸。

出嫁前聽嬤嬤說做那什麼很疼的……她還在胡思亂想，嚴裕已經把她罩在身下，對著她的臉就啃了下來。

她疼得嗚咽一聲。「你輕一點……」

他滿身都是酒氣，身子火熱，在她身上每親一下，她就覺得那裡好像著火了一樣。越吻越收不住，她以為今晚他們就會圓房，沒想到他只是在她脖子上親親啃啃，最後重重地喘著粗氣，抱著她啞聲說：「睡覺。」

這怎麼睡得著啊？他的身體都要燒起來了啊！

謝蓁白白緊張了一番，低頭小心翼翼地覷他的表情，見他只是緊緊閉著眼，好像忍得十分辛苦。她不懂得男女之道，但是之前答應過他及笄之後就圓房的，她以為他是為她著想，擔心她害怕，所以伸手撓了撓他的手背。「小玉哥哥……」

嚴裕嗯一聲，又啞又沈。

她看著他的長睫毛，實在不好意思開口，咬著唇瓣猶豫再三。「其實、其實我還是有點害怕……不過……不過……」

他開口。「不過什麼？」

謝蓁臉頰紅得滴血，一直紅到耳朵根，連聲音都變小了不少。「如果你輕一點……就……」

這大抵是世上最動聽的話，嚴裕聽得渾身都酥了，好不容易快壓下去的情緒一瞬間被她重新點燃。他咬牙切齒，恨不得一口把她生吞活剝了，箍著她的手臂不由自主地收緊，恨恨地說：「謝蓁……妳這小混蛋！」

謝蓁莫名其妙，她都說到這分上了，他罵她幹什麼？於是鼓起腮幫子轉了個身。「我才不是小混蛋。」

嚴裕好氣又好笑，把她重新撈回來，貼著她的脖子又親又吻，最後咬住她的耳垂說：「我一走不知道何時才能回來，萬一我們現在圓房，妳有身孕了怎麼辦？」

謝蓁最招架不住他咬她耳朵，用手捂住。「那就生下來啊。」

他不吭聲，許久才道：「我想陪在妳身邊。」

謝蓁後知後覺地再次紅了臉，心想八字還沒有一撇的事，他想得可真遠。「你會去很久嗎？」

他說：「最少一、兩年。」

謝蓁在黑暗中哦一聲。

他不放心，人還沒走，就開始叮囑。「不許忘了我。」

她忍俊不禁，故意跟他唱反調。「我儘量吧。」

他氣得咬牙，最後再次把她按在身下狠狠親了一通，小姑娘在他身下鬢髮凌亂，睜著水汪汪霧濛濛的眼睛，看得他渾身上下熱血沸騰。他轉身離開，什麼都沒說，自己跑到隔壁洗了個澡才回來，然後再也不敢給自己找罪受了，老老實實地抱著她睡了一覺。

日子很快到了上元節，十五這天，家家戶戶吃元宵，六皇子府也不例外。

謝蓁最喜歡芝麻餡的，吃下去滿口香甜，她一口氣能吃好幾個。嚴裕不喜歡吃甜的，她就舀了一個送到他嘴邊，一個勁兒地勸哄。「你吃一個，你嚐一嚐，可好吃了！」

他也就看了一眼，始終不為所動，謝蓁最後氣鼓鼓地塞到自己嘴裡，用牙齒一咬，香甜的芝麻餡溢滿口腔。她撐得一邊腮幫子圓圓的，看得他心動，探身吻住她的雙唇，撬開她的牙齒跟她一起品嚐嘴裡的元宵。

謝蓁受到驚嚇，沒想到還能這麼吃！

等他把她嘴裡的元宵吃完了，連餡兒都舔得乾乾淨淨，她還沒回神。

他得寸進尺，喝一口清茶潤口道：「太甜了。」一語雙關。

謝蓁轟地紅了臉，捂著雙頰瞪他。「你為什麼搶我的元宵？」

他問她。「不是妳讓我吃的？」

可是沒讓他這麼吃！謝蓁抿唇，沒發現他還有這麼無賴的一面。可是事後想一想，又沒什麼好生氣的，反正他幼稚，她不跟他一般計較。

上元節最大的節目不是吃元宵，而是晚上的燈會。

太陽還沒落山，花燈初上，街上都是各種各樣的花燈，形狀稀奇古怪、五顏六色。每到這時，養在閨閣裡的千金都出來了，一年裡最熱鬧的日子莫過於元月十五上元節。街上不僅有賣花燈的，還有猜燈謎的，熙熙攘攘到處都是人，喧譁熱鬧，遠處繁光綴天，可謂是京城一大盛景。

謝蓁老早就坐不住了，她也想去外面玩，可嚴裕說外面人太多，怎麼都不肯答應帶她出去，她在院裡急得團團轉，似乎能聽到遠處街上的喧鬧聲。「我們帶著吳澤和吳濱？」

嚴裕坐在廊下。「不行。」

她朝他哼一聲。「小玉哥哥是壞蛋！」

他不為所動，偏頭坦然地接受了這個罪名。不是不讓她出去，實在是最近不安全……朝中異動，他到哪兒都被人跟著，帶上她只會更危險。

謝蓁不死心，烏溜溜的眼珠子轉了轉，噔噔噔跑到他面前，彎腰在他臉上啄了下。「我們出去吧？」

他耳朵一紅，抬眼瞪她。

她假裝沒看到，從臉上親到嘴巴，學著他親她的樣子照貓畫虎，慢慢地舔他的嘴角。「好不好？」

她認認真真地啃他，嬌軟的嗓音輕輕哼哼，每一聲都是誘惑。

他最終沒抵抗住，在她唇上咬了一下。「好。」

謝蓁如願以償地出去，一到外頭，就像從籠子裡放出來的鳥一樣，撒了歡兒似的歡喜雀躍。馬車停在街尾，他們走下馬車，她帶著他穿梭在各個攤販鋪子上。她的孩子心性未褪，看什麼都覺得稀罕，就連路邊捏的小麵人也不放過。

謝蓁讓老大爺照著她和嚴裕的模樣一人捏了一個，沒想到還真捏得有模有樣，眼神姿態都像極了他們。

謝蓁把笑得眉眼彎彎的女麵人遞給嚴裕，自己則拿著凶神惡煞的男麵人，左看右看，嫌棄地說：「小玉哥哥就不能笑笑嗎？」

一邊說一邊把麵人放到他臉旁，就著花燈的光線看了看，還真是一模一樣。

她噗哧一笑，拉著他往下一個地方走去。「我想吃窩絲糖！」

嚴裕給她買了一小包，她一路捧著油紙包，看見什麼都想要，嚴裕負責幫她付錢，她吃不完的東西也都交給他解決。別的還好，窩絲糖實在太甜，他無論如何都不吃。她就親自餵到他嘴裡，笑咪咪地問：「好吃嗎？」

嚴裕抿唇看她，不肯定也不反對。

她要走，他把她拉住，伸手用拇指拭去她唇上的白糖。「妳怎麼吃得滿嘴都是？」

她眨巴著大眼睛問：「好了嗎？」

他多停留了一會兒，才嗯一聲。「好了。」

左手便是一個賣花燈的攤子，上面掛了不少精緻的花燈。謝蓁的目光被吸引過去，站在攤子前面挑了兩個最好看的蓮花燈和兔兒燈，自己拿著蓮花燈，把兔兒燈遞給嚴裕，大方地說：「這個給你。」

嚴裕還在吃她剩下的那包窩絲糖，隨口問道：「為什麼買兔子燈？」

她回答得頭頭是道。「跟你很像啊。」

他堂堂七尺男兒跟兔子哪裡像了？

她繼續說：「一急就會紅眼睛。」

嚴裕不接，把兔兒燈遞給後面的吳澤，騰出一隻手牽著她往湖畔走。那裡才是最熱鬧的地方，岸邊樹上都是猜燈謎的、放煙火的，還有放河燈的。兩岸亮如白晝，不少書生佳人相會於此，互訴衷情，暗生情愫。

湖面上漂著不少河燈，星星點點的火光像一顆顆星辰，點綴了平靜的湖面。嚴裕把吳澤買來的河燈遞給她，她興高采烈地帶著他到湖邊，點燃上面的蠟燭，輕輕地推向湖心。

等河燈漂遠以後，謝蓁扭頭問他：「小玉哥哥猜我許了什麼願望？」

她一雙妙目熠熠生輝，明亮奪目。

他看著她，她湊到他耳邊，聲音很輕，像說悄悄話。「我希望小玉哥哥平平安安地回來。」

他心中一動，這個笨蛋，不知道願望說出來就不靈了嗎？

第二十二章

放完河燈，謝蓁站起來。遠處河岸燈火輝煌、人聲鼎沸，可謂熱鬧非凡。

她原本想帶嚴裕去猜燈謎，然而沒走幾步忽然停了下來。不知是不是錯覺，總覺得有道視線一直追隨著他們。

可是仔細一想，又覺得不大可能，他們站在暗處又不顯眼，誰會看到？

本以為是自己多想，她站在湖畔與街道的交匯處，不經意地抬眸往一間茶肆二樓看去，果真對上一雙犀利深邃的眼睛。

茶肆臨街而設，門口熙來攘往賓客盈門。一樓請了說書的先生說書，二樓是單獨的雅間，閣樓精緻、雕欄玉砌，一看便不是普通人來往的地方，她看到那個人坐在窗邊，身後站了兩個侍衛打扮的人，那人朝她微微一笑，算是打了個招呼。

大皇子？謝蓁沒想到會在這裡遇見，錯愕過後，心裡漸漸湧上不舒服的感覺。說不上來……她下意識地不喜歡嚴韞。

嚴裕察覺到她的異常，循著她的視線往上看去，看到閣樓上的人後，臉色不變，放在袖子下的拳頭卻暗暗收緊了。

街上穿梭的行人擋在他們面前，很快大皇子的侍衛走下茶肆，來到他們跟前問道：「平王邀請六殿下去樓上一坐。」

大皇子嚴韞十八歲被嚴屹封王，如今居住在宮外的平王府。嚴屹賜他的這個「平」飽含多種深意，大抵是想讓他平心靜氣、平平和和地過完一生。然而嚴屹始終不瞭解自己的幾個孩子，嚴韞是前皇后所生的嫡長子，怎會甘心做一個平庸的王爺？

如今嚴屹精神矍鑠，不到退位的年紀，一旦他的身體出現任何狀況，恐怕就是嚴韞起兵造反的那一日。嚴韞如今兵力與太子不相上下，而嚴裕則頗受嚴屹重視，手中把持著邊關的二十萬兵，若能將嚴裕納到自己麾下，絕對是如虎添翼，那他跟太子之間便可以分出勝負。

可惜嚴裕是太子的人，他曾想方設法要拉攏嚴裕，始終未果。

嚴裕與他道不同不相為謀，除此之外，還有一些無法化解的矛盾，他想收買嚴裕，不是那麼簡單的事。

嚴裕婉拒。「皇子妃身體不適，請幫忙轉告平王，我們正準備回府，就不上去了。」

侍衛直起身，往謝蓁身上看了一眼，旋即點點頭，轉身回去稟告。

謝蓁盯著他離去的方向，直到那侍衛上樓與大皇子回稟，大皇子舉起茶杯惋惜地搖了搖頭，他們才離開。

謝蓁看出他的不愉快，等走遠以後才問道：「大皇子是什麼樣的人？」

他們停在一座橋下，花燈從他們面前漂流而過，嚴裕才說：「平王手段狠毒，心思複雜，對他最好敬而遠之。」

他不叫嚴韞大哥，而是叫平王，這其中似乎還有別的牽扯。

謝蓁聽罷，似懂非懂地點點頭。

於此同時，對面的湖岸站了幾個熟悉的身影。

今日上元，冷氏讓謝榮帶著謝蕁到街上轉轉，順道挑選幾個漂亮的花燈帶回來。這陣子為了謝立青去鄔姜一事，府裡的氣氛都比較低迷，冷氏心疼孩子，便特意讓他們到街上放鬆放鬆。

謝蕁不喜歡花燈，她喜歡街邊賣的糖人，謝榮讓賣糖人畫了一個謝蕁的生肖，付了錢，帶著她隨處在岸邊走一走。

前面樹下支了不少燈籠，樹上牽扯紅線，每一條紅線下都繫著一個繡連理枝的香囊，香囊裡分別寫著半句詩。這樹上掛滿了香囊，然而成上下句的卻只有那麼一對，誰若是能和另一個人拿到一對，那便是天賜的緣分。

因此樹下站了不少姑娘少年，紛紛滿懷希冀地取下香囊，尋找各自的有緣人。

謝蕁和謝榮都沒興趣，一個是太小，一個是覺得不靠譜，正準備繞過這棵樹往前走，卻聽到後面傳來一聲——

「七姑娘！」

謝蕁咬著糖人回頭，在眾多人中一眼就看到站在明亮處的和儀公主。

她穿著秋香色秋羅大袖衫，配一條大紅宮錦寬襴裙子，外面披同色遍地金妝花緞子鶴氅，頭戴珠翠，明豔照人，一看便是精心打扮過的。謝蕁看到她身邊還有一位姑娘，與她同樣身高，梳飛仙髻，戴八寶碧璽如意簪，穿一件織金淺紅紵絲襖，繫一條結彩鵝黃錦繡裙，身段窈窕、玲瓏有致，原本是極引人注目的打扮，卻因為臉上覆了一條透紗絲絹，擋住了半張臉，只露出一雙碧清妙目和一對秀氣的柳葉眉。

她跟著和儀公主往這邊看來，那一眼微波流轉、風動月華，更引人無限遐想。

謝蕁與和儀公主交情不深，等她們走到跟前，靦覥地笑了笑。「妳們也來看燈會？」

嚴瑤安點點頭，目光卻落在一旁的謝榮身上，向來率直大方的姑娘露出赧然，不敢多看，很快移開視線。「是啊，我原本想求六哥帶我來的，不過他沒答應，我就只好自己出來了。」

通常一年裡只有這個時候，嚴屹才會准許她出一次宮。

說著，嚴瑤安向兩人介紹身邊的姑娘。「這是內閣首輔顧大學士的四姑娘顧如意。」說罷，又向顧姑娘介紹他二人。「如意，這是定國公府的二少爺和七小姐。」

顧如意看向二人，彎目一笑。

這就算認識了，嚴瑤安是個急性子，沒等說上幾句話，一眼就看到後面掛滿香囊的姻緣樹。「那是什麼？」

謝蕁方才聽路過的姑娘說了，所以這會兒能解釋一二。「樹上掛了香囊，香囊裡寫著詩句，若是兩個人的詩句能湊一對，便是一種緣分。」

嚴瑤安聽罷，頓時來了興致，帶著顧如意便往前走。「我們也去看看！」

沒走兩步，見謝蕁和謝榮站在原地不動，想了想，折返回去拉著謝蕁一起過來。「阿蕁也來吧。」

謝蕁不會拒絕人，只好跟著去了，她扭頭向謝榮求助，謝榮果真跟了上來。

幾人站在樹下，下面的已經被人摘得差不多，嚴瑤安偏要最上面的那個，踮起腳尖搆了半天，始終沒摘到。她不服氣，便讓身後跟著的侍衛幫她摘下來，她沒打開，慫恿顧如意也摘一個香囊，顧如意順手摘了離她最近的那個。

兩人一起打開，嚴瑤安的字條上用簪花小楷寫著：暗想玉容何所似？一枝春雪凍梅花，滿身香霧簇朝霞。再看顧如意，卻是簡簡單單的一句話：但願人長久。

嚴瑤安把自己的字條翻來覆去地看，苦悶無解。「這句話有什麼涵義嗎？妳的多好理解呀，但願人長久，千里共嬋娟嘛！」

顧如意斂眸含笑，安慰她。「不過是湊個熱鬧罷了，何必當真。」

她想了想，釋然多了，然而轉頭見謝榮手裡也拿著一個香囊，頓時重新燃起希望。「謝二少爺的紙上寫了什麼？」

謝榮面色如常地把字條疊起來，收入袖中。「一句閒詩而已。」

嚴瑤安失望地扁扁嘴，心想要是能跟他湊成一對就好了。她轉身去跟顧如意說話，顧如意站在燈火輝煌處，側臉恬靜，螓首蛾眉，偏頭朝她微微一笑，周圍絢麗生輝。

謝榮收回視線，正好謝蕁也湊熱鬧，從樹上拽下來一個香囊，來到他面前神神秘秘地解開，自己小聲地讀出來。「驀然回首，那人卻在燈火闌珊處？什麼呀。」

謝榮揉揉她的腦袋，帶著她往別處走去。

沒走幾步，看到對面走來的嚴裕和謝蓁，謝蕁頓時把字條的事忘到一邊，遠遠地喊了聲。「姊姊！」

謝蓁和嚴裕原本打算回府的，沒想到會遇上他們，這下想回也回不了了。姊妹相遇，免不了有許多話說。

吳澤和吳濱就近找了一家茶樓，一樓是大堂，二樓是雅間，雅間設施周全整潔，處處透著雅致，正是說話的好地方。

雅間裡有一張朱漆楠木方桌，分別可以坐八個人，謝蓁和嚴裕原本坐在一邊，謝蕁偏要跟謝蓁坐在一起，把嚴裕擠到一旁。嚴裕一人坐一邊，對面是謝榮，右手邊是嚴瑤安和顧如意。

嚴裕看著謝蓁，臉色不大好，可這有什麼辦法？總不能把阿蕁趕走……謝蓁回以一笑，假裝自己什麼都看不懂。

他輕哼，把手裡的兩個麵人放到桌上。

嚴瑤安看到驚奇地哇了一聲，拿在手裡左看右看。「捏得真像，尤其這個跟我六哥的臉一模一樣！」

店裡夥計陸續上茶上點心，茶是今年秋天新上的鐵觀音，茶香濃郁、茶湯晶瑩，還未入口，便能聞到一股醇厚清香。接二連三上來的還有各種各樣的點心，除了茶，這裡的點心也是一絕，雖然不如八寶齋，但在京城也排得上名號。

夥計把糕點一碟碟放下來，有棗泥山藥糕、炸荷花酥和芙蓉糕等……謝蕁饞嘴，第一個拿了一塊棗泥山藥糕咬一口，裡面棗泥餡又甜又足，就是剛剛出爐，有點燙口，她小心翼翼地吹涼一口，給在座每人都分了一個。

嚴裕好不容易吃完謝蓁的那包窩絲糖，嘴裡都是甜味，目下對這些東西一點興趣也沒有，只看了一眼，便自顧自地喝起茶來。

謝蓁從前沒見過顧如意，疑惑地問嚴瑤安。「這位是？」

嚴瑤安再次介紹。「這是如意，內閣首輔顧大學士的四姑娘。」

謝蓁笑著朝她點了下頭。「我是……」

嚴瑤安插嘴。「她是我六嫂！」

謝蓁微微一頓，露出羞赧。

顧如意不似別的富貴千金愛端架子，她顯得平易近人，笑起來更是添了兩分親切感。

「我在驃騎大將軍的府裡見過六皇子妃。」

她們見過？謝蓁有些不好意思。「那次阿蕁失足落水，我沒注意周圍，不記得曾與顧四姑娘打過照面……」

顧如意搖搖頭，讓她無須介意。「我只是遠遠地見了一面，並未與皇子妃打招呼，不記得是應該的。」說罷露出一雙彎彎笑目，透著薄紗，似乎都能看到她臉上的笑容。

謝蓁這才察覺她從頭到尾都戴著面紗，若是在外面還說得過去，不想讓外人看到罷了，為何到了屋裡還不摘下？她目露疑惑，顧如意大抵也察覺到她的不解，只是輕笑了笑，低下頭去，眼裡閃過一絲不易察覺的尷尬，然而卻沒多做解釋。

發現奇怪後，謝蓁不由自主地就注意著她，她從頭到尾都沒摘下面紗，原本謝蓁想看看她吃點心時是否會把面紗摘下來，孰料桌上的點心她連碰都沒碰，始終端端正正地坐在那裡，偶爾與他們說一、兩句話。

喝茶吃點心大約用了半個時辰，看看外面天色，已經過了二更，再不回去宮門都要關了。嚴瑤安走時仍有些依依不捨，其中無數次想偷偷搶走謝榮袖子裡的字條，但都被謝榮發現，只好悻悻然地收回手。

一行人走下樓梯，謝蓁一回頭，恰好看到她朝謝榮做了個鬼臉，然而謝榮卻沒有理她，淡定從容地走自己的路，嚴瑤安盯著他的後背，居然也不生氣。

謝蓁似乎明白了什麼，不動聲色地轉回頭去，佯裝什麼都沒看到。

和儀公主該不是對她哥哥……動心思了吧？可是大哥開春就要去鄔姜了，不知道什麼時候才能回來，而且嚴瑤安是嚴屹最喜歡的公主，就算她真的對大哥有意，聖上也不會同意這門親事吧？

大哥今年及冠，已到說親的年紀，謝蓁一直不知道他中意什麼樣的姑娘，總感覺他對什麼都淡淡的，如果是和儀公主……謝蓁搖搖頭，讓自己別想太多，萬一是她誤會了呢？畢竟嚴瑤安對誰都是一副大大咧咧的脾氣。

走出茶樓，一行人停在路邊。

嚴裕和謝蓁回皇子府，謝榮和謝蕁回定國公府，正好與顧如意同路，嚴瑤安則自己回宮。

天色已晚，怕路上不安全，謝蓁本想讓顧如意跟哥哥、阿蕁同路，但是她謝過謝蓁的好意，並說自己家的馬車過來了，便辭別眾人先上馬車。顧府的馬車停在茶樓門口，她扶著丫鬟的手準備踩上腳蹬，路邊卻突然竄出一個醉漢朝她撞來。

顧如意受驚，忙向一旁躲去，那醉漢借著酒勁，趁顧如意和丫鬟都沒有防備的時候一揮手扯下了她臉上的薄紗，色迷迷地道：「小美人……」

話音未落，看清她的臉後，臉色大變，站穩身子罵罵咧咧一句難聽的話就走了。

顧如意呆呆地站在原地，薄紗掉在地上，她身軀輕顫，眼眶微紅。

謝蓁和謝蕁也呆了。

顧如意肌膚如雪，瓊鼻妙目，眼角下卻生了一塊胎記。胎記不大，卻足夠影響整張臉的美觀，顏色深紅，在五光十色的花燈下顯得格外醒目。顧家的丫鬟生氣地跺腳，她回過神來，彎腰拾起地上的薄紗重新戴回臉上，眨去眼裡的酸澀，笑容雲淡風輕地對他們說：「我一生下來臉上就帶著胎記，怕嚇到你們，所以才一直戴著面紗，望你們不要介意。」

謝蓁連連擺手說沒有。「顧姑娘太見外了……」

她話沒說完，卻見身邊的大哥不見了。

沒一會兒，方才冒犯了顧如意的醉漢灰頭土臉地被謝榮帶回來，跪在顧如意面前磕頭認錯。「是小人該死，姑娘大人大量，原諒我這一次……」連連磕了好幾次頭。

顧如意感激地朝謝榮看去，沒有多說什麼，牽裙上了馬車，往家中方向駛去。

幾人相繼離開後，謝蓁和嚴裕坐上回府的馬車。

她想起方才看到的那一幕，托著下巴不住地惋惜。「顧姑娘生得如此漂亮，若是沒有臉上那塊胎記，該是怎樣的美人啊……」

嚴裕坐在一旁，一路上聽這話已經不下十遍。她對別人的臉怎麼這麼上心？把注意力多放在他身上不行嗎？

嚴裕不吭聲，她就繼續喋喋不休。「小玉哥哥，你說這種胎記有辦法醫治嗎？宮裡有沒有秘方？」

他看她一眼，說不知道。

她氣餒地嘆一口氣，總算不再繼續糾纏這個話題了。

馬車行駛在街道上，路邊的鋪子大部分都關門了，只剩幾家門前還亮著燈籠。整條街上安寧寂靜，與方才的喧鬧形成鮮明對比，天上掛著銀盤一樣的月亮，馬蹄踏在街道上，發出清晰的橐橐聲響。

沒走多久，馬車忽然停下，嚴裕問外面的車夫。「怎麼回事？」

車夫道：「回殿下，車軲轆似乎壞了。」

他微微蹙眉，少頃，坐在外面隨行的吳澤道：「殿下在此稍等片刻，屬下去別處借一輛馬車。」

謝蓁坐在車廂裡不安地問：「好好的怎麼會壞呢？」

嚴裕讓她在車裡等著，他下去看看。原來車軲轆與車身固定的卯榫斷了，馬車不能再行走，只好暫時停在路邊。

嚴裕看過以後，掀起車簾重新走上馬車。「是……」

這一看，頓時渾身發冷。

馬車裡空空如也，方才還坐在這裡的謝蓁竟已經不見了。他眼神驟然變得陰冷，握拳重重地砸在車壁上，車壁發出一聲巨響，驚動了外面的人。

吳濱忙問道：「殿下，發生何事？」

他走下馬車，咬著牙說：「謝蓁不見了。」

吳濱大駭，忙掀起車簾查看，果見裡面空無一人，他忙往後追出幾十步，一直追到巷口，只看見來往路人，卻沒發現一點蛛絲馬跡。

此時正好吳澤借了一匹馬來，牽到他跟前道：「殿下，天色已晚，只能借到一匹馬……」

話剛說完，嚴裕奪過他手裡的韁繩翻身而上，朝來時路上奔去，一句話都顧不得與他多說。吳澤怔在原地，不知所以，直到吳濱過來跟他說皇子妃被人劫走了，他才恍然大悟，緊張起來。「怎麼回事？你沒看著嗎？」

吳濱向他解釋當時的情況，對方有備而來，身手高明，幾乎沒發出一點動靜就帶走了皇子妃。兩人互看一眼，然後吳澤飛快地解下馬與車廂之間的套繩，跳上馬背，對吳濱道：「我去追隨殿下，你儘快回府通知管事，多帶一些人出來！」

吳濱頷首應是，往另一個方向跑去，吳澤追出街外時，嚴裕已經跑遠了。

他向人稍微打聽了下，才知道嚴裕是去往湖畔的方向。為何要去那裡？難道殿下知道什麼？

實際上，嚴裕確實隱約猜到是怎麼回事，又是何人所為。他一路疾馳，飛快地往方才遇見大皇子的茶樓而去，終於快馬加鞭地來到樓下，卻發現茶樓已經打烊了。大門緊閉，門前站著一位穿黑衣的侍衛，見他過來，上前恭敬道：「見過六殿下。」

他沒心思周旋，開門見山。「我的皇子妃呢？」

侍衛道：「王爺猜到您會來此，讓屬下轉告您一聲。六皇子妃無事，請殿下到平王府走一趟。」

他怒火中燒，俯身拔出侍衛身上的佩劍，朝對方身上刺去，侍衛不躲不避，硬生生受了他這一劍。嚴裕扔下長劍，調轉馬頭往平王府的方向去。

吳澤趕來時，正好他要往回走，遂跟在他的身後。

平王府與此處有一段距離，原本半個小時的路程，硬生生被他縮短了一半時間。來到平王府門口時，大門半開，似乎隨時等著他到來。

嚴裕下馬，一言不發地走入府邸。院內燈火通明，路旁燈籠高懸，卻寂靜得無半點人聲。王府管事領著他來到大堂，堂內寶椅上坐著大皇子嚴韞，姿態悠閒，怡然自得。

「六弟來了？」看到嚴裕，他不慌不忙地起身讓坐，順道讓丫鬟端茶遞水。

嚴裕不坐，面無表情地立在他面前。「平王劫持了我的皇子妃，不知有何用意？」

嚴韞重新坐回位上，鋒利的鷹目染上笑意。「六弟何必說得這麼嚇人？劫持談不上，不過是請六弟妹來府上坐坐罷了。」

嚴裕冷聲：「她人呢？」

「方才在街上聽六弟說六弟妹身體不適，本王這才想將她請入府上，如今王妃正陪著她，想必兩人談得正愉快。」
聽聞此言嚴裕的臉色才算好一些，然而仍舊沒有鬆動。「現在坐過了，煩請平王讓我帶她回家。」
嚴韞笑笑，沒有回應也沒有讓下人去叫謝蓁，而是請他坐下談話。
「如果不是六弟妹在此，恐怕六弟永遠不會踏足我這平王府。」
他倒是很有自知之明，知道嚴裕對他深惡痛絕。可是有些人就是臉皮厚沒底線，但凡想達成的目的，不擇手段也要完成。
嚴裕沒有接話，他喝了一口茶，兀自說道：「六弟與我素來疏離，不如趁著這次機會敞開心扉說一說，我是否不經意時冒犯過你？」
嚴裕冷笑。「平王想多了，並無此事。」
若真沒此事，他會不叫他大哥，只稱呼他為平王嗎？嚴韞不信。
這個六弟孤高傲慢，除了與太子走得近一些，與其他幾位皇子都是泛泛之交。然而嚴韞卻能從他的態度中感受出來，他對自己深惡痛絕。
嚴韞屢屢想把他招入麾下，他始終不為所動。現如今要維持面上和平恐怕不大可能，只有撕破臉開誠佈公地談一談，好話說不成，只能走這招險棋逼他就範了。
思及此，嚴韞反而不著急了，鷹目斂去精光。「那六弟為何對我如此疏遠？」
大皇子長得像他的生母姬皇后，劍眉鷹目，五官深邃，一眼看去便給人一種不易相處的感覺，尤其他不笑時，更加顯得嚴肅冷厲。太子嚴韜則更像嚴屹多一些，眉目謙和，翩翩君子，與大皇子恰恰相反。

嚴裕語無波瀾地解釋。「我回宮時你已封王，又長我十歲，我理應對你更尊敬一些。」

胡話連篇！嚴韞心中冷笑，面上卻不動聲色。「既然六弟對我如此敬重，為何卻三番五次拒絕我的邀請？」

他偏頭。「我與大哥道不同，不相為謀。」

這已是說得十分清楚了，他一心一意要為太子效力，無論嚴韞怎麼勸，他始終不會動搖。

嚴韞不是傻子，自然知道他的決心，只是稀罕自己究竟哪裡得罪過他，竟讓他懷恨到現在。旋即想到什麼，輕輕一笑。「若本王沒記錯，開春六弟便要去邊關了吧？」

嚴韞以手支頤，若有所思地看向他。「這一去不知多少春秋，六弟妹一人在家，六弟放心嗎？」

音落，嚴裕抬眸狠狠看去。

嚴韞卻像什麼都不清楚似的，用極其稀鬆平常的語氣。「六弟若是不放心，不如讓我代為照顧六弟妹如何？」

嚴裕咬牙切齒，一個字一個字道：「不勞大哥費心，我自有考量。」

嚴韞抬眉。「哦？六弟可別想得太久，畢竟剩下的時間不多了，我可保不准會不會臨時改變決定。」

這是赤裸裸的威脅。

嚴裕緊緊握住雲紋扶手，似乎下一瞬，就要將其捏碎。

嚴韞注意到他的動作，只是輕飄飄打量了一眼，卻沒揭穿。

當初在畫舫遇見嚴裕時，他揹著那個漂亮的小姑娘，嚴韞就猜到她在他心裡的地位不一般。事後找人調查了一下，沒想到兩人在青州就認識，還是鄰居。既然是青梅竹馬，想必比一般的夫妻都感情深厚，趁著過年嚴屹設宴，嚴韞特意試探一番，沒想到從不懂得體貼人的六弟居然會為了她攔酒，看來她在他心裡的位置比自己認為的還要重要。是以嚴韞才會動了用謝蓁要脅嚴裕的念頭，也如同原先計劃的一樣，嚴裕動搖了。

嚴韞露出意味深長的笑容，這一切還要感謝後院正陪平王妃說話的謝蓁。

想到謝蓁，便想到她那張清麗絕色的臉，生得如此粉妝玉琢，難怪六弟對她一片癡心。

謝蓁也不知道怎麼會到平王府來，她原本在車裡好端端地坐著，突然被一個穿黑衣的人劫持了，她想呼救，卻覺得眼前一黑，再次醒來時便是在平王妃的屋裡。

她看著面前親熱含笑的平王妃，仍舊有些摸不著頭緒。

外面天色漆黑，平王妃這裡卻處處都亮著燈籠，穿戴整齊，似乎早已等候她多時。除此之外，桌上擺滿了瓜果點心，這大半夜的，請人做客也不是這麼個請法吧？更何況她與平王妃只在宮宴上見過一面，根本沒有別的交集。

謝蓁提出要走，平王妃李玉瓶卻想盡各種理由拖住她。

一會兒問她青州風土，一會兒跟她說起京城趣聞，她卻一個都沒聽進去。

謝蓁直接站起來往外走。「太晚了，我不叨擾大嫂，請大嫂讓人送我回去吧？」

一隻腳剛踏出門檻，便被門外兩個五大三粗的婆子攔了下來。「皇子妃娘娘請留步，我家王妃難得邀您來一趟，您就這麼走了，是否不大妥當？」

謝蓁氣得要死。這是邀請嗎？這簡直就是綁架！

可她現在在別人的地盤上，而且身邊沒有一個丫鬟，撕破臉只對自己更不利。她暗暗咬牙，回頭問平王妃。「大嫂深夜叫我過來，該不會只為了與我喝茶聊天吧？」

平王妃也不反駁，想著她反正都是要知道的，便沒有瞞她。「我家王爺與六弟有話要說，王爺讓我先照顧妳，六弟妹別著急，一會兒六弟就會來接妳了。」

有話要說？什麼話非得用這種方式？謝蓁隱隱有不大好的預感，想衝出去，奈何勢單力薄，她只好重新坐下來，眼睛一眨不眨地看著門邊，等嚴裕過來接她。

平王妃見她這樣，忍不住笑道：「聽王爺說六弟妹與六弟感情深厚，如今看來，果真不假。」

謝蓁抿唇，不搭理她。

約莫一刻鐘以後，聽到外面丫鬟對婆子說：「六皇子來了。」

她霍地從繡墩上坐起來，心急火燎地衝出去，站在廊下。婆子被她撞到一邊，捂著胳膊嘀咕了一句，她沒聽清，眼裡只有遠處走來的人。

嚴裕的臉色鐵青，與大皇子並肩走來，看到她的那一瞬才柔和了些。

謝蓁不管不顧地衝上去，張開雙臂抱住他的腰。「小玉哥哥，你總算來了！」

嚴裕扶住她的肩膀，心中大定，輕輕地嗯了一聲。

嚴韞退到一旁，好整以暇地看著二人。

謝蓁在他胸口蹭了蹭，顧忌有人在場，好些話都沒說，硬生生地吞回了肚子裡。但是那滿滿的依賴姿態確實騙不了人的，她像撒嬌的貓，拖著嬌軟的嗓音對他說：「我們回家吧？」

嚴裕說好，然後抬頭看一眼嚴韞和李玉瓶，沒有打一聲招呼便轉身離去。

回到六皇子府，謝蓁才有種腳踏實地的安心。

她想起平王妃跟她說的話，洗漱過後坐在床邊問道：「大皇子都跟你說了些什麼？」

嚴裕換衣服的動作一頓，面不改色心不跳。「沒說什麼。」

「騙人！」謝蓁不信，要真沒說什麼，至於這麼大費周章，鬧這麼大的動靜嗎？她見他衣服穿半天也沒穿好，便上去替他整了整衣襟袖口。「到底說了什麼？」

嚴裕不告訴她，她氣鼓鼓地瞪他一眼。「你不說，我就去睡側室！」

他一愣，很快把她抱到床上去，打消她這個念頭。

吹熄了床頭的燭燈，屋內很快陷入黑暗，謝蓁不喜歡亮著燈睡，那樣她會睡不著，所以屋裡沒有留燈，連桌上那盞小小的油燈都熄滅了，只剩下窗外月光照進屋裡，灑下一地銀輝。

謝蓁原本以為他要跟她坦白，沒想到他只是說了句「睡吧」，語氣透著疲憊。

謝蓁聞言就要從他身上爬下去，他反應倒是快，一翻身把她壓在身下，黑暗中盯著她熠熠生輝的雙眸。「妳去哪兒？」

她眨眨眼。「睡側室。」

側室許久沒有睡人，裡面的被褥枕頭都搬空了，她也沒真打算過去睡，就是想逼他說出實情罷了。

嚴裕沈默片刻，無可奈何地咬住她的唇瓣。「他問我何時出發去邊關，手中握有多少兵。」

謝蓁只覺沒那麼簡單，腦子轉了轉，反應迅速。「他是不是拿我威脅你了？」

當今朝中狀況她還是有些瞭解的，大皇子跟太子不和，朝中早已分為兩派，嚴裕是太子的人，但是大皇子覬覦他手裡的兵權，如果這次嚴裕去邊關，立下功勞，那對太子來說更加如虎添翼，大皇子受到威脅，自然不會坐以待斃。用她來牽制嚴裕不失為一個好方法。

嚴裕不說話，她就知道自己猜對了。「他威脅你什麼？」

嚴裕頓了頓。「要我為他效力。」

她很聰明，很快想到關鍵所在。「如果你不答應，我會有危險嗎？」

他抱緊她，擲地有聲。「我不會讓妳有任何危險。」

謝蓁被他摟得喘不過氣，腦袋想得很簡單。「那如果我跟你一起去邊關，是不是就沒事了？」

他一愣，撐起身看她。「那裡荒蕪偏僻、寸草不生，妳過去只會受苦。」

謝蓁笑咪咪地說：「你會好好保護我嗎？」

他想都不想地點頭。

「那我就不怕吃苦啊。」

他的胸腔被她的笑容充滿了，這一刻對她憐愛到了極致，雙臂纏著她，與她臉貼著臉，許久說不出一句話來。

自從謝蓁說過要跟他一起去鄔姜後，嚴裕認真思考了這件事的可能性，後來發現還是行不通。先不說邊關的水土她適應不了，她身嬌肉貴，到那種地方根本沒法生活。最要命的是戰役過後，城中死傷數千，有些屍體來不及處理，便引起了一些疾病。疾病傳染速度快，聽說已經死了數百人，若是她跟著過去也染上同樣的病怎麼辦？

嚴裕不能讓她冒險，但是她留在京城也會有危險。

這幾日嚴裕想了無數種辦法，卻始終想不出一個萬全之計。

雪融之後，天氣一天天暖和起來，再過不久便要脫掉冬衣、換上春衫了，也就是說距離嚴裕出發的日子只剩下十來天。謝蓁聽他說了鄔姜的狀況，沒想到那裡已經到了如此水深火熱的地步，她可以不去，那他呢？阿爹和哥哥呢？他們會不會染上疾病？

謝蓁越想越擔憂，不忍心看嚴裕為難，就乖巧地對他說：「你多派些人手保護我，府裡府外都守著，那樣就不怕平王的人了。」

若真能如此輕鬆就防得住嚴韞，那平王就白白蟄伏這麼些年了。

後來還是太子看出嚴裕的反常，一問之下才知怎麼回事。

嚴韜蹙眉。「大哥此舉不大厚道。」

確實不厚道，可人家能把不厚道的事做得理直氣壯，誰又能拿他怎麼辦？

嚴韜想了想，最終道：「你放心去邊關，在府裡多留一些侍衛，我再安插幾名人手，一旦你府上出事，我便讓人前去援助。六弟妹是你正正經經娶回來的王妃，平王再怎麼猖狂也不敢傷害她，真到了那個地步，我便稟明父皇，不信他不會放人。」

話雖如此，但他不在謝蓁身邊，如何能夠放心？思來想去，嚴裕唯有按照嚴韜的方法做，他留下自己的十二衛守護謝蓁的安危，一旦出了事，第一時間帶她回定國公府。這十二衛是宮裡培養的最傑出的侍衛，嚴裕迎戰西夷時，嚴屹將這幾人送給了他，如今他便讓這些人保護謝蓁。除此之外，府裡府外還有近百名侍衛分佈在明處暗處，平王再猖狂，也不會明目張膽地來皇子府搶人，這些人足以抵擋一時。

一切都佈置完後，很快到了他出發前一日。嚴裕一整晚都沒睡著，他躺在謝蓁身邊，屋裡點著一盞燈，他就這麼安安靜靜地看著她，看了整整一夜。

天快亮時，謝蓁忽然伸手抱住他的腰，細如蚊蚋地說：「不要走。」

他一夜沒睡，她又何嘗睡得著？這一去前途坎坷、生死未卜，也不知道嚴屹是怎麼狠得下心讓他去的。不是說最寵愛他嗎？難道不怕他回不來？

這個時候謝蓁真是怨極了嚴屹，然而無論怎麼樣捨不得，還是要走的。外面的駿馬已經準備好了，只待他趕到城門跟謝立青一起出發，門口還等著數百軍隊，容不得她任性。

謝蓁剛說完這話就後悔了，默默地抽回手去，耷拉著腦袋補充。「其實我不是那個意思……你快起來吧，再不走就晚了。」

如今剛過寅時，離出發還有一個時辰，他們還有一段時間可以說說話。

可是說了又能如何？那麼一點時間，什麼都不說，什麼都不能做，徒增傷感罷了。嚴裕無言地親了親她的額頭，他是男兒身，為國效力本就是分內之事，不該為了兒女情長優柔寡斷，可他就是捨不得她，就是不想與她分離，若是能把她揣進兜裡帶走就好了。

「羔羔……」他唇瓣翕動，輕輕地叫她。

謝蓁嗯一聲，長睫毛微微抬起，掃到他的下巴上，有一點點癢。

他下了決心，無比認真地說：「等我回來。」

這個時候謝蓁格外聽話，想也不想地點了下頭。「好。」旋即想到什麼，不放心地叮囑。「一年四季的衣服我都給你準備好了，就放在那個雕四福紋的大箱子裡，聽阿娘說邊關那裡很冷，我給你多備了幾件冬天的衣服……還有一些治跌打傷痛的藥，也都一起放在裡面了。哦，聽說那裡疫情嚴重，我還請了大夫跟著你，萬一生病了，周圍總得有個人懂醫術吧。」

她倒是什麼都想好了，別看平常心不在焉懶怠鬆散的，關鍵時刻倒是細心得很，甚至有些嚴裕都沒想到的東西她都一一準備好了。

嚴裕低低地嗯一聲，埋首在她的髮間，久久不語。

再不捨也到了分開的時候，天濛濛亮，窗外透出薄薄熹微，丫鬟進屋伺候他們梳洗。

嚴裕今日跟平常不一樣，穿的是明光鎧，戴的是鳳翅盔，原本就是英姿勃發的少年，這麼一身戎裝更加顯得英挺耀眼、器宇軒昂。謝蓁站在繡墩上，親手替他整了整頭盔上的紅纓，笑咪咪地說：「小玉哥哥穿起鎧甲來，總算不像姑娘了。」

這是故意取笑他的，自從他十三歲長個子以後就不像姑娘了，而是個劍眉星目的俊朗少年。而且他肩寬背闊、勁瘦挺拔，哪裡像姑娘了？就算是小時候，別人也不會一眼把他當成小姑娘，只有她眼瘸，才會一張口就叫他小玉姊姊。

嚴裕無聲地瞪她一眼，偏她笑盈盈的，讓人發不出火來。

一想到馬上就要離開這個小活寶，他在心裡嘆了口氣。「羔羔，妳別說話了。」

謝蓁不解。「為什麼啊？」

他說：「妳再說話，我就會忍不住把妳帶走。」

謝蓁瞋他一眼，背過身去不再理他。等嚴裕收拾妥當，她也換上蜜合羅衫和白春羅灑線連裙，洗漱一番，很快到了辰時。

謝蓁把他送到門口，看著他騎上馬背，負手含笑，十足的乖巧。「小玉哥哥一路平安。」

嚴裕深深地看她一眼，不放心地叮囑管事一定要好好照顧她周全，又把十二衛叫來吩咐了一遍，他們保證誓死守護皇子妃安全後，他才一狠心，縱馬離去。

馬蹄聲橐橐遠去，消失在長街路口，只留下一個直挺挺的背影。

謝蓁在門口站了許久，直到再也看不到人了，她才轉身回屋。屋裡似乎一下子空了不少，到哪兒都感覺少了一個人，她低頭笑了笑，覺得自己想太多，正準備讓雙魚去國公府一趟把謝蕁請來，沒想到卻突然聽下人說：「娘娘，殿下回來了！」

她愣住，還沒消化這個消息，就看到嚴裕從二門走進來，一陣風似的來到她跟前。

謝蓁嚇一跳。「你怎麼回來了？」

他來不及解釋，拉著她的手就往書房走去，步伐匆忙，似乎有什麼天大的急事。

謝蓁追不上他的腳步，他索性把她抱起來，三步併作兩步走向書房。

推開房門，他來到裡間，從書櫃最上面拿下一個紅色錦鯉的風箏，送到她手裡。「差點忘了給妳，上回我問妳過年想要什麼禮物，妳說要個風箏，我便趁有空給妳糊了一個。」

風箏不如街上賣的精緻，骨架卻捆綁得十分扎實，錦鯉一看便是他親手畫的，上面的每一個地方都是他親手糊的，做工很生澀，卻是他一點一點做出來的。

謝蓁的眼睛有點酸澀，拿著風箏看他。「你回來就是為了給我這個？」

他點點頭。

「不耽誤出發的時間嗎？」

他斂眸笑了一下，最近他笑的時候比較多，不再像以前那樣陰陽怪氣的。「耽誤了。」

可是如果不把這風箏親手交到她手裡，他不放心。

謝蓁揉揉眼睛。「難怪前陣子總看你神神秘秘的。」

有一段時間他總是一個人在書房，一待就是一整天，誰都不讓進去。每次她過去找他，他就顯得有些手忙腳亂，桌上收拾得乾乾淨淨，問他在做什麼只騙她是在查閱邊關狀況。誰信？

謝蓁原本想好好調查一番，可惜後來出了大皇子那件事，心思漸漸被分走了，也就忘了這事。嚴裕也忘了，若不是快整軍出發時想起來，估計等他回來，這個風箏早就潮壞了。

他牽著她的手走出書房，一路來到大門口，這回是真的要出發了。他俯身在她頰畔親了一下，忍不住摸摸她的頭。「照顧好自己。」

說罷揚起馬鞭，疾馳而去。

第二十三章

自從開春以後謝蓁就很少出府，一是為了躲避大皇子，二是提不起精神。春紅匆匆而謝，這朵花敗了那朵又開，一整個春天院裡的花都沒停過。似乎一早上醒來，便能聽到花開的聲音。

其間謝蓁去過太子府一趟，是太子妃親自邀請的。太子妃大概問了她一些府裡的近況，有沒有什麼緊缺的、府裡的下人是否聽話，還說要給她多指派幾個嬤嬤丫鬟。謝蓁身邊的人手都夠，便委婉地拒絕了，她知道太子妃是一番好意，但是身邊的人太多也不是什麼好事。

她在太子府坐了半個下午，最後起身告辭，卻在前院影壁後面遇見了剛回府的太子嚴韜。

謝蓁自從知道他算計自己以後一直對他敬謝不敏，保持一定的距離。如今偶然遇見，她在幾步之外行禮。「二哥。」

嚴韜應該是剛從宮裡回來，衣裳穿得很正式，眉宇也有些嚴肅，見到她時微微一停。「六弟妹。」

謝蓁想離開，但是又不好直接從他身邊走過，只好解釋：「二嫂請我到府裡喝茶做客，如今天色不早，我該回去了。」說完也不管他同不同意，繞過他往門口走。

嚴韜忽然道：「邊關送來書信，說六弟與謝二爺已經到鄔姜了。」

謝蓁猛地停住。

嚴裕離開三個月，她還沒收到過一封書信，她去國公府問過冷氏，冷氏也沒收到謝立青和謝榮的來信，她們猜測是邊關疫情嚴重，一般人不敢隨意出入。

如今有了嚴裕的消息，她自然感興趣，但是要問太子……

她躑躅猶豫，最終沒忍住。「何時到的？」

嚴韜溫和一笑，實話實說。「信上說是三月初六，正是一個月前。」

她睜著好奇的雙眸，迫不及待地問：「那他和我阿爹還好嗎？邊關的疾病蔓延了嗎？有沒有危險？他們何時能回來？」

到底是十五、六歲的小姑娘，不夠沈穩，想到什麼就問什麼。

嚴韜看著她的目光露出溫柔，一一為她解答。「信上說他們都好，邊關疫情已得到控制，六弟與謝二爺應當不會有危險，六弟妹儘管放心。」頓了頓，繼續道：「至於何時回來……這個我無法確定。」

謝蓁聽到前面時一顆心稍安，聽到後面情緒又低落下去，悶悶地哦一聲，末了自己安慰自己。「只要沒事就好。」

陽光照在她的頭頂，幾綹茸髮金燦燦的，嚴韜忍不住想摸一摸，安慰她幾句話。

然而這不是他該做的事，好在沒有衝動，最後只是道：「六弟妹儘管放心，六弟既然將妳託付給我，我便要盡心盡責地照顧妳，妳也要照顧好自己才是。」說著若有所思地看了看她的臉，含笑道：「府裡下人沒勸妳多吃些飯嗎？」看她最近瘦了點。

謝蓁下意識後退一步，總覺得他這話有些踰矩了，偏頭硬聲道：「多謝二哥，我會照顧好自己。」

這是防著他呢。嚴韜搖搖頭，卻不點破。「那就好，六弟回來也能放心了。」

她聽不下去，牽裙往外走。「我走了。」

說罷只留給他一個纖細的背影，轉眼就消失在影壁後面。

其實嚴裕一開始就沒想過把謝蓁託付給太子。

畢竟太子對謝蓁曾經動過心思，雖然謝蓁已經嫁給他，但如果不是萬不得已，嚴裕怎麼也不會求助嚴韜。

所以他才會在皇子府周圍安插侍衛，太子說要替他加派人手卻被他拒絕了。府裡內外都是嚴裕的人，如果可以，他更希望能自己保護好她。

謝蓁不知道嚴裕的用心良苦，很快來到暮春，眼看著春天的花都要敗了，顧大學士的妻子柳氏便想趁著最後一點時間辦一場花宴，與各家夫人討論一下這養花之道，邀請了不少貴婦千金，謝蓁和定國公府也在受邀之列。

反正這陣子沒什麼事，謝蓁就去了。

時值暮春，謝蓁換上錦裙繡衫，腳上穿高底繡鞋，鬢邊插兩支金玉梅花簪子，路上怕熱，讓雙魚、雙雁多準備了兩把團扇，一路打著風來到大學士府。丫鬟領著她們到後院八角涼亭裡，遠遠看去，那邊已經來了不少人。

有站在樹下笑語嫣然的，也有坐在一旁石桌下圍棋的，更多的是在亭子裡納涼，一邊喝冰鎮酸梅湯，一邊觀賞院子裡的牡丹花。

謝蓁一眼就看到坐在涼亭裡說話的和儀公主與顧如意，嚴瑤安抬眸看見她，遠遠地打了聲招呼。「阿蓁！」

一下子把不少人的目光都吸引過來。

謝蓁走上前，順勢坐到她身邊。「沒想到妳也來了。」

她原本以為這只是一個小小的花宴，沒想到今日一見，人還挺多，有許多她不認識的生面孔，目光巡看一圈，正好對上一雙毫無善意的眼睛。她愣了愣，仔細朝對方看了一眼，只見那位姑娘穿著藕色羅衫和碧紗裙，頭戴金絞絲燈籠簪，身後有幾名丫鬟僕婦，應當不是普通人家，可是謝蓁對她卻一點印象也無。

直到嚴瑤安循著她的目光看去，才好奇地問：「妳認識林巡撫的女兒？」

謝蓁放在袖子下的手緊了緊，林巡撫共有兩個女兒，眼前這個年紀小，應當是二姑娘。「她是林畫屏？」

嚴瑤安點了點頭，臉上露出一絲不痛快。「我不喜歡林家的人，六哥也煩他們，妳不要同他們打交道。」那模樣，厭惡得不行。

謝蓁忍不住笑，看來嚴瑤安跟嚴裕真是一條心，無論做什麼都跟嚴裕站在同一條戰線上。

她們不喜歡林畫屏，卻不妨礙別人喜歡，宴上不少姑娘圍在她二人左右，看著林畫屏和林錦屏對弈。兩人棋藝精湛，一人執黑一人執白，不多時棋盤上便暗潮洶湧，看得人心驚膽顫。

林家兩姊妹是京中出了名的才女，聽說林錦屏三歲會作畫，五歲會作詩，讓林巡撫將她視為掌中寶。兩姊妹名聲遠揚，未到及笄，便有無數人踏破了門檻，想說下她們其中一人。可惜林巡撫眼界甚高，認為自己女兒這麼優秀，必定要嫁個不一般的人，普通人家根本配不上她們，是以一拖再拖，林錦屏過了年便是十六，至今仍未說下親事。

林巡撫原本是不著急的，想著大女兒好歹要嫁一名皇子才行，可惜算盤落了空，女兒尚未嫁出去，他自個兒卻自身難保。如今即便想為兩個女兒說親，旁人也不願意娶他女兒當媳婦了。林睿不死心，前不久剛向太子投誠，以表忠心，奈何太子不吃他這套，一直把他晾著。

他在家中著急上火，卻一點辦法也無。

林家兩個女兒知道家裡難過，又聽父親在家裡大罵謝立青，自然而然地把這些過錯歸到謝家身上，以至於對謝蓁和謝蕁都看不順眼，如今看到謝蓁與和儀公主有說有笑，更覺不平。

林畫屏收回視線，抬眸與林錦屏對視一眼，意味深長。

不多時，冷氏便帶著謝蕁來了。

謝蕁前陣子染上風寒，前幾天才見好，今日一見，仍舊有些病怏怏的。自從上回被林家的丫鬟推入水裡後，她的身子骨就不大好，容易著涼，養了這麼些日子仍舊沒有養回來。謝蓁心疼她，原本不想讓她來的，但是她說想阿姊了，非要跟著冷氏一起過來。

冷氏拿她沒辦法，便給她多加了兩件衣裳，帶著她一塊兒來大學士府做客。

一來到後院，她便歡天喜地的撲到謝蓁跟前，抱怨道：「阿姊整日在府裡做什麼，也不去看我？」

謝蓁接住她，好笑地刮了刮她的鼻子。「我前天不是剛去看過妳，妳轉眼就忘了？」

她仔細想了一下，好像還真有那麼回事。

冷氏到一旁與柳氏說起話來，把場子留給她們幾位姑娘。

嚴瑤安與顧如意走得最近，常來大學士府做客，是以知道府裡後院有一片玉蘭花，每當春天便會開出粉白的花朵，顧家的花跟旁人家的不一樣，她們的玉蘭花期甚長，一直開到現在也不敗，大抵跟顧如意的培育方式有關係。

嚴瑤安便提議帶她們過去看看，正好樹底下有石桌石凳，她們可以坐在樹底下喝茶談天，打發時間。謝蓁聽嚴瑤安說顧如意的大哥會作畫，畫功一絕，不由得心生好奇，想看看究竟是怎樣的一絕。

來到玉蘭院，顧如意讓身邊的丫鬟去把顧府大公子顧策的畫拿過來。

很快，丫鬟捧著兩幅畫回來了，顧如意在她們面前展開，一幅畫的是夏天池塘裡的睡蓮，一幅是顧如意坐在樹下的側影。睡蓮栩栩如生，懶洋洋地躺在水面上，花瓣嬌豔，就連上面的水珠都能看得清楚。而另一幅畫的顧如意側著身子，恰好擋住了另一邊臉上的胎記，美人含笑，溫婉姣麗，彷彿畫中的人就在眼前，隨手一摸便能觸到。

難怪嚴瑤安對顧策的畫功不住地誇讚，謝蓁出口讚道：「確實好看……」

在自己家，玉蘭院裡又只有她們幾人，顧如意便摘下臉上的薄紗，露出眼睛下方的那塊暗紅胎記，以真面目示人。起初她還有點不好意思，但是看謝蓁和謝蕁態度平和，沒有拿異樣的眼光看她，她才稍稍安心，漸漸地放開來。

顧如意親自給她們煮茶，一點點把茶湯上的泡沫撇開，每人盛了一杯放到她們跟前。「這是今年開春才送來的碧螺春，妳們嚐一嚐。」說罷見謝蕁還在盯著那兩幅畫看，禁不住笑道。「七姑娘若是喜歡，正好我哥哥今天在家，我讓他畫一幅送給妳吧？」

謝蕁露出喜色，旋即又靦覥地搖搖頭。「還是不麻煩了……我看看就好。」

顧如意說不麻煩，不知不覺就打開了話匣子。「哥哥今年剛考中舉人，家父讓他休息一段時間，如今他正閒在家中無所事事，妳若是喜歡，讓他畫一幅權當打發時間了。」

謝蕁有點心動，冷氏前幾日剛讓人重新整飭了她的房間，目下房裡還缺一幅掛在牆上的壁畫，如果能讓顧如意的哥哥畫那是再好不過。

謝蕁下意識看向謝蓁。

這些事情她自己能作主，謝蓁便不左右她的意見。「妳自己決定吧。」

她輕輕地點了下頭。「那就麻煩顧姊姊轉告了。」

顧如意便問她想畫什麼圖案，她說想要一幅竹韻常青圖，顧如意便記下來，讓丫鬟去跟自己大哥說一聲。

最後還是謝蓁想得周到。「等顧公子畫好以後，妳差府裡的丫鬟告訴我一聲，我讓我大哥來取，順道向顧公子道一聲謝。」

顧如意點點頭，還沒說話，倒是一旁的和儀公主聽到提及謝榮，忍不住浮想聯翩，羞紅了臉。

在玉蘭院坐了一陣子，快到午膳時候，幾位姑娘起身準備往前院廳堂去。

路過一處假山，聽到後面有人在談話，說話的是兩、三位姑娘。

有假山和樹擋著，她們彷彿沒注意到從後面走來的幾人，自顧自說著話。

「聽說邊關現在亂得很……」

「可不是嗎？又死了好幾十人！」

另一個穿鵝黃春衫的姑娘做出神神秘秘的樣子，朝另外兩人竊竊私語。「六皇子和國公府的謝二爺還有謝少爺不也去了嗎……聽說謝二爺染上疾病，也不知道能不能回來。我爹說聖上派他去邊關，也不知是看重他還是要……」話沒說完，做了一個歪脖子的表情。

幾人被她的表情逗笑了，忍俊不禁，正在笑時，看到一臉寒霜站在不遠處的謝蓁，頓時臉色煞白，說不出一句話來。

方才還神氣活現的幾人，目下一個個都像被捏住喉嚨的小雞，叫都叫不出來。

謝蓁來到她們跟前，面無表情地問：「妳們是誰家的姑娘？」

幾人面面相覷，哭喪著臉。「皇子妃娘娘……求求您饒了我們，就當什麼都沒聽到吧……」

謝蓁彎唇冷笑。「妳們說我爹染上疾病，我怎能當沒聽到？這話是誰教妳們的？」想到她們大膽的言論，忍不住怒火中燒。「若是不老實交代，我便將妳們今日的話轉達給聖上，竟敢私下揣測聖意，妳們不要命了？」

揣測聖意，議論皇家，這可是要抄家的大罪！

三人立即抖如篩糠，撲通一聲跪在謝蓁面前砰砰砰磕頭，悔不當初地請求謝蓁原諒。「我們知錯了……」

其中一個怕她真告到嚴屹那裡，立即老實交代。「我們也只是道聽途說，沒有真憑實據。謝二爺病重的消息，還是從林家姑娘那裡聽來的……娘娘大人有大量，饒了我們這一回吧。」

謝蓁蹙眉。「她們怎麼會知道我爹的消息？」

三人齊齊搖頭，說不知道。

再問下去也問不出什麼，謝蓁只不過嚇唬她們罷了，不會真把她們送到嚴屹跟前的，便冷聲讓她們都下去。「下回若是再讓我聽到妳們議論是非，可不是這麼簡單！」

三人謝恩，軟著雙腿退了下去。

躲在石頭後面的和儀公主、顧如意和謝蕁走出來，和儀公主不滿地瞪向三人離去的方向。「妳怎麼這麼輕易就讓她們走了？要是我，肯定拔了她們的舌頭！」

謝蓁皺著眉頭，一臉嚴肅。「公主知道我爹在邊關的情況嗎？他是不是真染上疾病了，可有人在聖上身邊說過此事？」

嚴瑤安搖了一下頭，正當謝蓁欲鬆口氣時，她卻道：「父皇身邊的情況我哪能事事都知道，就算真病了他也不會告訴我。這樣吧，我今日回宮幫妳問一問，若是有消息，便讓人去皇子府告訴妳。」

謝蓁面色凝重地點了下頭，繼而想到三人說林家姑娘傳謠言的事。嚴瑤安也納悶，按理說林睿近來一直罷官在家，應該不瞭解朝中狀況才是，那麼她們兩人又是如何知道的？

謝蓁把謝蕁在將軍府落水的事說了下。「我們懷疑是林畫屏身邊的丫鬟所為。」她沒說謝蕁去林府認人的事，只說謝蕁落水時認出那是林畫屏的丫鬟。

嚴瑤安聽罷，氣憤地甩了甩袖子。「這林家人還真沒一個好東西！」

謝蓁贊同地點了下頭，嚴瑤安一邊走一邊替她們出主意，快到花廳時，眼睛驟然一亮，湊在謝蓁耳邊嘀咕了兩句。

聽她說完，謝蓁跟著一笑，目露慧黠。「公主莫非不怕林家記恨？」

嚴瑤安不以為意地撇撇嘴，頗有點蠻不講理的意思。「她家都要倒了，我還怕她爹不成？」

何況她可是公主！

謝蓁一聽，確實有幾分道理。

午膳時，冷氏和柳氏以及一干長輩在東間用膳，她們這些姑娘家便在西次間用膳。席上謝蓁和謝蕁對面正好坐著林畫屏和林錦屏姊妹，一頓飯下來，謝蓁沒吃多少，就連謝蕁也吃得比平常少了點。

事後謝蓁問她為什麼，她哼哼地說：「沒胃口……」

用罷飯後，柳氏邀請她們到後院涼亭小坐，順道煮好了花茶，正好飯後潤潤喉。午後的太陽比早上毒辣許多，太陽照在頭頂，熱得人心浮氣躁。還未入夏，天氣就開始悶熱起來。

謝蓁與謝蕁站在湖邊，有一搭沒一搭地說話。

此時湖邊沒多少人，大部分姑娘都躲在亭下納涼，少部分才出來走動。

沒多久，她們就看到嚴瑤安跟林畫屏一起從亭子裡走出，停在距離她們不遠的湖畔上。林畫屏臉上有些受寵若驚，她們都知道和儀公主不易親近，只跟自己喜歡的人說話，素來不愛搭理她們，怎麼忽然對自己親熱起來？

林畫屏忽然有了一線生機，若是能與公主打好交道，請她在聖上面前替阿爹美言幾句，那她家是不是就有救了？因為太過喜悅，林畫屏甚至來不及想和儀公主為何忽然對她轉變態度，一邊走一邊來到湖邊。

嚴瑤安看著湖心，饒有興趣地問：「剛才我走在院裡，聽到有人說謝二爺在邊關染病了，妳知道這事嗎？」

林畫屏面色如常，笑了笑。「竟有此事？回公主，我並不知道。」

「是嗎？」嚴瑤安偏頭看她，唇邊噙著一抹笑。「若這是真的，妳應該很高興才對吧？」

林畫屏屏息，面上仍舊維持著嫻靜的笑。「公主說笑了，謝大人與六皇子去邊關乃是為了鄔姜百姓，替大靖分憂，若是他們出事，我們擔憂還來不及，又豈能露出幸災樂禍之意？」

倒真說得頭頭是道，嚴瑤安差點被她糊弄過去了，心想這林睿真有本事，兩個女兒，一個是京城有名的才女，一個張嘴便會忽悠人，她彎唇，笑容不無嘲諷。「林姑娘好肚量……」

林畫屏笑而不語。

「如果令尊貪污受賄一事被揭穿，不知妳是否還能如此平靜？」嚴瑤安微笑著問道。

果見林畫屏的臉色變了一下。

言訖，嚴瑤安又問：「妳覺得妳爹能逃過這一劫嗎？」

林畫屏聲音顫抖。「公主此言何意……」

「我可以幫妳在父皇面前說兩句話。」她挑挑眉。「不過妳得答應我一件事。」

林畫屏急急問：「何事？」

她說倒也不是什麼難事，一伸手指了指面前的湖畔。「我見前面那蓮蓬長得不錯，妳替我摘過來如何？」

林畫屏循著她的視線看過去，只見那顆蓮蓬長於湖畔近乎中心的位置，周圍一個借力的地方都沒有。湖心深約十幾尺，她又不會泅水，要游過去幾乎是不可能的事！

林畫屏露出為難之色。「公主若真喜歡，我讓會水的婆子替您掐過來……」

她笑著搖頭，話裡沒有一點商量的餘地。「林姑娘不親自去，怎麼證明妳的誠意？」

林畫屏一噎，她若真過去，別說能摘下蓮蓬回來，說不定連命都丟了！「公主為何非要那一枝？」

嚴瑤安眨眨眼，一派天真模樣。「我覺得它長得好，晚上回去讓宮婢熬蓮子銀耳湯，一定很好喝。」話說了半天，不見林畫屏有一點點動靜，她怒目。「妳到底去不去？機會只有這一次，可別後悔啊。」

林畫屏一咬牙。「公主說話算話？」

她哼一聲。「本公主何時騙過人？」

因為有她這句話，林畫屏心一橫豁出去了。只要能救父親度過一劫，讓她去摘個蓮蓬算什麼？更何況湖岸有那麼多人，林錦屏也在，萬一她落水了，難道沒有人救她嗎？如此一想，她毫不猶豫地跳入湖中，整個身影都沒入水中，沒一會兒撲騰了兩下游上來，想向嚴瑤安說的那枝蓮蓬游去，然而她終究高估了自己。別說去摘蓮蓬了，如今她連上岸保全性命的能力都沒有，林畫屏在水中呼救。「救命……救我……」

亭子裡的人看到這邊的動靜，紛紛坐起來，露出慌亂之色。

嚴瑤安站在岸邊急得團團轉，不住地抱怨。「妳說妳不會泅水，還往湖裡跳什麼？就算我說想吃蓮蓬，妳也不能不顧自己的性命啊！」

說了半天，總算想起來讓自己身邊的宮婢嬤嬤拉她上來。

可惜她離湖岸有一段距離，饒是伸長了手臂也搆不到，林畫屏在水裡喝了一肚子水，眼看快不行了，兩眼一翻往水底下沈去，嚇壞了一干夫人千金。林錦屏面色慘白，在岸邊不斷地叫妹妹。「誰會水？快救救我妹妹，畫屏不會水！」

嚴瑤安總算想起來自己有一個會水的嬤嬤，那嬤嬤跳進水裡，把林畫屏從水裡撈了出來。

林畫屏此時已經昏迷，婆子替她按了按肚子，她哇地吐出一口水來，這才算得救。

林錦屏撲在她身上哭紅了眼睛，問一旁的人。「她是怎麼落水的？」

有看到的姑娘囁嚅道：「林姑娘是自個兒跳下去的……」

林錦屏不信，好端端的誰會想不開跳進水裡？一定是有人害她！她下意識想到謝家兩個姊妹，然而扭頭看向謝蓁和謝蕁，這兩人正站在周邊，臉上表情光明磊落。而且林錦屏剛才也看到了，她們兩個離林畫屏遠遠的，當時離畫屏最近的是公主，難道是公主？

她疑惑地朝嚴瑤安看去，嚴瑤安也是一臉苦惱，露出憂慮之色。「都是我不好，我說想吃蓮蓬，林姑娘就說要替我去摘。我若是知道她不會水，怎麼也不會讓她去的！幸好沒鬧出人命，否則我心裡怎麼過得去？」

林錦屏對這套說辭十分懷疑，可是幾乎所有看到的人都說林畫屏是自己跳下去的，誰都沒有推她，林錦屏就算不信也不能說什麼。

請大夫給林畫屏看過，送走林家人後，謝蓁幾人坐在八角涼亭裡。

想到剛才那一幕，謝蓁仍舊覺得好笑。「林錦屏回去問過林畫屏以後，大抵會恨上公主。」

嚴瑤安不以為意。「討厭我的人多了去，我還在乎她們兩個？」十足的霸王性子。

「那妳打算如何收場，真要在聖上面前替林巡撫說話嗎？」要真是這樣，那林畫屏今天落水也不虧。

誰知道嚴瑤安竟理直氣壯地反問：「她又沒給我摘到蓮蓬，我為何要替林睿說話？」她喝一口茶，氣定神閒地道：「再說了，就算我在父皇面前替林睿說話，我也沒答應她說的一定是好話啊……我早就看林睿不順眼了，滾刀肉一樣，見人說人話，見鬼說鬼話，我沒落井下石已算不錯。」

謝蓁可真見識到什麼叫翻臉不認帳，對嚴瑤安簡直佩服得五體投地。

不管怎麼說，到底是她幫謝蕁出了一口氣，謝蓁打心裡感謝她。「想不到林畫屏會真跳下去。」

謝蓁和謝蕁當時站在另一邊，本以為林畫屏會轉身離去，沒想到她真毫不猶豫地跳進水裡，倒讓她們兩人吃驚了一下。

嚴瑤安一針見血。「她傻呀。」

說罷自己先嘆了一口氣，頗為可惜。「不過也真是便宜了她，阿蕁落水時是冬天，湖水冰涼，現在到了暮春，頂多讓她受一點教訓而已。」

就這一次教訓，足以讓林畫屏記一輩子了，估計她以後都不敢再靠近水邊一步，也再不想吃蓮蓬了。

林畫屏和林錦屏回到家中，林畫屏把當時跟和儀公主的約定複述一遍，想起落水時的恐懼，仍舊有些瑟瑟發抖。「阿姊……妳去幫我問問公主，她答應我的話還作數嗎？」

林錦屏聽完她的話，並不抱多少希望，然而還是找機會去問了和儀公主。

沒想到和儀公主竟說：「我已經在父皇面前說過話了，至於他聽不聽，那我就管不著了。」

林錦屏將這話帶給林畫屏，林畫屏因為落水受到驚嚇，在床上躺了整整三日。「她……她騙我……」

一開始是憤怒，然而靜下心來一想，公主為何要對付她們？和儀公主與誰走得最近？姊妹倆一對視，從對方眼裡看到了憤怒。「一定是謝蓁和謝蕁，一定是她們出的主意，唆使公主這麼做的！」

說罷憤怒地握了握拳頭，氣紅了眼睛。

溽暑將至，謝蓁終於收到嚴裕寄來的書信。

信上三言兩語寫了他在郾姜的情況，幾乎都是些無關緊要的事，說他一日慣例的行程，然後又說了一下謝立青和謝榮都安好，讓她不必掛念。謝蓁看完以後，沒想到居然還有第二頁，仔細讀了一下，居然是問她最近過得如何，每天都做什麼、去過哪些地方，恨不得把一日三餐都問一遍。

謝蓁看後，抿起唇瓣輕笑，她來到書房，讓雙魚準備了筆墨紙硯，提筆寫回信。寫好以後，用火漆封好命人送去邊關。

嚴裕每隔一個月便會給她寫一封信，說明他在郾姜的情況。

魚雁往返，兩人不知不覺分開快一年了，最近一封信送到謝蓁手裡的時候，正好是半個月前。

嚴裕大抵是真受不了了，信上只寫一行字──

羔羔，我好想妳。

謝蓁捧著那封信，忍不住翹起嘴角，笑得有些傻。

邊關那個地方很能磨礪人，她似乎能感覺到他這一年的變化，說話不如以前心浮氣躁了，寫給她的信越來越沈著穩重，漸漸有大男人的樣子。鄖姜許多事需要他處理，他必須讓自己快速成熟起來，才能解決接二連三的問題，於是就像一顆種子在夜裡悄無聲息地發了芽，她的小玉哥哥在她不知道的地方長大了，說好想她。

天氣漸漸轉涼，京城的天氣一天比一天冷。謝蓁怕冷，屋裡很快燒起火爐，饒是如此她還是穿得很厚，白綾短襖外面加一件鶴氅，再披一件兔毛斗篷，常常凍得鼻子通紅，像個小蘿蔔。

偶爾謝蓁會把謝蕁叫過來，兩人要麼坐在廊下煮茶吃點心，要麼去春花塢坐秋千看烏龜，日子過得還算愜意。謝蓁還邀請過和儀公主與顧如意來府上，謝蕁把仲柔也帶了過來，幾人便在亭子裡搭了幾個火爐，一邊談天一邊烤火。

謝蕁跟仲柔走得近，大抵是仲柔救了她一命的緣故，她不再怕仲柔，每次見面都甜甜地叫「仲姊姊」，仲柔跟冷氏一樣是面冷心熱的人，尤其對這種甜美可人的小姑娘招架不住，一開始有點不自在，後來就慢慢地接受了。

此時謝蕁從廚房拿來兩個紅薯，扔在火盆裡專心致志地烤紅薯，她無師自通，對吃的這方面總有很多想法，很快亭子裡傳出紅薯的香味，她口水都要流出來。「好香啊。」

仲柔在旁邊問：「熟了嗎？」

說著就要扒拉出來看看，謝蕁忙搖頭。「還沒呢，仲姊姊當心燙手！」

仲柔跟著仲將軍上戰場，什麼危險沒見過，這點小火又算得了什麼？她拿出來捏了捏，見果真不熟又放了回去，叮囑謝蕁小心一些。

嚴瑤安在一旁看著，忽然問謝蓁。「六哥說什麼時候回來嗎？」

謝蓁茫然地搖了搖頭。「沒說，妳知道？」

「聽父皇說那邊的城牆已經修得差不多，剩下的都是城裡的房屋和街道，問題不大，應該很快就能回來了。」嚴瑤安漫不經心地說。

謝蓁先是高興，很快氣呼呼地鼓起腮幫子。「他都沒跟我說過！」

嚴瑤安嘿嘿一笑，打圓場。「六哥應該是想給妳一個驚喜。」

然而謝蓁還是不高興，嚴裕這一年幾乎沒跟她說過邊關的情況，他在那裡做了些什麼也不告訴她，如今快回來了，她還是從別人口中聽到的！

剩下的時間謝蓁的話明顯少了，嚴瑤安見她心情不好，也就不主動招惹她，偏頭去跟顧如意說話，顧如意一邊煮茶一邊聽她說話，唇邊笑意柔和。

最後謝蕁把紅薯烤好了，謝蓁沒心情吃，顧如意和仲柔只吃了一點，剩下大部分都進了謝蕁和嚴瑤安的肚子裡。

這日高洵來到六皇子府，他知道嚴裕不在，此番來只是為了告訴謝蓁一些嚴裕的情況。

高洵道：「聽說上個月西夷大將軍重整軍隊，又攻打了鄔姜一次。不過只有區區一萬人，連城門都沒攻進去便被六皇子的人拿下了。六皇子放出話來，若想讓他們放人，西夷國主便要主動向大靖投降，否則便割下西夷大將軍的頭顱掛在城牆上。」他說著，眼裡多少有點嚮往，畢竟上陣殺敵為國效力是每一個熱血男兒的夙願。「過不了多久，西夷便會歸順大靖，邊關的日子也會太平了。」

恰好謝蓁迫切地想知道這些事，遂問道：「那你知道他和我阿爹、哥哥什麼時候回來嗎？」

高洵這就不清楚了，老老實實地搖了下頭。

她失望地扁扁嘴。「若是你知道的話，定要告訴我。」

高洵不由自主想安慰她，話到嘴邊，又不知道該怎麼說。最終忍不住柔聲答應道：「好。」

高洵沒逗留多久，起身回軍營。

他出來的時間長了，連仲尚看他的眼神都有點不對勁，今日還特意語重心長地對他說：「你別忘了自己的身分。」

高洵苦笑，他一刻都沒有忘記，正是因為記得如此清楚，才會覺得痛苦。

想再進一步，絕無可能，想保持距離，又心中不捨。他是個懦弱的人，狠不下心跟謝蓁斷了聯繫，所以才變得優柔寡斷。

送走高洵後，沒多久謝蓁就收到從邊關送來的書信。

她打開一看，上面張牙舞爪地寫了幾行字——不許跟高洵走得太近，我會儘快回去。

後面還補充了一句：最晚春天。

就憑著這潦草的字跡，都能想像出寫信的人當時有多麼心急如焚。

嚴裕的字一直不大工整，他不是自己規規矩矩的人，字也帶著幾分張狂和硬朗，看到他的字就跟看到他的人一樣。

謝蓁有些納悶他是怎麼知道高洵來過的，就那麼一次，他竟然也知道。

謝蓁朝著信紙輕輕一哼。「你最好快點回來。」

她的生辰快到了，他也沒點表示！

殊不知鄖姜這邊，嚴裕正在怒火中燒。

高洵這混小子……真是一點也鬆懈不得，他才走多久，他便見縫插針地跑到他家門口了！真以為他不在京城就能挖他牆角了？

嚴裕叫來一個人，此人姓周名懷志，是嚴裕在鄖姜的得力手下。他問道：「我讓你調查得如何？」

周懷志道：「殿下，小人讓人去調查了，高千總最近確實常到皇子府門口徘徊。不過大部分時候都是在門外站半個時辰，沒有進去。」

嚴裕又問：「他在軍中沒事幹嗎？」

周懷志答：「軍營每日都有固定的訓練內容，高千總完成得比別人快，休息時間相對較多，再加上他跟仲公子交好，仲公子又是仲大將軍的獨子，自然沒有人敢攔他。」

嚴裕想了下，冷聲說：「那就給他增加訓練，讓他好好鍛鍊身體，日後才能為我所用，上戰場時以一敵百。」每天訓練都練不完，看他還有什麼時間胡思亂想？

周懷志答應下來，讓人去給仲大將軍傳話，好好操練高千總，六皇子對他抱有重望，可千萬不能馬虎了。

這話傳到仲開耳中，仲開從兒子口中得知高洵與六皇子是舊識，六皇子賞識他是應該的，也就沒有懷疑，二話不說馬上加重了高洵的訓練任務。旁人都是一天跑五十里，他卻要跑一百里，還是負重跑，除此之外，練習弓箭和拳腳功夫也翻了一倍，讓高洵一天下來完全沒有時間做別的事。

高洵幾次想去皇子府看看謝蓁，但都是一訓練完就趴下了，一閉眼再一睜眼，就到了第二天，接連一個月，他都沒再去找過謝蓁。

嚴裕得知後，心情稍霽，滿意地點了點頭。

一年來，他的五官被邊關的沙塵打磨得稜角分明，眉宇之間也多了幾分成熟，清雋臉龐變得剛毅。不再是當初衝動銳利的少年，總算像個深藏不露的男人了。他行事越發穩重，偶爾會被屬下氣得發脾氣，卻不會動不動就將人打一頓，反而知道想辦法解決問題。他這一年裡跟謝立青通力合作，將大小鄔姜管理得井然有序，城中百姓無不對他們稱讚有加，提起來都會豎起大拇指。

他迅速地長大，只為了能早點返回京城，早點回到謝蓁身邊。

想起謝蓁，他就想到離開前她陪伴他的那幾個月。

那是他們冰釋前嫌後最親密的一段時間，還沒來得及甜到心裡，就要迫不得已地分開。現在想來，真是令人懷念。謝蓁的呢噥軟語似乎還在耳邊，一閉眼，就是她坐在他懷裡邊撒嬌邊叫他「小玉哥哥」的聲音。每天夜裡都是她的聲音陪他入睡，有一次白天多想了她兩回，夢中便出現了她的身影。

溫香軟玉在懷，他一低頭便能看到她水潤清澈的雙眼，以及感受她纏在他身上嬌軟的身軀。醒來後褲子濕了一塊，他才知道多麼想她，面不改色地換好衣裳，讓周懷志去詢問謝立青城中房屋重建得如何，若是沒什麼大問題，他今年開春就要回京。

謝立青回不得，剩下的工作全由他一人看管，他若是回去了，鄔姜連個能說得上話的人都沒有。聽聞嚴裕的打算，想了想便讓謝榮也跟著他一起回去，這一年來兩人吃的苦頭夠多了，再待下去也學不到什麼，還不如早些回家，說不定還能趕上上元節。

嚴裕謝過他的好意，轉頭便讓周懷志準備回京，鄔姜還剩下些零零散散的問題，他必須解決完了才能回去。

第二十四章

冬天悄無聲息地過去，謝蓁重新恢復生龍活虎的樣子。

冷氏說要帶她和謝蕁去靈音寺上上香，把病痛災難都消了，來年才能過得更順利。反正她在家中閒著無事，於是就答應下來，定下時間一塊兒去了。

去的那天正值冰雪消融，陽光萬里。母女三人坐在同一輛馬車上，謝蓁一路上心情都好，腦袋靠著車壁，哼著不知從哪兒聽來的小曲，眉眼彎彎。

她聲音靈妙，無論什麼歌聲從她嘴裡唱出來，總會變成婉轉動人的曲子。

一路上伴隨著歌聲來到靈音寺，寺廟裡有不少人。大抵是剛開春的緣故，半山腰上有一片桃花林，每到春天開得漫山遍野，美不勝收，京城常有人慕名而來。

馬車停在山腳下，她們不得不徒步上山，幾人平常都很少活動，更別說一下上這麼長的樓梯，爬到山頂上時，謝蓁和謝蕁兩腿痠軟，被丫鬟攙扶著才能勉強上來。

謝蓁擦擦額頭的汗，不禁抱怨道：「寺廟怎麼都喜歡建在山上？要是沒有體力的，難道還上不來了？」

惹得冷氏和嬤嬤發笑。

她小時候去普寧寺可是積極得很，從沒喊過累，長大後卻是越來越懶散了。

一行人被小和尚領去大雄寶殿，分別跪在蒲團上，上了三炷香。謝蓁閉著眼睛許願，把香插入香鼎中，規規矩矩地跟著冷氏拜了三下。

她沒什麼大願望，就是希望一家人團聚，阿爹哥哥和嚴裕早點從邊關回來。

拜過菩薩，她們到後面的客房休息。

聽說靈音寺的齋飯好吃，冷氏來之前讓人跟寺裡的住持打過招呼，中午特地準備了她們的飯菜。雖說都是素菜，但齋飯卻做得頗精緻，一碟八寶豆腐細嫩香滑，入口即化，其他的幾道菜也都讓人回味無窮。

用罷齋飯，冷氏和謝蕁留在房中休息。

謝蓁坐了一會兒，覺得沒什麼意思，便到外面的院子裡走了一圈。院裡有一棵百年榆樹，上面結滿了榆錢，隨風一吹便撲簌簌落下來，香氣撲鼻，她心血來潮讓雙魚跟住持說一聲，能不能敲一袋子榆錢帶回去，晚上可以做榆錢蛋餅和榆錢飯。

住持很大方地答應了，謝蓁就坐在廊下看著雙魚、雙雁和王嬤嬤、桂嬤嬤在樹底下敲榆錢，青黃的榆錢落了一地，還有不少落到謝蓁的腳邊，很快就敲了大半袋子。

青州的家裡也有一棵大榆樹，小時候她和謝蕁喜歡吃榆錢炒蛋，冷氏便讓廚房天天都做這道菜。定國公府沒有榆樹，她們已經有一年沒吃過了。

謝蓁把榆錢分成兩袋，一袋給冷氏，一袋自己拿回去。

她正準備回屋叫醒冷氏和謝蕁，紅眉突然匆匆跑進來，湊到謝蓁跟前說：「娘娘，府裡來人說殿下回來了，請您趕緊回去！」

謝蓁一愣，坐起來問道：「什麼時候回來的？」

紅眉也不清楚，她聽到這消息就趕忙來跟謝蓁彙報了。「咱們要不要跟夫人說一聲？」

上回嚴裕來信說春天回來，如今已經開春，算算日子正是這幾天。謝蓁只怪他回來得毫無徵兆，忙讓雙魚、雙雁收拾東西，顧不得跟冷氏說一聲，只留下一句話便先離開了。剛到半山腰，皇子府的馬車就停在路邊，她領著丫鬟嬤嬤坐上去，沒有絲毫懷疑。

馬車走到半路猛地顛簸了一下，忽然停下。

外面傳來打鬥聲，兵器碰撞，一聲比一聲激烈，雙雁掀起簾子偷偷往外看，只見外面冒出幾個穿黑衣服的人，手持刀劍與嚴裕留下的侍衛纏鬥。對方大約有二、三十人，一看便是有備而來，與十二衛不相上下。

一開始十二衛占了上風，將那些侍衛乾淨俐落地解決，然而他們解決了一批便有另一批從遠處趕來，前仆後繼，絡繹不絕。漸漸地十二衛體力不支，有七個被打倒，還剩下五個苦苦支撐。

謝蓁這才恍悟自己中計了。

她咬牙，一邊跟雙雁觀察外面的形勢一邊飛快地想辦法。

這些人十有八九是大皇子派來的，他們想綁走她，用她來要脅嚴裕。上回高洵說府外有大皇子的人，叫她留意府裡的情況，她讓雙魚調查了一下，沒注意到有人舉止反常，便將這事暫時擱置了，沒想到今日跟冷氏、謝蕁一起出門反倒被人鑽了空子。

這麼說來，嚴裕回來也是假的？

她問幾人。「妳們誰會駕馬車？」

桂嬤嬤說：「老奴以前趕過牛車，跟了夫人以後便許多年沒碰過，娘娘若是信得過老奴，便讓老奴試一試。」

眼下這情況，即便不信也得信了。

謝蓁跟她解釋了一下情況，讓她駕馬衝出去，最好能衝到山腳下，路上行人多，他們勢必不敢在人前肆意妄為。

桂嬤嬤連聲應下，趁著外面的人都在打鬥，沒人注意到她們，她掀起車簾坐到車轅上，一手拉過韁繩，喊了聲駕便朝前面衝去。正在纏鬥的侍衛見狀，一個個全都跟上來，下手也更狠了些。

十二衛只剩下三個，寸步不離地守在馬車周圍，抵擋大皇子的人劫持。

馬車橫衝直撞，桂嬤嬤到底不大熟練，繞了許多彎路，不知怎麼居然來到一處山坡邊緣。山坡陡峭，一直連到山腳下，底下是密密匝匝的參天大樹，彷彿看不到盡頭。紅眉、檀眉年紀小，此時早已嚇壞了，蜷縮在角落抱成一團，眼裡都是恐慌。

大皇子的侍衛終於追上來，把桂嬤嬤從車轅上抓下來扔到一邊。此時馬兒受到驚嚇，忽然發出一聲嘶鳴，調轉方向往來時路上奔去，車廂在後面打了個圈，車廂和馬分離，在山坡邊沿晃了晃，少頃往山坡底下滾去。

謝蓁在馬車裡一陣天旋地轉，腦袋磕在車壁上，很快失去意識。

車廂順著山坡滑下，中途撞到一棵樹上，四分五裂。丫鬟婆子都摔在草叢裡，唯有謝蓁運氣差，掉進一旁的河裡，順著水流被沖到山下，飄飄搖搖不知去了哪裡。

等她醒來的時候，天色已晚，周圍只有她一個人，頭頂是黑漆漆的天空，兩旁是高大的樹木，陪伴她的只有蟲鳴。

她渾身濕透了，夜裡稍涼，寒風侵體，冷得她止不住地哆嗦，謝蓁扶著樹幹坐下來，忍不住斷一口氣。

她摔下來的時候額頭碰傷了，如今血雖然止住，但還是有點疼。她蜷縮成一團，仰頭看頭頂的星星，一時間心裡既害怕又無助。

不知道雙魚、雙雁會不會找到她？大皇子的人會不會來找她？這山林裡會不會有野獸？她這麼待一晚上，即便沒危險，恐怕也要被凍死。

如此一想，更加無望。

謝蓁想站起來往別處走，即便找不到回去的路，或許還能看見農家，也好過在這裡等死。林子裡的樹葉擋住了月光，投影到地上只剩下一片黑暗，謝蓁走得磕磕絆絆，看不清前路，只能慢吞吞地挪動。

忽然被一塊凸起的石頭絆倒，她發出嗚咽聲響坐起來，看不清腿上有沒有受傷。她好像迷路的小動物，蹲在地上眨了眨眼，淚珠子從眼眶裡滾下來，無聲地落在地上。她不想哭，那樣顯得自己很懦弱，可是又忍不住，於是一邊用袖子擦眼淚一邊忍住哭泣，孤零零地蹲在地上，格外想念嚴裕。

不知道他什麼時候回來，說不定他還沒回來，她就已經被大皇子的人抓走了。

「小玉哥哥……」

靜了一會兒，身後傳來腳步聲，她驀然僵住，動也不敢動。

直到身後的人開口。「阿蓁？」

「高洵？」她慌張站起來，不可思議地向後看去。這個聲音必是高洵無疑，可是他怎麼會在這裡？

高洵終於找到她，提起的心放回肚子裡。「總算找到妳了！」

原來謝蓁的馬車摔到山下後，丫鬟婆子在山腰找了一圈沒找到她，便回府調動了數十名侍衛到山上一起來尋找。彼時高洵好不容易抽空過來一趟，沒想到正趕上她出事，立即馬不停蹄地來到靈音寺，沿著山坡仔細地尋找。

大家都沒想到她會掉進水裡被沖到這麼遠的地方，是以只在附近尋找。後來找了兩個時辰也沒找到，高洵便往深處走去，本以為今晚肯定找不到了，沒想到忽然聽見前方有動靜，他忙趕過來察看，她果然就在這裡。

山裡不僅有嚴裕的人，還有大皇子的人在找她，高洵沒有拿燈籠，就是不想被大皇子的人發現蹤影。

他從附近找來幾根乾柴，從懷裡掏出火摺子點燃，體貼地說：「妳的衣服都濕了，先用火烤乾，等休息好了我們再往前走，找到一戶人家暫住，明日一早我再送妳回去。」一邊說一邊脫下自己的外袍，披到謝蓁身上。

謝蓁是真冷，便沒有拒絕，裹成一圈往火堆前湊了湊，身上總算回復了一點溫度。

她的臉蛋在火光下紙一樣白，睫毛倦倦地耷拉下來，整個人都蔫蔫的。「為什麼不現在回去？」

高洵一愣，然後跟她解釋。「這山上除了六皇子府的人還有大皇子的人，若是現在出去，保不准會被他們捉住。何況夜裡行走不安全，還是等天亮以後再離開吧。」

她聽懂了，抬起大眼睛朝他看去，抿唇乖乖地嗯了一聲，不再說話。

月亮升到正中央，已是子時。

謝蓁身上的衣服總算烤乾了，她對著火堆打了個噴嚏。

高洵把火堆熄滅，將燒剩下的木柴埋進土裡，準備把中衣也脫下來讓她披上，她連連擺手。「再脫你就沒衣服穿了，你也會著涼的！」

他不以為意。「我是男人，身強力壯，妳不一樣。」

可是謝蓁堅持不讓他再脫，並威脅他如果不聽話，就把身上這件外袍也還給他，他才作罷。

一整晚待在這裡也不是辦法，萬一大皇子的人找過來，他們兩個根本沒有抵擋之力。高洵指著前方對她說：「我們去那裡看看，說不定能遇見農戶。」

謝蓁點點頭，跟著他一起往那邊走。

來的時候不知道，沒想到這座山這麼大，他們走了半個時辰也沒看到一戶農家，反而走得筋疲力竭。謝蓁原本就著了涼，從山坡上摔下來摔得渾身痠疼，跟著他一聲不響走了這麼長時間更耗費體力，高洵見她越走越慢，知道她體力不支，便蹲下來對她說：「妳上來吧，我揹妳。」

謝蓁連連搖頭。「我自己能走。」

他笑了笑。「妳別騙我，妳看起來隨時都要暈倒了。」

謝蓁抿唇不語。她確實很累，可是也不想讓高洵揹著。

大抵猜到她心中顧慮，高洵勸慰她。「這裡只有我們兩個人，沒有人看到，更不會對妳的名聲有影響。」

她皺眉。「我不是……」

「阿蓁。」高洵蹲在地上回頭看她，眼神坦誠，笑容在夜色裡多了幾分沈重。「小時候去普寧寺上香，我還揹過妳幾次。妳既然把我當成哥哥，哥哥揹妹妹有何不對？」

謝蓁最終還是搖了搖頭。「我還能走。」

高洵眼裡閃過受傷，他站起來，很快神色如常地走在前面，就當什麼事都沒發生過一樣。

走著走著，謝蓁只覺得越來越冷，她把高洵的衣服拉緊了些，仍舊忍不住瑟瑟發抖。腳步越來越沈重，她只覺得頭重腳輕，每走一步都顯得特別吃力，她吃力地喚道：「高洵哥哥……」

高洵聽到聲音回頭，只見她身體前傾，慢慢往前倒去。

高洵大吃一驚，忙過去接住她。「阿蓁！」

這才發現她渾身滾燙，他摸摸她的額頭，許是方才落水的緣故，身上燒得很厲害，連神智都有些不清楚，一會兒叫高洵哥哥，一會兒叫小玉哥哥，可憐巴巴地縮在他懷裡，眼淚從眼角溢出來。高洵心疼得不得了，把她打橫抱起，飛快跑到前面尋找農戶，一路上不斷地叫她的名字。「阿蓁，阿蓁別睡！」

她抓著他的衣襟，嗚嗚咽咽。「我好難受……」

她都燒成這樣了，剛才是怎麼堅持跟他走這麼久的？高洵一面責怪她倔強，一面又心疼她的堅強，他的小仙女受了那麼多苦，他卻不能為她分擔一點。

好在不遠處總算看到一戶農家，他趕忙抱著謝蓁走過去，拍響木門。「有人嗎？救救我們！」

附近有十幾戶農家，每一家院裡都掛著山雞野兔等獵物，想來是山裡的獵戶在這裡居住，正好被他們找到了。

不多時屋裡有一個婦人走出來，面容還算和善，問他有什麼事。

高洵臨時編了個謊話，說他和謝蓁是兄妹，今天到山上寺廟上香，沒想到路上被歹人劫持。好不容易逃出來，但是妹妹卻發燒了。「我這裡還有一塊碎銀子，大娘您留下，讓我們借住一夜行嗎？」

婦人來回打量他們，很不信的樣子。「你們真是兄妹？」

高洵說是。

婦人目光落到謝蓁臉上，雖然謝蓁渾身髒兮兮的，但仍舊能看出姿容不俗，她笑道：「凡是從家裡逃出來的，都愛說是兄妹。」

說罷也不管高洵聽不聽得懂，回屋叫醒自家男人，臨時給他們收拾出一間房間，讓他們先住進去。他們是獵戶，打獵為生，家裡常備著多種藥材，連退燒祛熱的藥也有，婦人收了高洵的銀子，便連夜給謝蓁煎好藥送過去，順道還準備兩身乾淨衣裳，讓他們先換上。

謝蓁燒得糊塗，衣服是婦人幫忙換的。

高洵餵她吃過藥後，她迷迷糊糊地睡著了。

第二天早晨，她的溫度退了點，不如昨晚燒得那麼厲害，人也清醒了，一睜眼看不到高洵，顯得有點驚慌失措。

婦人餵她喝完粥，笑著對她說：「妳說妳的哥哥？他在外面給妳煎藥呢，一會兒就來了。」

說罷將昨晚高洵如何敲門，如何抱著她求助的事說了一遍，末了話裡有話。「妳這位哥哥待妳可真好……」

謝蓁低頭不說話，她大概猜到高洵是如何解釋他們的關係的，也猜到這位大娘誤會了，但是又不好解釋，畢竟人家沒有問，解釋反而顯得欲蓋彌彰。

不多時高洵端著藥進來，見她醒了，欣喜地坐到床邊。「阿蓁，妳感覺怎麼樣？好些了嗎？還難不難受？」

昨晚他抱著她，她一個勁兒地說難受，說得他的心都揪起來了。

謝蓁笑著搖了下頭，仍舊有些虛弱，唇色發白，一笑露出兩個梨渦。「我好多了，謝謝高洵哥哥。」

高洵要餵她吃藥，她說要自己來，高洵拗不過她，只得讓她自己端著喝。

那麼大一碗又腥又苦的藥，她邊喝邊皺眉，還是堅持喝完了，要是擱在以前，肯定一邊撒嬌一邊吵著要吃蜜棗。

她不在他面前撒嬌。

高洵發現這個事實，有一瞬間的苦澀，叮囑她再睡一會兒，自己從屋裡走了出去。

高洵多給了婦人和獵戶幾錠銀子，跟他們解釋。「我妹妹原本是大戶人家的丫鬟，如今逃了出來，他們要把她抓回去。若是有人來問，妳就說沒有見過我們。」

婦人哪裡料到還會有這麼多麻煩，當即後悔不迭。「若是知道你們身分不清白，說什麼也不能讓你們住下的！」

高洵只得把身上一塊玉珮也給她，她才勉勉強強地答應下來。

白天果然有人找到這裡，是大皇子的人。

約莫晌午時候，謝蓁在屋裡喝藥，高洵坐在一旁，好幾個侍衛騎馬衝進來，大聲地問有沒有見過一個女人，描述的正是謝蓁的模樣。

婦人和獵戶站在院子裡，戰戰兢兢地點了下頭。「昨夜見到了……」

侍衛正色。「人呢？」

婦人隨便指了一個方向。「她說要借住，我看她身分不明，怕惹來什麼麻煩，就沒讓她住下，她後來往那個方向去了。」

侍衛仔細端詳她表情，見她不像撒謊，於是調轉馬頭，領著一干人往她指的方向追去。

等人離開後，謝蓁和高洵在屋裡鬆一口氣。

從這裡出去不容易，更何況還會遇見大皇子的人，他們商量了一下，決定先住在這裡等一天，一天之後如果嚴裕的人還沒有找到，他們再自己出去。

一天以後，謝蓁的燒全退了。

暮色西垂，正值黃昏。

謝蓁在床上躺了一天，想下床走走，高洵也覺得走動走動比較好，便沒有攔她。院子裡曬了一地的小麥，婦人正要收起來，謝蓁便坐在一邊看著。山間氣候清爽，到了傍晚還能看到晚霞，比在京城裡還要愜意。

她跟婦人有一搭沒一搭地說話，居然還聊得有模有樣。

她跟誰都能說得上話，婦人說山上很多獵物，他們以打獵為生，她就問有什麼獵物，抓到以後該怎麼處理，婦人都一一告訴她。她托腮聽得認真，偶爾似懂非懂地點點頭，烏溜溜的大眼睛恢復精神，笑起來明亮奪目。

高洵站在窗戶底下，靜靜地看著她們。他從未想過會跟謝蓁有這樣相處的一天，雖是劫後餘生，但卻寧靜致遠，這樣的時光能多過一刻，都是他賺的。

西邊的太陽只剩下最後一點餘暉，眼看著就要落山了，婦人收好小麥，準備去灶房做晚飯，剛站起來，便聽見遠處傳來馬蹄聲。

聲勢浩大，一聽便有不少人，婦人臉色煞白地向謝蓁看去。

謝蓁也有點愣，大皇子的人不是走了？難不成追出去以後發現受騙了又返回來？

對方來得又急又快，他們尚來不及做出任何反應，農戶的門便被人砰地推開。一圈密密麻麻全是兵馬。

謝蓁目露不安，直到有一個人從馬上下來，定定地站在農戶門口，身姿筆直，有如青松翠柏。他身上穿的還是走時謝蓁親手替他穿的明光鎧，經過一年的打磨，仍舊明光熠熠。穿在他身上，襯得他堅毅挺拔、英朗不凡。

他一眼就看到謝蓁，大步朝她走來。

婦人收麥子的簸箕哐嘡掉在地上，麥子掉落一地，撲簌簌撒在腳邊。山間婦人哪裡見過這等陣仗，立即被外面包圍了整個院子的兵馬嚇壞了，話都說不出來。「你、你們這是……」

嚴裕沒聽到她的話，停在謝蓁跟前。

謝蓁愣愣的，怎麼都沒想到他會找到這裡來，杏眼圓睜、粉唇微張，結結巴巴地問：「小、小玉哥哥？」

嚴裕一把將她抱進懷裡，把她的腦袋緊緊按到胸口，嗓音沙啞。「是我。」

他的雙臂變得比以前更有力，胸膛更結實，渾身都透著英武偉岸的男子氣概。謝蓁被他勒得腰疼，抬頭想看看他的臉，卻發現他好像又長高了，她只能看到他堅毅的下巴還有凸起的喉結。

嚴裕顧不得手下和外人在場，克制不住對她的思念，埋首在她頭髮裡貪婪地汲取她身上的香味，她的味道一點沒變，還是淡淡的荷花香，既清香又雅致。

在邊關多少個夜晚，他似乎總能聞到這個香味，可一睜眼卻又什麼都沒有。那個時候他真是思念極了她，總覺得時間過得太慢，每一天都是煎熬。如今他總算回來，真真切切地把她抱在懷裡，聞著她身上的香味，她還是他的小羊羔。

他微微抬頭，看到窗下站著的高洵，眼神微微一黯。

高洵在他們進來的時候本想帶著謝蓁逃跑，沒想到來的人會是嚴裕，他僵立在原地，手足無措，頗有一些尷尬。「阿裕……」

嚴裕來的時候已經知道了怎麼回事，高洵出現在這裡，無疑是他救了謝蓁。他垂眸不冷不熱地說：「多謝。」

高洵面上閃過驚訝，很快故作輕鬆地笑了笑。「你和我之間哪裡還需要言謝？」說著神色如常地從他身邊走過，拍了拍他的肩膀。「阿蓁昨晚掉進水裡著了涼，發了一夜的燒，你好好照顧她。」

嚴裕點頭，把謝蓁抱得更緊一些。

高洵對他的怨恨已經隨著時間沖淡了，畢竟是從小一起長大的兄弟，雖然中間多年不見，但那份感情卻是抹消不了的。以前對他憤怒生氣，是因為他當年不告而別和奪人所愛，如今高洵想清楚了，即便謝蓁不嫁給他，依照謝蓁定國公府五姑娘的身分也不可能嫁給自己。

要不然怎麼說謝蓁是小仙女的？他是凡人，永遠配不上謝蓁。

即便退場，也該走得昂首闊步，風風光光。

嚴裕讓屬下給他一匹馬，他翻身上馬，沒有回頭多看一眼，喊一聲駕便騎馬離去。

這個地方大抵是他和謝蓁最後的回憶，即便是他一廂情願，也足以珍藏一輩子。

高洵騎出很遠後忽然放聲大笑，笑聲傳進山谷，驚動了樹上停息的鳥兒。直到再也看不到那家農戶他才停下，停歇在路邊，低頭許久，最後一揚馬鞭，騎馬慢悠悠地往京城回去。

嚴裕謝過那家獵戶，給了他們一些銀子，這才帶著謝蓁回京城。

他今天剛從鄔姜回來，回到六皇子府還沒來得及脫下一身鎧甲，便聽管事說謝蓁不見了。他仔細盤問發生了什麼事，連忙召集百八十名將士到山林裡尋找。這些人都是剛跟著他從邊關回來，凳子都沒坐熱便又被他叫了過去。

如今他們跟在嚴裕後面，一齊往京城而去。

謝蓁跟嚴裕同乘一騎，周圍是面無表情的軍官士兵，她一個姑娘家在這裡面顯得特別突兀。

嚴裕帶著她走了一會兒，走過一條鄉間小路，忽然低頭附到她耳邊問道：「妳的身體怎麼這麼僵？看到我不高興嗎？」

謝蓁搖搖頭小聲地說：「不是。」

她是不好意思，當著這麼多人的面，難道要她跟嚴裕親熱嗎？她的臉皮可沒那麼厚，不想讓人看笑話。

所以從獵戶家出來，她一直直挺挺地坐著，後背始終跟嚴裕的胸膛保持一定距離。

嚴裕摟著她的腰，讓她靠在自己懷裡，手掌放到她的額頭上摸了摸，低聲跟她說悄悄話。「燒退了，還有沒有哪裡不舒服？要不要我走慢點？」

謝蓁還是搖頭，小腦袋在他胸前晃啊晃，晃得他心癢難耐。

嚴裕想了想，還是忍不住要問：「昨晚是高洵找到妳的？他把妳送到獵戶家裡，你們住在哪裡？」

謝蓁說：「徐大娘收拾出一間空房，我晚上和徐大娘一起睡，高洵哥哥和徐大娘的丈夫一起睡的。」

嚴裕放心了。

兩人繼續走了一段路，山間古木參天，遮天蔽日。樹上茂密的葉子遮擋了頭頂的太陽，林間蔭涼靜謐，只剩下馬蹄踩在樹葉上發出的窸窣聲響。嚴裕和謝蓁走在最前面，兩旁是他的得力手下，其中一個就是周懷志。

周懷志沒有見過謝蓁，忍不住側目多看了兩眼。

偏偏這時候嚴裕還低下頭問她。「妳怎麼不跟我說話？妳是不是不想我？」

謝蓁一面盯著周懷志的目光，一面要聽他說話，她只覺得尷尬，含含糊糊地應了一聲。

嚴裕不滿意，非要逼問。「沒有想我？」

謝蓁酥頰微紅，杏眸潤得能滴出水來。「你先不要問這個。」

為什麼非要當著這麼多人問？有什麼話回去說不行嗎？

嚴裕低頭看到她的粉臉，抬頭瞪了一眼周懷志，周懷志立即收回視線咳嗽一聲，規規矩矩地看著前方，再也不敢造次。

嚴裕兩手圈住她的腰，伸到前面握住轡繩，故作惆悵。「我才走了一年，我的羔羔就跟我不親了。」

謝蓁臉頰更紅，抗議道：「你不要胡亂說話。」說得他們以前有多親似的，他才走了一年，怎麼好像就變了？擱在以前，打死他都不會說出這種話來的！

他湊近了又問：「那妳想我嗎？」

謝蓁低頭握住他持轡繩的手，輕輕地撓了撓。「想了。」

她的力道很輕，像是小動物撒嬌，癢癢的觸感從手上傳進心裡，讓他的心都酥了一半。嚴裕一手鬆開轡繩，摟著她的腦袋壓到自己胸膛上，低頭親了親她的頭頂。「我怎麼瞧不出來？」

謝蓁抿唇不語，他就維持著這個姿勢騎馬，在邊關磨礪得臉皮越來越厚，即便在人前也一點不害臊，硬生生把她弄得滿臉通紅。

謝蓁把頭埋進他的胸膛裡，只露出兩隻紅彤彤的耳朵，聲音細得像蚊子。「小玉哥哥別問了！」

嚴裕知道她是真害羞，總算放過她，摸摸她的頭不再逼問。

一隊人馬踏入京城，轟動了不少城內百姓。

嚴裕讓他們都各自回去，他帶著謝蓁回六皇子府。

走出最熱鬧的一條街，來到他們回府的必經之路。這條路兩旁多是府邸，住的都是京城有頭有臉的人家，路上行人少，來往都是馬車，一眼看去似乎只有他們騎馬慢悠悠地走著。

嚴裕一路把謝蓁按在胸口，等沒人以後才低頭咬住她的耳朵。「羔羔？」

她輕輕地嗯一聲。

「妳就沒什麼要問我的？」

當然有，而且還很多。只不過剛才在路上不方便，她一直憋在心裡，原本打算回六皇子府再問的，反正現在沒什麼人，問就問了。

她仰頭正好對上他一上一下的喉結，忍不住伸手摸了摸。「你什麼時候回來的？你怎麼知道我在哪裡？」

嚴裕抓住她亂摸的小手，在她手指上咬了一口。「今天才回來的，回來後聽管事說妳出事了，這才急急忙忙地趕到山上去，聽山上侍衛說半山腰找不到妳，我便領著人到山下尋找，那裡也就幾戶農家，一個個找總能找到。」

謝蓁恍然大悟哦一聲。「我阿爹和哥哥呢？」

皇子府就在眼前，他騎得更快一些。「岳父還在鄖姜，過一陣子才能回來。謝榮同我一起回來的，如今應該早都到家了。」

她露出疑惑，水汪汪的大眼睛滿是迷茫。「阿娘不知道我出事？你們沒有告訴她？」

昨天她提前下山的，不知道冷氏和謝蕁何時離去。

嚴裕用拇指揉揉她的眼睫毛，指腹癢癢的，他覺得好玩。「昨天妳一夜未歸，趙管事沒有讓人聲張。今天我回來後也沒讓人通知定國公府，不想他們擔心，如今妳回來了，妳若是想告訴他們，改日說也可以。」

謝蓁點點頭，幸好他們沒讓冷氏知道，否則阿娘一定會很擔心。

回到六皇子府門口，趙管事謝天謝地他們總算平安回來了，忙領著他們回到府裡，讓下人端茶遞水地伺候，另外又讓人去山上通知那些侍衛別找了，皇子妃已經被六皇子找到。

謝蓁受到驚嚇，回屋躺在榻上一沾枕頭就睡著了，嚴裕守在她旁邊，仔仔細細地打量她的模樣。這一覺睡到天黑，醒來窗外一片漆黑，屋裡燃著一盞油燈，嚴裕就坐在她旁邊。

她揉揉眼睛，帶著睡音。「小玉哥哥？」

嚴裕把她扶起來，因為她大病初癒，還是要再喝一天藥。嚴裕早已讓丫鬟煎好風寒退燒藥，等她醒來後熱一熱，餵她喝了下去。

喝完藥後，嚴裕把碗放到一旁。

謝蓁抓住他的袖子，把昨天出事的情況同他說了一遍，說出自己的疑惑。「我覺得府裡有大皇子的人，否則怎麼會有人亂傳消息？」

嚴裕點點頭，讓她放寬心。「我已經問過了，昨日亂傳消息的人已經找到了，妳別擔心。」

在她睡著的這段時間嚴裕已經讓趙管事調查了一番，除了昨天的車夫，還有在府裡假傳消息的人都抓起來，車夫直接打死，亂傳消息的丫鬟名叫翠衫，趙管事讓人打了她二十板子，向嚴裕請示該如何發落，嚴裕還想用她套出大皇子的消息，便先讓人把她關進柴房裡聽候發落。

謝蓁對此人並無多大印象，只有些詫異。

她不知道的是，當初慫恿晴霞勾引嚴裕的也是翠衫。

嚴裕問：「妳想怎麼處置她？」

謝蓁歪著腦袋想了想。「她被大皇子收買，又差點害我喪命，身為家僕，不忠不義都占了，還留著她做什麼？」

嚴裕聞言，已經知道該如何做了。

不過這個翠衫暫時不能死，還要留著與大皇子對峙，嚴韞在謝蓁身邊安插眼線，又趁他不在的時候想劫持她，此事若是傳到嚴屹耳中，絕對會引來滔天震怒，只要人證物證確鑿，到時候不怕嚴韞不認。

至於翠衫那個丫鬟……就像謝蓁說的那樣，不忠不義，等這件事過去以後，照樣留不得。

想好解決的方法，他一低頭，看到謝蓁正好奇地望著自己。燈下燭光昏昧，她漂亮的臉蛋蒙上一層朦朧面紗，瀅瀅水眸一眨，勾得人心癢難耐。

畢竟一年不見，忍不住想跟她親熱，他俯身把她抱起來往內室走去。

謝蓁摟住他的脖子無措地問：「幹什麼？」

他薄唇噙笑。「等了一年，當然是先圓房。」

眼看著就要到床邊，謝蓁連說了好幾個等等，臉蛋通紅地埋進他的肩窩。「我想先洗澡……」

她昨天從山上掉下來，後來又掉進水裡，又在山林裡走了好長一段路，身上髒兮兮的。在獵戶家沒能好好清洗，她早就受不了了，要是讓她這樣跟他親熱，她說什麼都不答應。

嚴裕被她貓兒一樣勾人的聲音迷住，居然答應了。「好，妳先洗澡。」

謝蓁鬆一口氣。

沒想到他叫丫鬟搬來浴桶，燒好熱水以後，居然直接抱著她往屏風後面走去。

謝蓁嚇懵了。「你怎麼不放我下來？」

嚴裕劍眉揚起，意味深長。「妳說呢？」

小玉哥哥在邊關一年學壞了！這是謝蓁腦子裡第一個想法，第二個想法是把他推開，朝門外看去。「讓雙魚進來……我要雙魚！」

她一著急臉蛋就紅，含羞帶怯，偏偏還要在他面前使小性子，看起來可愛得要命。

嚴裕的懷抱空了，他惋惜地問：「妳身體虛弱，為何不能讓我幫妳洗？」

他居然是打這個主意！

謝蓁大吃一驚，連連後退，後背直挺挺地撞在木桶上。「我，我自己會洗……不用你幫。」

要真讓他幫忙……謝蓁一想到那個畫面就羞恥到不行，雖然兩人早已成為夫妻，但還沒到那個地步……

眼看著再逼下去她就要哭出來，嚴裕憐惜她，便不過於急進，只後退一步替她把丫鬟叫進來，他踅身走出屏風。「我到外面等妳。」

謝蓁連連點頭，長長地鬆一口氣。

雙魚和雙雁進來，往浴桶裡撒了幾片桃花瓣，一邊替謝蓁更衣一邊問：「娘娘的臉怎麼這麼紅？」

她下意識摸了摸，水光瀲灩的眸子眨了眨。「有嗎？」

雙魚頷首。「是不是水太熱了？婢子再倒點涼水？」其實不只是臉紅，謝蓁整個身子都是粉紅色的。

謝蓁知道不是水的原因，她忙說不用，隨口扯謊。「大抵是發燒的緣故。」

雙魚和雙雁信了，沒再多問。這次謝蓁在靈音寺出事，她們兩個身為最貼身的丫鬟居然沒能好好保護她，兩人心裡都十分愧疚。尤其昨兒找了一晚上都沒找到謝蓁，她倆差點以死謝罪，萬一謝蓁遭遇不測，她們這輩子都沒臉再見冷氏和定國公府的人了。嚴裕回來以後，她倆一直在瞻月院裡跪著，好在最後謝蓁找回來了，而且沒有受傷，兩人這才不那麼自責了，起來以後更加盡心盡力地服侍謝蓁。

當然，她們這番心理變化謝蓁是不知道的。

謝蓁坐進浴桶裡，身子被熱水包裹，渾身的疲乏一瞬間都消除了。她趴在桶沿，雙魚在後面為她洗頭，她一想到接下來的事就有點心不在焉。

雙魚把她的頭髮攏在手裡，打上皂莢，仔仔細細地揉搓。「娘娘昨晚掉到哪兒去了？婢子在山上找了好幾個時辰都沒找到您。」

謝蓁偏頭，水眸半閉。「我掉進河裡被水沖走了……一直到山腳下，我也不知道那個地方是哪兒。」

雙魚和雙雁一陣唏噓，雙雁在旁邊拿著巾子替她搓手臂，憤慨地說：「這大皇子真是猖狂！」她們是謝蓁的貼身丫鬟，有些事情沒有瞞著她們，是以她們也都知道是怎麼回事。

雙魚舀了一瓢水，沖洗她頭上的泡沫。「那娘娘又是如何得救的？沒遇上什麼危險吧？」

謝蓁說沒有，想了想還是沒說。「我走了一段路，找到一戶農家，在那裡借住一個晚上。」

她倆這才放下心裡的大石頭，認認真真地給謝蓁洗澡，洗完以後替她擦乾身上的水漬，換上藕色羅衫和繡鞋。謝蓁走出屏風時，嚴裕正坐在廳堂的八仙椅上跟趙管事交代事情，偏頭見她出來，匆匆打發了管事向她走來。

謝蓁坐在銅鏡前，不知為何忽然想起冷氏給她看過的那本小冊子。冷氏給她那本冊子的時候，她根本不知道裡面是什麼內容，一翻開就被上面的畫嚇住了……她只草草看了幾頁，然後就把那本冊子藏在裝衣服的箱籠底下，再也沒翻出來過。

可是那些畫面卻深深地刻在她腦海裡，什麼姿勢都有……她都懷疑是怎麼辦到的！

腦海裡胡思亂想，一抬頭便看到嚴裕出現在鏡子裡。她猛一回頭，他就站在她身後，抿唇看著她。「妳在想什麼？臉這麼紅。」

謝蓁腦袋搖得像撥浪鼓，欲蓋彌彰。「什麼也沒想！」

可惜這話可信度實在不高，嚴裕收回視線，低笑出聲。

他這一年真的變了不少……總覺得更像一個成熟的男人了。謝蓁在他面前，就像任性愛鬧脾氣的小姑娘。

哦，還愛撒嬌。

大概是察覺到她的緊張，他從一旁的木架上取下毛巾，站到她身後。「頭髮怎麼不擦乾？」

他循序漸進，她果然放鬆下來。謝蓁回頭看他一眼，飛快地收回視線。「我在等小玉哥哥幫我擦頭髮。」說完咬著唇瓣，有點害羞。

嚴裕把她的頭髮攏在掌心，用巾子一點一點吸乾水分。從鏡子裡看到她粉光駻駻的臉蛋，忍不住低頭咬住她左邊的耳朵。「剛才不讓我幫妳洗澡，現在怎麼就讓我幫妳擦頭髮？」

居然還記仇，小氣鬼。謝蓁鼓起腮幫子，從鏡子裡嗔他。「那你不要擦了。」

他當沒聽見，湊到她耳邊罵了一句「小混蛋」。他的手勁大，不一會兒就把她的頭髮擦得半乾，他順手拿起妝奩上的象牙梳，慢慢把她的髮絲梳理通順。

謝蓁被他服侍得很舒服，很快渾身都放鬆下來，坐在繡墩上半倚在他身前，好奇地問：「小玉哥哥？」

嚴裕問：「什麼？」

她沈吟一聲，還是忍不住。「你在邊關……是不是遇見什麼事了？」

他不明所以，他在邊關遇見了很多事，不知道她指的是哪一種？

謝蓁支支吾吾半天，烏溜溜的大眼轉個不停。「你以前不是這樣的……你好像變了。」

他哦一聲，有些不以為意。「變成什麼樣了？」

「你以前很幼稚。」謝蓁毫不留情地戳穿。

嚴裕咬咬牙，瞪她一眼。「怎麼個幼稚？」

她歪著腦袋認真地想，說得頭頭是道。「動不動就生氣，跟我瞪眼睛……還總喜歡惱羞成怒，對我大喊大叫的。」

那指責的模樣，就好像她自己不幼稚似的。其實他們倆在一起半斤八兩，誰也沒資格說誰。只不過謝蓁長大了一歲，覺得自己成熟了，就連看嚴裕也成熟了，這才有這番言論。

嚴裕用木梳敲敲她的腦袋，力道不大，帶著些縱容。「是誰惹我生氣的？」

謝蓁捂著腦袋，朝他吐了吐舌頭。「不知道，反正不是我。」

滑頭！嚴裕看她一眼，輕輕笑了，俯身把她圈在手臂和銅鏡之間，慢慢逼近她。「不是妳說讓我不能對妳大喊大叫的？」

謝蓁對上他的眼睛，點了點頭。

他又問：「我現在做到了，羔羔，我可以碰妳了嗎？」

謝蓁被他繞了進去，一時間居然不知道該怎麼回答。

他這個問題問得實在狡猾，當初謝蓁提那些條件，其中一個就是不能碰她，可也沒說過做到哪一件他便能夠碰她。

他問得真誠，謝蓁想了好半天，忽然紅著臉扭頭。「我說不可以……」你會聽嗎？

嚴裕沒等她說完，就把她打橫抱起來，往一旁床榻上走去。

兩人都是頭一次，經驗不足，多多少少要鬧笑話。

謝蓁縮在床榻一角，渾身裹得嚴嚴實實，淚水在眼眶裡打轉。「你騙人，明明很疼！」

嚴裕額頭冒汗，哪裡料到她會忽然把他踢開，都到這關頭，難道要就此打住嗎？

他試圖把被子掀開，將她從裡面撈出來。「羔羔，我沒騙妳……」

謝蓁不讓他碰，蜷縮成一團滾了一圈，後腦勺對著他。「我不相信你了！」

嚴裕簡直頭疼，這可真是一個小祖宗，渾身上下嬌到不行，碰都碰不得，他要怎麼繼續？

今晚是萬萬不能放過她的，他在邊關等了一年，過的是和尚的生活，回來要是還不能碰她，那可真是比和尚還可憐。

嚴裕下定決心，翻身重新罩在她身上，只得從頭開始，慢慢再小心翼翼地伺候她。

窗外月光迷濛，三三兩兩的星星掛在天邊，偶爾傳來幾聲蟲鳴，在靜謐的夜晚更加顯得寧靜。屋外站著兩個守門的丫鬟，正是雙魚、雙雁，兩人原本都有些瞌睡，但是聽到屋裡的聲音，反應過來是什麼後，立即羞紅了臉。

她們倆跟在冷氏和謝蓁身邊許久，雖然還沒有嫁人，但也知道怎麼回事。自從謝蓁嫁給嚴裕後，兩人遲遲不圓房，每次回定國公府冷氏都要把她倆叫到旁邊盤問一番，冷氏嘴上不說，但心裡還是很替他們著急的，這下可好，夫人心裡的一塊大石頭總算可以放下了。

完事以後應該要用熱水，雙魚提著燈籠準備去廚房燒水，忽然聽到裡面傳來謝蓁夾雜著哭腔的聲音。「我都流血了……」

她和雙雁面面相覷，都從對方眼裡看到了尷尬。

雙魚道：「我去燒水，殿下一會兒應該用得著。」

雙雁頷首。「妳去吧，我在這裡守著。」

很快，謝蓁不再哭泣。

雙雁在門外聽得面紅耳赤，只覺得今天晚上真是熱，往常都沒有這麼熱，莫不是快到夏天的緣故？

一刻鐘後，雙魚在廚房燒好熱水，可屋裡卻沒讓她們進去，更沒說要熱水。

半個時辰後，依然沒有。一個時辰後也沒有。

雙魚和雙雁站在屋外，等到東方既白，天邊漸漸露出一抹魚肚白，屋裡才重新響起動靜。

——未完，待續，請看文創風417《莫負蓁心》3（完結篇）

不顧矜持《追夫心切》，情非得已竟換得良人一枚！

文創風 424-426　江邊晨露

旺來：嘖，作為一個古代女子，竟敢主動追夫，不簡單啊妳……

肖文卿：這……說好聽是時勢造英雌，說大白話就是狗急跳牆了啦～～

旺來：哈，不得不說這隻狗兒就算急了，還真是選對了一堵金貴的好牆啊！

肖文卿：有道是好狗運不是?! 那天正好就他一個男人經過，為了不作通房不作妾，只好自己找個男人撲上去了，哪知這麼巧，竟然撲到絕世金貴又專情的好男人……老天有眼啦！

凌宇軒：怎麼感覺我老婆選夫選得很隨便，竟然只是剛好看到一個男人醬而已……

旺來：看來男主角心裡不平衡了，快～～給你機會一吐為快！

凌宇軒：生平第一回被女人告白求婚，我一時傻了，再想到我明明臉上化了個疤痕大醜妝，她居然撲上來說要嫁我，我懷疑這女的是瞎了……沒想到，她只是剛好，只是剛好，只是剛好……因為很驚訝所以說三遍！

肖文卿：矮油喔～～雖然當初是瞎矇到你，但現在我們還不是愛來愛去一輩子……只愛你一個是不是?!（抱～啾～）

旺來：喂，兩位放閃也要有極限，現在還在進行訪問，跟讀者說說你們想生幾個？

肖文卿：算命的說我老公剋母又無子送終，遇到我才能旺子有後，所以，想生多少個我都奉陪……嗯，愈多愈好……

凌宇軒：我老婆這麼嬌貴，我可捨不得她一直生下去，不過製造小孩的過程我很樂意全心全力投入……

肖文卿：老公……（羞～～）

凌宇軒：老婆，等一下我們……（躍躍欲試～～）

旺來：這兩位是想逼死誰啊，慢走，不送～～（單身無罪啊～～）

6/17鎖定狗屋官網會有新書詳情喔～～
全套三冊，7/5出版，新書75折，一本送一個書套，送完為止。

《丫鬟不好追》

愛情三十六計，總有一計能拐得美人歸？

文創風 427-428 青梅煮雪

旺來：要不要說一下你們是怎麼認識的？

顧嫒嫒：還不就是某位大爺先在路上耍威風，之後又莫名其妙指定我當他的丫鬟……

謝意哼道：妳該慶幸的是被爺挑到身邊，如果是謝妍，我看妳怎麼辦！

顧嫒嫒：也是啦，那時候真是有驚無險，可也是因為你，害我遇到多少糟心事，哼！

謝意：還說？我記得有一晚某人喝醉——

顧嫒嫒：等等等！現在又不是爆料大會，你怎麼能洩我的底！

謝意：反正讀者到時候去看書就會知道了。

顧嫒嫒：那還是等到出書日再說好了……至少能保留一點面子，呵呵～～

旺來：請說出對方的三個優點，或是愛上對方哪一點？

謝意想了想：做的包子好吃，煎的鍋貼好吃，泡的茶好喝。

顧嫒嫒：……我看你愛上的根本是食物吧？你乾脆去跟食物成親好了。

謝意：不如妳說說我的？

顧嫒嫒：好像只有愛吃？

謝意無言：……妳乾脆去跟豬成親好了。

旺來：殺青之後最想去做什麼事？(笑)

顧嫒嫒：種種花草、遊山玩水，或是到空明和尚那裡串門子。

謝意：妳敢再去空明那裡就給爺試試！

顧嫒嫒：當初也是你帶我去的，我在那邊待了一段時日也都沒事……

謝意冷哼：總之妳已經是爺的人了，心裡就只能想著爺！

6/17鎖定狗屋官網會有新書詳情喔～～
全套二冊，7/12出版，新書75折，一本送一個書套，送完為止。

《巧手回春》

一顆仁心也能為自己「救出」幸福！

文創風 429-434 芳菲

旺來：要不要說一下你們是怎麼認識的？

劉七巧：那時我到林家莊去查事，沒想到林家的少奶奶正好要生了卻胎位不正，我只好施一手剖腹取子的功夫。但他們又趕著去請了京城的少東家來，我一看這個男的長的是不錯，但給人治病的人自己先病著，一副快病倒的樣子，真是奇怪得很……

杜若：我那時大病初癒，看林家莊的人急得很才偷偷出來，哪裡知道趕上了一齣好戲——

劉七巧：什麼好戲?! 我是救人哪！你那時還很不客氣，說要『請教』我呢！

杜若：誰教妳那時太衝動，萬一剖腹時出了事，產婦因此沒了性命，家人把妳告上公堂，該怎麼辦呢？那時運氣好，母子平安，若是碰到不好說話的人家，母子死了一人，妳原本是為了救人，最後豈不是害了自己？

劉七巧：杜若若……

杜若：我說得不對嗎？

劉七巧：我現在才知道，原來你那時就對我上心啦？

杜若：……(起身走人)

旺來：請說出對方的三個優點，或是愛上對方哪一點？

杜若：古靈精怪、頭腦聰明卻心地善良，她讓我覺得日子變得精采了。

劉七巧：杜若若……沒想到你那麼愛我～～(感動)

杜若微笑：回家以後，妳知道該怎麼做了吧？

劉七巧：……

旺來：殺青之後最想去做什麼事？(笑)

杜若：好好經營寶善堂和寶育堂，把父親傳給我的事業和七巧的理想代代傳承下去，幫助更多需要的人。

劉七巧：好好睡一覺，睡得飽飽的。(打呵欠)

杜若：妳……我是讓妳過什麼苦日子了嗎……

關注狗屋閃報，好運就會跟著閃爆?!

狗屋大樂透舉辦多年，每年的獎品推陳出新，根據時下討論熱度，搭配實用性進行嚴選，從流行的豆漿機、棉花糖機、自拍神器，到關照讀者需求，方便又實用的循環風扇、火烤兩用電火鍋，而今年……狗屋又將推出什麼樣的獎品呢？

(記者 吉吉/台北報導)

頭獎 2名 Chromecast HDMI媒體串流播放器

長輩緣狂升！

常聽到家裡長輩看著手機哀嚎：「唉唷，這螢幕這麼小怎麼看啊？」這時就好懊惱不能把手機畫面瞬移到電視上，但現實沒有小叮噹，只能靠自己完成長輩的願望～～
只需將播放器插在電視的HDMI插槽，連上網路，手機上的畫面就會出現在電視上，長輩看得好開心，以為是佛祖顯靈……(有沒有這麼誇張？)

二獎 2名 飛利浦智慧變頻電磁爐

婆婆媽媽最愛趴萬！

堪稱人人家裡都要有一台，家裡沒廚房的更是不可或缺，煎炒/烤/火鍋/煮湯/蒸/粥/煮水一台包辦，外觀簡約時尚，是不是很心動？

三獎 3名 好神拖手壓式旋轉拖把組

婆婆媽媽最愛趴兔！

只需將拖把輕輕一壓，輕鬆脫水不費力；水桶貼心設計，倒水不再漏滿地，只能說好神拖真的好神。

四獎 3名 秒開全自動彈開式帳篷/遮陽帳

韓國熱銷款

現在野餐正流行，但又不想太陽曬，方便的彈開式帳篷幫你搞定哦！海邊玩水、溪邊烤肉也適用。

五獎 10名 狗屋紅利金200元

忠實讀者指定

關照多方需求，狗屋紅利金又來報到，堪稱書展的鎮台之寶，是不是該頒給他一個全勤獎？(笑)

讀者Q&A，豆漿下凡來解答

Q：大樂透獎品好誘人，想知道如何得到？

豆：只要在官網購書且付款完成後，系統就會發e-mail給你，附上流水編號，這組編號就是抽獎專用的！

Q：萬一我只買小本的書，是不是就無法參加抽獎了？(泣)

豆：狗屋是公平的，不管買大本小本、一本兩本，無須拆單，每本都會送一組流水編號喔～

Q：請問什麼時候會公布得獎名單呢？

豆：8/12(五)會公布在官網，記得上去看！

Q：如果平常想關注你們的活動，只能上官網看嗎？

豆：f 狗屋/果樹天地 持續活躍中！書展期間會在臉書上舉辦小活動，咱家的貓咪近況也會不定時在上面更新唷～

貼心備註：

(1) 購書滿千元免郵資，未滿千元郵資另計。請於訂購後兩天內完成付款，未於2016/8/4前完成付款者，皆視為無效訂單。

(2) 如果訂單上有尚未出版之預購書籍，會等到書出版後一併寄送。

(3) 活動期間，親自至本社購買亦享有相同折扣，但請先電話聯絡確認欲購書籍，以方便備書。

(4) 特賣書籍因出書時間較久，雖經擦拭、整理，仍有褪色或整飾痕跡，故難免不如新書亮麗。除缺頁、倒裝外無法換書，因實在無書可換，但一定會優先提供書況較良好的書給大家。若有個人原因需要換書，需自付來回郵資。

(5) 各書籍庫存不一，若遇缺書情形可選擇換書。

(6) 歡迎海外讀者參與(郵資另計)，請上網訂購或是mail至love小姐信箱(love@doghouse.com.tw)詢問相關訊息。

狗屋．果樹有權修改優惠活動的實施權益及辦法。

狗屋官網 http://love.doghouse.com.tw　狗屋臉書粉絲團 f 狗屋/果樹天地

狗屋．果樹出版社　台北市中山區104龍江路71巷15號　電話：(02)2776-5889　傳真：(02)2771-2568

妙手織錦文，巧心煉真情／墨櫻

2016年5月出版

小醫女的逆襲

穿越成農村娃，渣爹、渣娘不仁也就罷了，
還隨時有斷糧危機～～
不過憑著她這一手好醫術還有神奇的藥田空間，
還不將這苦逼人生給逆轉？

文創風 410 1

雖有神奇的藥田空間在手、豐富的醫藥學識在身，
可穿越到這一貧如洗的農家，而且是十歲女娃身上，
想她陳悠真可謂「英雄無用武之地」啊～～
老天爺還不忘為她的苦命生活添料，
而今她上有無良父母要侍奉，下有雙胞妹妹需看顧，
舉凡各種家務、每件活兒，她這長女都得做……

文創風 411 2

好不容易順利分家，他們三房終於能自個兒當家作主，
然而，置身於溫飽都困難的農家，
伯嬸還老厚著臉皮來蹭吃蹭喝，這樣下去也不是辦法。
好在來自現代且身懷醫藥學本領的她，腦子一轉另闢生財之道，
一家人動員投入隨身藥包之製作，而且初登市集就賣得火紅，
本以為找到長久營生之計，卻招來有心人眼紅而從中作梗，
不只販售「山寨版」藥包，險些鬧出人命竟還想嫁禍給她？!
幸得貴人相助化險為夷，揭穿歹人的毒計，還她們母女倆清白……

文創風 412 3

想當初他們三房賣了田產、張羅起「百味館」，
是在家族多半看衰的情況下，憑著自個兒努力，
以藥食同源的經營理念才逐漸闖出名號。
豈料，因莊內遭逢蝗災，各家收成不佳，
他們如今的好日子便遭到二房伯嬸的眼紅忌妒，
還不惜上演苦肉計鬧到祖父母面前，要求他們出手幫襯……

文創風 413 4

從農村窮娃晉升成商賈之女，而今一家人混得風生水起，
陳悠卻始終有個隱憂——藥田空間一直在主導她的人生，
若是她未能達成升級任務，便會對她「小懲大誡」，
將開掛般的外科手術能力收回，身上還會產生莫名劇痛。
而此次任務竟是要求她「認識一秦姓男子」，
可大魏朝秦姓男子那般多，莫不是開她玩笑吧？

文創風 414 5 完

出於藥田空間的要求，陳悠接近秦征並為之排憂解難，
不知不覺中原本彼此看不順眼的冤家逐漸互生好感……
無奈身分擺在那兒，一個望族高門，一個商賈醫女，猶如雲泥之別，
連皇帝都來插花亂點鴛鴦譜，讓他迎娶金誠伯府李三小姐，
本以為門不當、戶不對的愛情將會無疾而終，
幸而她曾替長公主治病而受賜鳳玉，正好能用來解除這門親事，
怎料，才剛擺平此事，緊接而來的新任務是「幹掉女配，配對男主」?!
不是吧，這任務分明要她將自己也搭進去啊……

霸氣說愛 威風有理／花月薰

2016年4月出版

旺宅好媳婦

嫁錯人不如不嫁人！前世命殞的慘痛教訓讓她明白——

後宅求生大不易，靠男人還不如靠自己呢！

文創風 401 1

想起死不瞑目的前世，薛宸心頭的恨意便熊熊燃燒，
今生報仇的時機到了，可正當她忙著執行宅門大計時，
俊美無儔的衛國公世子婁慶雲居然成了她家的座上客，
還不時逗逗她，再送上高深莫測的微笑，讓薛宸非常疑惑——
他家乃京城第一公府，而她爹不過區區小官，他倆應該沒交集不是？
為何這腹黑世子對她生出興趣了？她怎麼想都覺得不妙啊……

文創風 402 2

整頓好自家後宅，薛宸終於可以喘口氣，過起愜意的少女生活，
唯一的煩惱就是——一天到晚私闖她閨房的婁慶雲！
雖然知道他視規矩如浮雲，但以美男之姿投懷送抱實在太犯規，
她的心防再怎麼堅不可摧，總有被攻陷的一天……
這還沒煩惱完呢，老天爺竟又對她開了大玩笑——
前世渣夫再次盯上她，面對侯府強聘卻無力反擊，她該如何是好？

文創風 403 3

今生得遇良人，辦了得體的婚禮，薛宸歡喜嫁入衛國公府，
不過掌家真難啊，婆母鎮不了人，後宅簡直亂成一鍋粥了！
儘管挑戰當前，可薛宸跟婁慶雲的感情依然好得蜜裡調油，
他為她請封一品誥命，還把私房錢全交給她管，
喝醉酒也不讓別的女人靠近，樂得當個妻管嚴。
有夫如此，夫復何求？鎮宅之路雖任重而道遠，她也沒在怕的！

文創風 404 4

國公府的媳婦果然難為，除了努力做人，還得關心朝堂。
捲入奪嫡之爭是皇族宿命，但二皇子跟右相的手實在伸得太長，
人想作死果然攔不住，婁家人不是想捏就能捏的軟柿子，
這筆帳她記著了，絕對要加倍奉還給他們！
當她這一品夫人是瞎了還傻了，想跟她比後宅心計簡直自尋死路，
誰要了誰的命，不到最後還不知道呢～～

文創風 405 5 完

為了勤王保家，薛宸與婁慶雲聯手幫助太子奪嫡，
夫君在外圖謀大計，她就負責在敵人的後宅煽風點火，
明的不行來暗的，說起這些豪門，誰家沒有點齷齪事，
女人不必當君子，能讓對手雞飛狗跳、無心正事的都是好招！
但正值成敗的關鍵時刻，婁慶雲卻闖下大禍，只得連夜潛逃，
夫妻有難要同當，她堅持愛相隨，不管天南地北，她都跟定他了！

文創風
416

莫負蓁心 2

國家圖書館出版品預行編目資料

莫負蓁心 / 糖雪球著. --
初版. -- 臺北市 : 狗屋, 2016.06
冊 ; 公分. --（文創風）
ISBN 978-986-328-597-7（第2冊：平裝）. --

857.7　　105006110

著作者	糖雪球
編輯	黃暄尹
校對	黃亭蓁　周貝桂
發行所	狗屋出版社有限公司
地址	台北市104中山區龍江路71巷15號1樓
電話	02-2776-5889～0
發行字號	局版台業字845號
法律顧問	蕭雄淋律師
總經銷	知遠文化事業有限公司
電話	02-2664-8800
初版	2016年6月
國際書碼	ISBN-13　978-986-328-597-7
原著書名	**《皇家小娇妻》**，由北京晉江原創網絡科技有限公司授權出版

定價250元
狗屋劃撥帳號：19001626
網址：love.doghouse.com.tw　E-mail：love@doghouse.com.tw